Jennifer Miller

Orgoglio
Fighting Pride

Serie Deadly Sins Vol. 4

Traduzione: Martina Presta

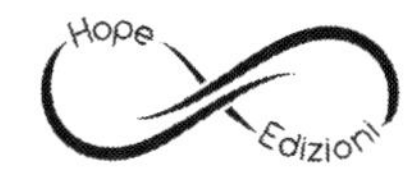

Titolo: Orgoglio – Fighting Pride
Autrice: Jennifer Miller
Serie: Deadly Sins Vol. 4

www.hopeedizioni.it
info@hopeedizioni.it

Titolo Originale: Fighting Pride

ISBN: 9798552806423

Progetto grafico di copertina a cura di Angelice Graphics
Immagini su licenza Bigstock.com
Fotografi: Kirichayphoto

Traduttrice: Martina Presta
Editing: Sveva Ferrettini
Impaginazione: Cristina Ciani

Prima edizione cartacea ottobre 2020

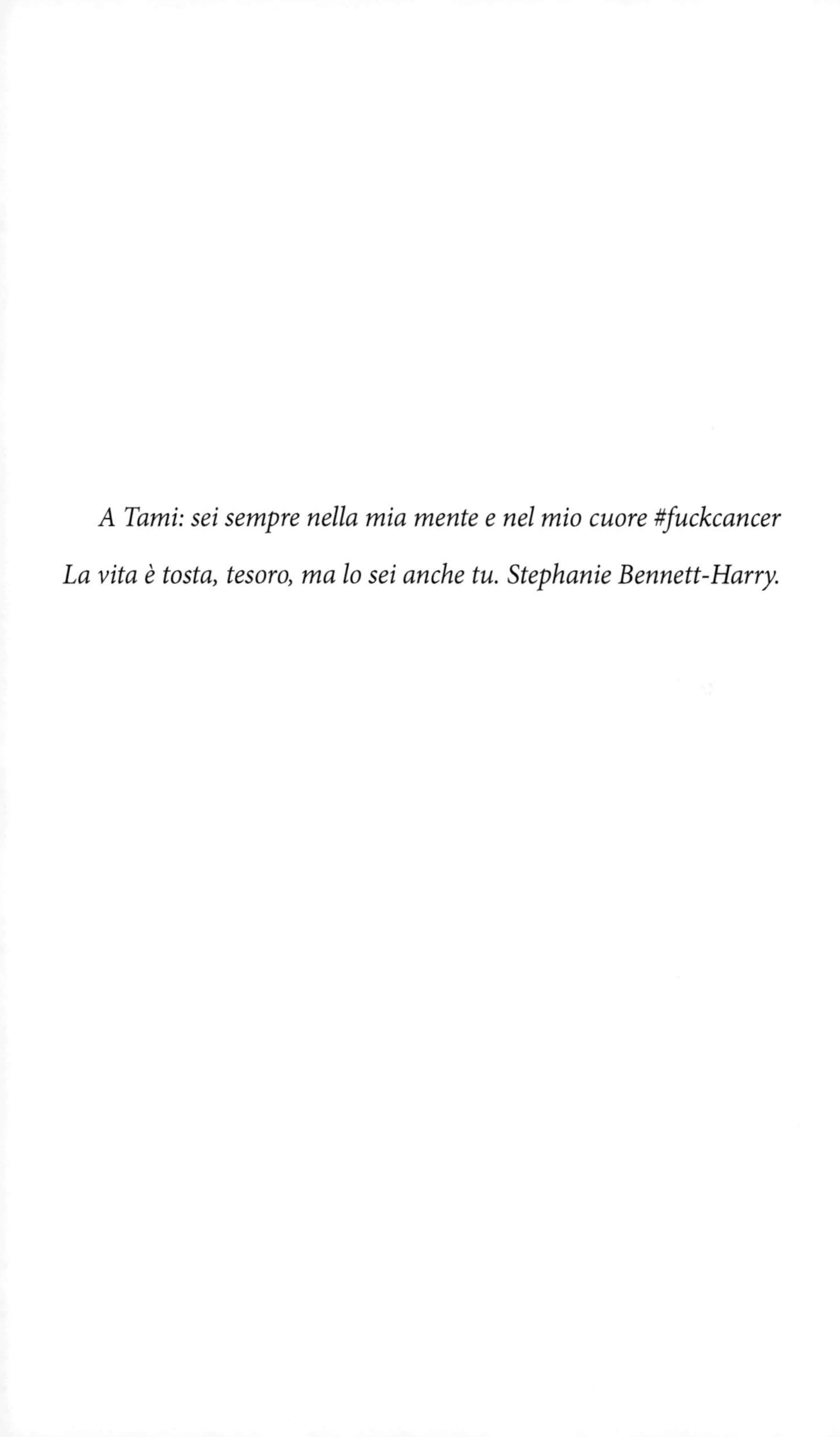

A Tami: sei sempre nella mia mente e nel mio cuore #fuckcancer

La vita è tosta, tesoro, ma lo sei anche tu. Stephanie Bennett-Harry.

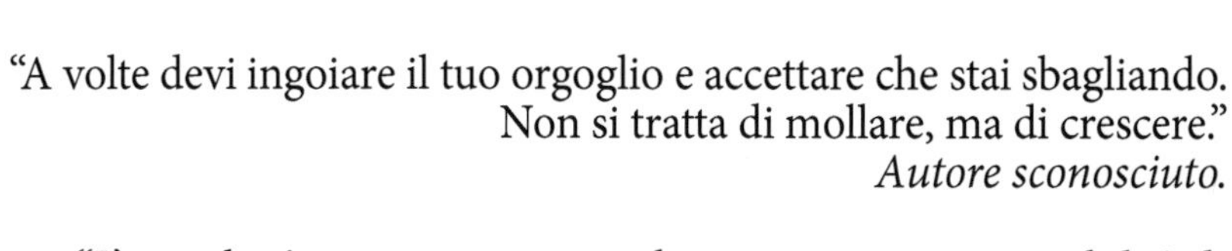

"A volte devi ingoiare il tuo orgoglio e accettare che stai sbagliando.
Non si tratta di mollare, ma di crescere."
Autore sconosciuto.

"L'orgoglio è un cancro spirituale: ti mangia ogni possibilità di amare o di essere appagato o anche solo di avere del buon senso."
C.S. Lewis

Prologo

Cole

«Cole, c'è qualcosa che non va con il bambino» dice una voce familiare.

Con la mente ancora annebbiata dal sonno, apro gli occhi cercando di capire che cosa mi abbia svegliato. Mi guardo attorno confuso e tento di mettere a fuoco l'ambiente circostante.

«Cole. Ti prego, svegliati. Ti prego. C'è qualcosa che non va. Sto sanguinando.»

Quelle parole cariche di paura fanno immediatamente svanire le ragnatele dalla mia testa e mi tiro su di scatto. In automatico rivolgo lo sguardo al lato del letto dove dorme Tatum e quando lo trovo vuoto entro in allarme.

«Cole» mi chiama di nuovo e finalmente mi rendo conto che è in piedi, accanto a me. È piegata su se stessa, con le mani che premono sulla pancia. Il dolore sul suo volto è evidente, ma è il terrore nei suoi occhi che mi fa scattare all'istante fuori dal letto. Senza dire niente, la aiuto a sedersi sul bordo, poi mi infilo i jeans e la maglietta che avevo lanciato su una sedia solamente qualche ora prima.

«Aspetta qui» le ordino, mentre rapidamente sfreccio fuori dalla camera, in direzione della cucina. Afferro le chiavi della macchina dalla ciotola che teniamo sul ripiano, prendo la borsa che Tatum ha preparato diverse settimane fa in programmazione della nascita di nostro figlio e mi precipito fuori per metterla in macchina. Poi torno da lei e la prendo tra le braccia, tentando di ignorare la paura lancinante che mi attraversa il cuore quando lei geme di dolore. La sostengo con attenzione fuori dall'appartamento e riesco in qualche modo a chiudere la porta dietro di noi, poi mi dirigo con lei fino al parcheggio.

La macchina è parcheggiata in uno dei due posteggi che ci sono stati assegnati e, dopo che riesco ad aprire la portiera, adagio con delicatezza Tatum dentro l'abitacolo. Quando mi allungo per allacciarle la cintura, incontro i suoi occhi pieni di paura e le rivolgo quello che spero sia un sorriso rassicurante, poi le poso un bacio sulla fronte e corro al mio lato della macchina, mentre brividi di panico mi fanno rizzare i capelli sulla nuca. Mi cadono le chiavi sul tappetino e in preda alla frustrazione mi do da fare per ritrovarle e inserirle nell'accensione. Mi scappa un sospiro di sollievo quando il motore, spesso inaffidabile, si accende senza incepparsi e, mentre faccio manovra, stringo forte la mano di Tatum.

Durante l'intero tragitto verso il pronto soccorso dell'ospedale, prego in silenzio Dio affinché faccia sì che la donna che amo, e il bambino che è già nei nostri cuori, stiano bene. Gli dico che sono disposto a qualsiasi cosa se li farà stare bene entrambi. Questa gravidanza non è qualcosa che abbiamo cercato, anzi, e di conseguenza abbiamo dovuto sacrificare molti programmi e modificare le nostre vite. Tuttavia negli ultimi mesi ci siamo preparati a essere buoni genitori per quella che sappiamo essere una bambina, come provano le foto dell'ecografia messe orgogliosamente in bella vista sul frigorifero.

I preparativi sono stati difficili, talvolta estenuanti, ma necessari. Tatum ha deciso di non andare alla scuola d'arte e ha rifiutato la borsa di studio che le era stata offerta, mentre io ho smesso di andare all'università e ho abbandonato i combattimenti nell'MMA. Non ci si ricavano molti soldi, almeno non per un novellino come me, inoltre non ho il tempo per allenarmi seriamente, viste le mie nuove responsabilità. La strada verso il successo può essere lunga e il tempo è un lusso che in questo momento non posso permettermi. Abbiamo bisogno subito di introiti fissi per la nostra nuova famiglia e i combattimenti non possono più essere il mio futuro. In un attimo, Tatum e nostra figlia sono diventate più importanti di tutto il resto, la mia priorità numero uno. Anche se questa gravidanza non è stata programmata, è comunque una benedizione, e loro sono le persone più importanti nella mia vita; per loro farei qualsiasi cosa, rinuncerei a tutto, senza esitazione.

Mentre continuo a pregare, mi giro verso Tatum e capisco, da come le sue labbra si muovono in silenzio, che sta facendo la stessa cosa. Vorrei offrirle parole di conforto, vorrei dirle che andrà tutto bene, ma quando vedo la sua espressione angosciata è come se le parole fossero tenute in ostaggio dalla paura. Mi conosce troppo bene e non riuscirei a nascondere quello che provo davvero. Per cui non mi resta che continuare a pregare Dio.

Alla fine, sollevato di aver trovato tutti i semafori verdi, arriviamo all'ospedale e mi infilo nel primo parcheggio che trovo libero all'entrata del pronto soccorso. Corro al lato della macchina, apro la portiera e sollevo Tatun tra le braccia. Oltrepasso la sala d'aspetto e mi precipito al banco accettazione, stando attento a non sballottarla troppo.

«Aiuto! Per piacere, qualcuno ci aiuti» dico affannato.

«Signore, tutto bene?» chiede un'infermiera uscendo di corsa da dietro il bancone e avvicinandosi immediatamente a noi. «Che succede?» domanda ancora, mentre i suoi occhi si spostano rapidamente da me a Tatum cercando di valutare la situazione.

«La mia ragazza è incinta e sta sanguinando molto. La prego, ci aiuti.»

In un istante, l'infermiera entra in azione. «Mi segua!» ordina.

Faccio immediatamente quanto richiesto e la tallono lungo il corridoio. L'infermiera apre una porta scorrevole di vetro, sposta la tenda di lato e fa un gesto verso una barella vuota, sulla quale adagio Tatum con delicatezza. Lei allunga una mano verso la mia e io gliela stringo, mentre lacrime silenziose solcano le sue guance.

L'infermiera inizia a incalzarla con una serie di domande mentre spinge la barella.

«Quando è iniziato il sanguinamento?»

«Non ne sono sicura. Mi sono svegliata perché avevo dei crampi e sono andata in bagno. Mi sono accorta che stavo sanguinando e che i crampi aumentavano.»

«Di quanti mesi sei?» continua.

«Trenta settimane.»

«Classifica il dolore da uno a dieci, dieci è acuto.»

«Non lo so. Otto, forse?»

Fatica a respirare ed è evidente la sua sofferenza.

Mi rendo conto che abbiamo attraversato dei corridoi e siamo arrivati davanti a una doppia porta, che l'infermiera apre premendo un pulsante automatico sul muro. Entriamo in quella che mi rendo conto essere una sala d'attesa che avevo già visto in precedenti visite e all'improvviso altre persone in camice ci circondano e ci portano in uno degli ambulatori. Aiutiamo Tatum a salire sul letto, mentre un'infermiera comincia ad attaccarla a diversi macchinari.

Mi tolgo di mezzo e lascio di malavoglia la mano della mia ragazza.

I miei occhi osservano rapidamente quello che stanno facendo le infermiere per poi spostarsi sul volto preoccupato di Tatum. Ogni volta che fa una smorfia di dolore, mi sento morire. Farei di tutto per farla stare meglio, ma in questo momento mi sento del tutto inutile.

Arriva un medico e rivolge a Tatum le stesse domande che le infermiere avevano già fatto. Vorrei urlare per la frustrazione, ma mi trattengo.

«Signore, ci darebbe un momento? Dobbiamo metterle questo camice e completare l'esame. La chiameremo non appena avremo finito» dice una delle infermiere.

Annuisco, e prima di uscire bacio Tatum sulla fronte. Una volta nel corridoio, inizio a camminare su e giù, tentando di restare calmo, e di avere pensieri positivi. Cerco di ricordare tutto quello che ho letto da quando ho scoperto che Tatum era incinta. Mi sono sentito fin da subito totalmente coinvolto in questa esperienza. Quando aveva la nausea le ho massaggiato la schiena, l'ho accompagnata a tutti gli appuntamenti dal medico, mi sono assicurato che prendesse le vitamine, l'ho fatta camminare per fare esercizio e insieme abbiamo comprato le prime cose per la bimba e letto libri e articoli su internet. Per me era importante esserci. Mi sforzo di ricordare se ho letto qualcosa che possa tornarmi utile per capire quello che sta succedendo, ma non mi viene in mente niente. Quando i medici mi dicono che posso rientrare, faccio un sospiro di sollievo all'idea di essere di nuovo a fianco a lei.

Hanno spostato il macchinario per l'ecografia accanto al letto di Tatum e già sollevato il camice sulla sua pancia, mentre il medico spreme del gel sul suo addome.

Ci sono momenti della mia vita che sono certo non dimenticherò mai.

Mia madre che piange a causa dell'assenza di mio padre.

L'incontro con Jax e i ragazzi.

La notte in cui sono andato nella stanza di un dormitorio per raggiungere una ragazza con cui avevo un appuntamento, per poi scoprire di essere molto più interessato alla sua compagna di camera, Tatum. Il nostro primo bacio, la prima volta in cui abbiamo fatto sesso.

La mia prima vittoria in un combattimento MMA.

Tatum che mi dice di essere incinta.

La chiamata per il primo "vero" lavoro che mi avrebbe consentito di sostenere la mia nuova famiglia.

Sentire il battito del cuore di mia figlia per la prima volta e il sorriso che ha illuminato il volto di Tatum.

Il medico che muove l'ecodoppler sulla pancia di Tatum per trovare solo silenzio.

Il lamento di dolore di Tatum.

Capitolo 1

Cole

«Colpisci come una fottuta ragazzina» urla Jerry, biascicando le parole.

Lo guardo e come ogni giorno l'idea di ucciderlo mi sfiora la mente. Non posso farlo, purtroppo, ma almeno posso sognarlo. Da tempo ho capito che è meglio non rispondere, quindi non lo considero, anche se è difficile resistere alla tentazione di sbattergli quella faccia di merda a terra.

Il sudore corre lungo il mio corpo a fiotti, ma ignoro anche quello, mentre continuo a colpire la sacca di fronte a me. Ho un combattimento a breve, uno di quelli importanti che potrebbe farmi vincere una bella somma. Un altro passo avanti che mi consentirebbe di sfuggire al controllo del mio allenatore. Manca così poco alla fine dei miei obblighi contrattuali che posso quasi sentire il sapore della libertà. Dopo quasi cinque anni, vedo la luce alla fine di un tunnel che ho scavato con le unghie e con i denti, strisciando nel fango e tra i vetri acuminati. Ho risparmiato ogni dollaro guadagnato, ho portato il mio corpo al limite, giorno dopo giorno, e non ho mai perso di vista quel traguardo.

Anche adesso i muscoli delle braccia mi bruciano, fitte di dolore attraversano le mie nocche intrappolate dal nastro e darei non so cosa per una pausa. Invece continuo, assaporando il dolore. Quando ti senti morto dentro, la sofferenza ti ricorda che sei vivo, almeno fisicamente.

Sì, io continuo e non mi arrendo. Inseguo i miei obiettivi, ignorando la voce fastidiosa che mi sussurra nelle orecchie, fottendosene della mia stanchezza o del mio stato d'animo. Vado avanti anche se in realtà non so che cosa mi spinga a farlo.

«Picchia più forte di così!»

L'ordine di Jerry schiocca come un colpo di frusta vicino alle mie orecchie.

«Sei una cazzo di femminuccia! Non capisco perché stia perdendo il mio tempo con te.»

Rido tra me e me. Sappiamo entrambi perché. Sono il suo biglietto d'accesso all'MMA da quando suo figlio Jackson Stone non vuole più avere niente a che fare con lui.

Chiudo gli occhi e continuo a ignorarlo, evocando l'immagine di me che lo colpisco con un rapido pugno alla gola, per poi guardarlo con soddisfazione tossire e sputacchiare, tenendosi il collo con le mani, la faccia paonazza, gli occhi fuori dalle orbite e finalmente zitto. Quella sarebbe la parte migliore, cazzo! Non doverlo più sentire urlare per un po'. Ma posso essere anche più fantasioso. Ieri per farlo fuori volevo strappargli le palle dallo scroto e lasciarlo sanguinante a terra, e prima ancora avrei voluto dare fuoco alla schifosa peluria che ricopre il suo culo grasso.

Mi scappa una smorfia di fronte a certi pensieri e per un attimo penso di avere seri problemi. Poi penso che la maggior parte delle persone fa la stessa cosa senza uccidere nessuno e io per primo mai e poi mai metterei in atto simili fantasie. Solo che immaginare ti aiuta a sopravvivere.

«Cazzo! Mi stai ascoltando? Ho detto picchia più forte. Cosa pensi che sia? Il fottuto culo di una delle tue troiette? Smidollato! Come pensi di vincere se non riesci nemmeno a prendere a pugni un sacco per qualche ora?» urla Jerry, poi sospira a gran voce e scuote la testa, esasperato.

Sa benissimo da quanto sono qui. Qualche volta penso che si lamenti solo per il gusto di farlo. Il fatto che beva non aiuta per niente. Il modo in cui trascina le parole e la sua andatura sono il palese risultato dell'essersi scolato più di una bottiglia.

Sarei voluto andare in palestra da Jax, oggi, Dio solo sa se preferirei allenarmi con i miei amici. Jax, mio amico fin dal liceo, così come Tyson, Ryder, Dylan, Zane e Levi, si allenano tutti nella palestra di Jax, l'XTreme Fitness Center. Una volta mi allenavo lì anche io, ma dopo un litigio poco piacevole con suo figlio Jax, Jerry è stato buttato fuori dal centro, perciò adesso passo più tempo qui che lì.

Lui continua a sputarmi addosso parole inutili, io le blocco aumentando il ritmo. Cerco di ignorare i metodi orribili che usa per allenarmi, consapevole che mi sta usando per vendicarsi del figlio. Vorrebbe rendermi più forte nella speranza che diventi migliore di Jax, ma è solo un povero illuso. Purtroppo, però, non ho altra scelta se non quella di sopportare questa vita. È quella che ho scelto per me ed è una ragione di gran lunga più importante che tollerare quello stronzo nelle orecchie.

Mi asciugo con l'avambraccio il sudore che mi cola sulla fronte, mi allontano dal sacco e lascio cadere le braccia lungo i fianchi.

«Che cazzo stai facendo, bello? Ho detto per caso che abbiamo finito?»

Mi giro verso Jerry e gli rivolgo un'occhiata, una di quelle che dice che ho finito e di non rompermi i coglioni. Quella che fa capire persino a lui di farsi da parte.

Si schiarisce la gola. «Va bene. Porta qui il culo domani mattina presto.»

Scoppio quasi a ridere. Visto il liquore che si scola, non ce la farà mai a essere qui presto e lo sa. Al contrario, decido di non sprecare parole con lui e mi sposto veloce verso lo spogliatoio per farmi una doccia della quale ho davvero bisogno. Apro l'acqua e mi spoglio. Mentre aspetto che diventi calda, osservo il mio corpo e i tatuaggi che lo decorano. Piccole opere d'arte che raccontano la storia della mia vita. Ci sono felicità e tristezza, speranze e traguardi raggiunti, tratteggiati sulla mia pelle come in una preziosa tela. Ho voluto ricordare le cose che mi hanno reso chi sono, sia quelle buone che quelle cattive. Seguo con le dita il contorno del tatuaggio sul mio fianco, una riproduzione delle mie mani avvolte dal nastro, osservo il cuore perforato da un pennino sulla parte interna del mio bicipite e la rosa fatta in onore di mia madre sul braccio. Sfioro con la mano il nome che attraversa il mio petto e traccio con le dita ogni lettera della scritta, mentre i miei pensieri si incupiscono.

Con gli occhi che mi bruciano, mi lavo rapidamente e mi vesto, poi faccio la borsa in tutta fretta, ansioso di uscire dalla palestra.

Rimango fermo sul marciapiede per qualche minuto, respirando l'odore di pioggia nell'aria.

Non piove molto in Arizona, ma quando accade è un grande avvenimento. Sono tutti felici e si godono l'odore della terra bagnata e la sensazione della pioggia sulla pelle.

Accendo la macchina e alzo subito il volume della radio, nella speranza di scacciare i pensieri tetri. Quando finalmente arrivo di fronte alla porta del mio appartamento, pronto a inserire la chiave nella serratura, mi blocca il suono di una risata.

Guardo in basso, in direzione dell'appartamento del mio amico Ryder e sorrido al pensiero di quello che succedeva prima. In passato era davvero uno spasso vedere le donne uscire ed entrare da casa sua come se avesse installato una porta girevole, ma ora non è più così e non posso fare a meno di essere contento per lui. Mi piace vivere nel suo stesso condominio e vedere quanto lui e la sua ragazza Tessa siano felici insieme. Tessa si è trasferita da lui solo di recente e, anche se mi manca uscire con il mio amico come una volta, è una cosa positiva e sono felice per entrambi.

Potrei sbagliarmi, ma sospetto che sia rimasto qui invece di trasferirsi nell'appartamento più confortevole di Tessa perché è preoccupato per me. La palestra di Jax non è lontana da qui e Ryder si allena tutti i giorni, perciò ha anche senso che voglia rimanere vicino, ma penso di non sbagliarmi. Vorrei che non si lasciasse condizionare visto che non può fare niente al riguardo e comunque ha cose decisamente migliori alle quali dedicarsi.

Apro la porta, poso le mie cose e mi guardo intorno. Il mio appartamento in penombra è decisamente poco invitante. Prima, tutto quello che volevo fare era tornare a casa, aprire una birra e guardare la partita, ma adesso non mi va molto di stare qui. Prima di ripensarci, giro sui tacchi, chiudo di nuovo la porta a chiave ed esco. Le risate di Ryder e Tessa mi seguono lungo il corridoio.

Rinuncio a guidare e scelgo invece di fare due passi. Svolto a destra e mi dirigo in centro. Faccio un respiro profondo e il mio corpo lentamente si rilassa, mentre apro i pugni serrati e sciolgo i muscoli delle spalle.

Il mio condominio si trova a Mill ed è vicino al college locale. In questo periodo le lezioni sono in pieno svolgimento e la strada è trafficata. Vedo molte persone in fila fuori dai ristoranti e altrettante entrare e uscire dai negozi che restano aperti fino a tardi. Le risate risuonano nell'aria e sento la musica di una band del posto che suona nella vicina piazza.

Neanche la minaccia di pioggia riesce a tenere le persone in casa ed è impossibile non lasciarsi coinvolgere dall'entusiasmo che si respira. Infilo le mani in tasca e continuo a camminare. Adocchio una gelateria e mi chiedo se mi vada di assumere calorie oppure no. Prima di poter decidere, alla mia destra sbuca fuori un ragazzino che mi sorride e mi porge un volantino.

«Ecco a lei, signore.»

Allungo una mano e lo prendo automaticamente, annuendo in risposta. Faccio qualche passo e decido che, dopo tutto, ho proprio voglia di un gelato. Abbasso lo sguardo sul volantino che ho in mano con l'intenzione di gettarlo nel primo cestino della spazzatura che incrocio. Mi aspetto che si riferisca ai saldi di uno dei negozi lungo la strada o magari una pubblicità per qualche spettacolo, ma quello che vedo mi fa sentire come se mi avessero pugnalato al petto con un punteruolo da ghiaccio. Il respiro mi si blocca in gola e io mi fermo, incapace di muovermi.

Sbatto le palpebre diverse volte e la mia mano comincia a tremare mentre fisso il foglio di carta. Noto a malapena che c'è una scritta, perché sono stato letteralmente catturato dagli occhi che mi fissano e che bruciano la mia anima. Belli, anche in bianco e nero, sovrastano un paio di labbra carnose che sorridono a chiunque le abbia impresse su quella foto. Nella mia mente diventano verdi e blu, e traccio con un dito la linea della mascella fino a quando la mia mano non si chiude a pugno.

Distolgo lo sguardo a fatica e qualche secondo dopo riesco a riprendermi. Mi ci vuole un momento per rendermi conto che il mio cuore batte forte nel petto in preda a un sentimento sconosciuto, una sensazione che non sentivo più da molto tempo, tanto da essermi quasi dimenticato che cosa si prova. Sarà perché il mio cuore è morto cinque anni fa.

Vedo una panchina alla mia sinistra e mi siedo, chiudo gli occhi cercando di concentrarmi e mi rifiuto di considerare il bruciore dietro alle palpebre. Quando li riapro, oso guardare di nuovo il volantino per assicurarmi che non si tratti di qualche sogno assurdo. Fisso quel volto nella foto, ma poi mi concentro sul testo. Si tratta di un annuncio di una mostra d'arte. È per il suo lavoro, i suoi quadri. L'orgoglio, che non ho nessun diritto di provare, mi esplode nel petto. Ce l'ha fatta. Sapevo che ci sarebbe riuscita. Sapevo che ne sarebbe stata capace.

E la mostra è qui in centro a Tempe, nella galleria che si trova sulla stessa strada in cui sono io adesso. Mi sporgo dalla panchina e con lo sguardo cerco l'indirizzo indicato sul foglio. Resto sorpreso quando vedo l'insegna illuminata risplendere come un faro, invitante come il canto di una sirena. La fisso per non so quanto tempo, combattendo con me stesso. Il petto inizia a farmi male all'idea di vederla di nuovo e i ricordi iniziano a inondare la mia mente. Li spingo via con ferocia, perché non sono in grado di gestirli, non sono in grado di pensare all'ultima volta che l'ho vista, quando ho rotto con lei.

Prima che mi renda conto di quello che sto facendo, sto già camminando rapidamente lungo il marciapiede. Una parte di me grida il mio nome, tentando di fermarmi o anche solo di rallentare i miei passi, l'altra parte, invece, sa perfettamente quello che vuole, ma io ignoro entrambe e continuo a mettere un piede di fronte all'altro. Camminare non è mai stato così difficile.

Poi mi fermo di botto, mentre finalmente mi rendo conto di quello che sto facendo. Così mi giro e mi muovo veloce in direzione del mio appartamento.

Cosa cavolo pensavo di fare? Se anche mi presentassi di fronte a lei, che cosa potrei mai dirle? Non ho alcun diritto di vederla e non so come reagirebbe. Il cuore aumenta i battiti a quel pensiero e io mi porto una mano sul petto.

Voglio che mi veda? Voglio parlare con lei? Ci sono talmente tante cose che vorrei dirle, che vorrei mi dicesse. È felice? Mi ha pensato in questi cinque anni? Mi odia ancora?

Dovrebbe. Io mi odio ancora.

In qualche modo, senza accorgermene, ho fatto dietro front e sono di nuovo tornato verso la galleria. Davanti all'entrata prendo un profondo respiro, piego il volantino in quattro parti e me lo ficco in tasca, poi mi schiarisco la gola come se dovessi parlare. C'è un'ampia vetrina che offre agli amanti dell'arte una panoramica delle esposizioni nella galleria, nella speranza di evocare abbastanza interesse da persuaderli a entrare. Mi accorgo che le luci sono accese e il bagliore illumina il marciapiede. Mi sposto di lato e do un'occhiatina all'interno, attento a non farmi notare.

I miei occhi si spostano rapidi per la stanza, cercandola. Ci sono delle persone che lavorano e che si muovono nel locale con grandi tele tra le braccia. Probabilmente stanno facendo gli ultimi preparativi per la mostra che, stando al volantino, inizia domani. Vorrei dare un'occhiata alle sue opere, ma non riesco a concentrarmi abbastanza, sono troppo impegnato a cercarla.

All'improvviso un movimento cattura la mia attenzione. Una donna vestita di nero mi dà le spalle ed è girata verso un dipinto che non riesco a vedere, ma riconoscerei quel corpo, quella postura, quei capelli ovunque. Trattengo di nuovo il respiro, chiudo i pugni e digrigno i denti. La sofferenza mi attraversa il corpo, insieme al desiderio, e irrigidisco i muscoli nello sforzo di scacciare il dolore lancinante che mi travolge. Afferro così forte il bordo della vetrina che mi lacero la pelle, mentre mi ritrovo schiacciato contro il vetro nel patetico tentativo di avvicinarmi ancora di più a lei. Le lacrime mi riempiono gli occhi senza che possa fare niente per evitarlo, mentre sbatto le palpebre per scacciarle via.

Apro la bocca, ma non so che cosa dire. Il suo nome? Altri mille *scusami*?

Lei gira la testa di scatto, come se qualcosa avesse catturato la sua attenzione, ma io non riesco a distogliere gli occhi da lei per vedere di cosa si tratti. Solamente quando un braccio le avvolge le spalle faccio caso a lui. Quando lei gli sorride, è come se una fiamma avvolgesse il mio corpo.

Poi lei solleva la testa verso la sua e lui posa un bacio sulle sue labbra.

La bile mi riempie la gola e proprio nel momento in cui, ne sono certo, lei sta per girarsi verso di me, io mi volto e corro via, sperando il lasciarmi il dolore alle spalle.

Capitolo 2

Tatum

Da quando sono tornata in città i ricordi sono tornati, impossibile tenerli a bada. Sembra soltanto ieri che ho fatto le valigie con le lacrime agli occhi e con la rabbia nell'anima. All'inizio non sarei voluta partire, non perché non avessi voglia di riiniziare da capo, ma perché sapevo di lasciare il mio cuore qui. Avevo un disperato bisogno di cambiamento e volevo dimenticare, ma il pensiero di Hope, non so come, mi ha aiutata ad andare avanti. Restare lontana ha facilitato il mio recupero e pensavo che niente mi avrebbe convinta a tornare. Eppure, eccomi qui.

Mi ero illusa che il passato mi avrebbe dato tregua, che tutte le emozioni legate a ciò che è accaduto sarebbero restate sullo sfondo. Mi sbagliavo di grosso, ovviamente. Anche se sono passati cinque anni, quando l'aereo è atterrato ho sentito lo stesso identico dolore di allora fin dentro le ossa.

«Quest'opera è di una bellezza impressionante, signora.»

Mi distolgo dai miei pensieri. Un'addetta della galleria è in piedi di fronte a una delle mie opere. Rappresenta una donna che si guarda allo specchio. Ha le mani premute sulla pancia e le lacrime scorrono sul suo viso. Si riesce quasi a intravedere il dolore straziante e la tristezza nei suoi occhi, ma fuori dalla finestra, alle sue spalle, c'è un giardino rigoglioso. È pieno di fiori, vegetazione, uccelli e *vita*. C'è un nido di uccellini su un albero e la loro madre è chinata nell'atto di nutrirli. Fa parte della mia collezione *Beautiful-*

ly Broken. Descrive come la vita vada avanti anche quando pensi che non sia possibile e come si possa trovare la bellezza anche nel dolore.

«Grazie» mormoro con timidezza, perché i complimenti mi sorprendono ancora come la prima volta.

Rivolgo di nuovo la mia attenzione al gruppo di quadri di fronte a me e miei occhi si muovono su ognuno di essi. Osservo le pennellate, vivide e amorevoli, e mi chiedo se gli ammiratori saranno in grado di vedere le lacrime mischiate alla tempera e se riusciranno a leggere e a percepire l'emozione che ho riversato in ognuno di essi. Più li guardo, più forte è la tentazione di tirarli giù dalla parete, di nasconderli. Vorrei celarli, sottrarli agli sguardi, come se facendolo potessi fingere che nulla sia successo. Sono questi i momenti nei quali mi sento più esposta e vulnerabile, ed è straziante. È come mettere a nudo il mio cuore di fronte a estranei, perché tutti possano guardarlo, toccarlo e giudicarlo. Forse non sono pronta per questo, forse non lo sarò mai.

«Stai di nuovo dubitando di te stessa.»

Giro la testa e sorrido all'uomo nella mia vita. Credo che sia un totale paradosso che Blaine mi conosca così bene per certi aspetti e, allo stesso tempo, per altri non mi conosca affatto. Mette un braccio attorno alle mie spalle e sono contenta per quel contatto che scaccia i brutti pensieri.

Visto che non voglio analizzare le sue parole, le spingo via dalla mia mente e sollevo la testa verso di lui, nella silenziosa richiesta di un bacio. Poggia le sue labbra sulle mie per un momento, poi si allontana con un sorriso.

A un tratto ho come l'impressione di essere osservata e con la coda dell'occhio catturo un movimento. Giro la testa verso la vetrina all'ingresso della galleria. Sembra che qualcuno stia sbirciando dentro, ma il contrasto di luce tra l'interno e l'esterno mi impedisce di distinguerne i tratti. Quando l'ombra si muove, qualcosa nel mio cuore si ferma per un attimo e rilascio il respiro solo quando quella persona si allontana.

Non so perché mi sento così turbata, è una strada molto trafficata, ho visto molte persone passeggiare mentre preparavamo la sala. Allontano quella sensazione stupida, poi mi volto di nuovo verso la mia collezione di quadri.

I miei sentimenti oscillano tra il voler mantenere queste opere private e la consapevolezza che esporle sia l'unico modo per andare avanti.

Per me e per lei.

Inoltre, è irrilevante avere questi ripensamenti la sera prima dell'inaugurazione. Ho preso questo impegno e molti altri. Solo mi chiedo che cosa stessi pensando quando ho accettato di tornare proprio qui, tra tutti i posti a disposizione.

Sì, lo sai. Speri di vederlo.

Scaccio quel pensiero e mi sforzo di concentrarmi di nuovo sulle parole di Blaine. Il mio lato razionale capisce da dove viene e Blaine lo sa meglio di tutti, ovviamente, visto che dopo tutto è il mio terapista. Be', lo *era*, prima che diventassimo amanti. So che sta cercando di aiutarmi e di essere di sostegno, ma a volte vorrei dirgli che non ha la minima idea di quello che mi passa per la testa, che non tutto è puramente clinico e che dovrebbe smettere di usare il cazzo di gergo da psichiatra con me. Vorrei ricordargli che non sono più una sua paziente. La parte peggiore è quando mi parla con quella voce da "sto cercando di aiutarti". A volte, vorrei vedere cosa direbbe se gli dicessi che forse non voglio andare avanti, che forse parecchie cose del mio passato mi piacevano. Forse non è questo quello che voglio fare e penso che sia l'idea peggiore del mondo. Cosa penserebbe Blaine di tutto ciò?

A dir la verità, non gli importerebbe per niente. Mi direbbe che quello che provo è normale, ma che in questa fase del processo terapeutico non è appropriato che io... bla bla bla.

Parlerebbe, ancora e ancora, mentre a volte vorrei solamente che urlasse e reagisse, per mostrare un po' di umanità nei confronti degli eventi del mio passato. Invece è un uomo tranquillo, paziente e razionale che sembra non perdere mai la calma. Una volta pensavo che fosse esattamente quello di cui avevo bisogno, pensavo di avere chiuso con gli uomini impetuosi e fieri che ti portano alla pazzia. Pensavo di avere bisogno di un uomo equilibrato e calmo.

Forse mi sbagliavo.

All'improvviso, provo un senso di disagio per quei pensieri. Ricordo a me stessa che questo dialogo interiore è in contrasto con quello che ho imparato. Lui è esattamente quello che mi serve. È stabile, rassicurante e affidabile. Mi ha aiutata a distaccarmi dalle mie emozioni e ad abbandonare i sogni in favore della realtà ed è una cosa positiva. Mi sento una stronza perché Blaine sta solamente cercando di aiutarmi.

Quando ritorna da me, dopo aver dato delle istruzioni a un impiegato che aveva fatto una domanda, gli stringo il braccio con risolutezza, rispondendo, infine, al suo commento precedente.

«So che fa parte dell'andare avanti, me lo ricordo. Tuttavia, anche se lo so, non significa che sia una cosa facile o semplice.»

«Andare avanti non lo è mai. Ma è necessario.»

E se non volessi farlo? Se non volessi andare avanti nel modo che intende lui? Sono riuscita a gestire in modo sano la mia perdita, pensare a lei non è più così devastante e i miei quadri mi hanno aiutata a guarire. Non voglio andare avanti se farlo significa chiedermi di dimenticare, perché non vorrò *mai* dimenticare. Non voglio che lei non sia più parte di me, non voglio dimenticarmi la perfezione dei suoi occhi, la morbidezza dei capelli quando le accarezzavo la testolina o le sue labbra così dolci. Vorrei che rimanesse sempre una parte di me, quella migliore e meravigliosa, la parte che mi ricorda che sono forte e coraggiosa. Forse è quello che anche Blaine intende, ma non lo dice mai, dice sempre solo che devo "andare avanti" e "lasciare andare".

Blain interrompe i miei pensieri. «Credo che abbiano tutto sotto controllo. Hanno anche le istruzioni per disporre l'ultimo dei dipinti.»

«Forse, ma avevano ancora delle domande.»

«Sono certo che sia perché tu sei qui. Se non ci fossi, continuerebbero a lavorare e finirebbero. Inoltre, devo riportarti in albergo, così puoi riposare. Domani sera è la grande serata.»

Comincio a protestare, ma lui posa un dito sulle mie labbra e io mi acciglio. «Quando torniamo qui domani e vedremo che tutto è stato sistemato alla perfezione, dovrò andarmene, ricordi?»

«Sì. Ancora non capisco perché devi partire prima della mia esibizione. Vorrei che fossi qui.»

Lui sospira e si allontana. «Ne abbiamo già parlato. Sai che devo andare a vedere dei pazienti e che stare senza di me è parte del processo. Devi reggerti in piedi sulle tue gambe, il mio sostegno sarebbe un ostacolo, una stampella in questa fase della tua guarigione. Sai che ne abbiamo discusso e l'abbiamo deciso insieme. Mi assicurerò che tutto sia perfetto prima di andarmene e recarmi in aeroporto.»

«Solo perché conosco il motivo per cui devi partire non significa che debba piacermi.»

«Ovviamente no» sorride. «Hai il diritto di provare dei sentimenti. Infatti, non mi aspetto niente di meno.»

Vorrei sentire più calore nelle sue parole, vorrei che trasparisse l'affetto.

«Ora andiamo. Torneremo domattina presto, così se c'è qualcosa da riorganizzare potremmo occuparcene.»

«Okay» concordo di malavoglia.

Mi guardo intorno ed effettivamente gli operai hanno finito e questa è l'unica ragione per la quale accetto di uscire. Blaine mi prende per mano e insieme attraversiamo la galleria, per poi uscire dalla porta sul retro.

Non appena siamo fuori, respiro profondamente l'odore di pioggia nell'aria e sospiro felice. Mi ero quasi dimenticata delle cose che amavo quando vivevo qui. Gli ultimi cinque anni a Chicago sono stati caratterizzati da un'attività frenetica e di certo gli odori della città erano molto diversi, a seconda della zona in cui ero, e del momento della giornata, sentivo solo i gas di scarico e la puzza di immondizia. Certo, in altre zone si sentiva anche l'odore dei popcorn, degli hot dog e persino della cioccolata, ma per me l'Arizona vince a mani basse.

Altre cose che mi sono mancate sono la gradevolezza delle serate in questo periodo dell'anno, la fioritura delle buganvillee e dei cactus e persino le siepi artistiche che costeggiano la statale. Senza parlare della bellezza del deserto di notte e del cielo stellato e terso. I miei ricordi delle albe e dei tramonti dell'Arizona non rendono loro davvero giustizia. Tuttavia, è l'odore della pioggia che mi suscita i migliori ricordi, quelli di baci rubati e promesse sussurrate.

Raggiungiamo la macchina che abbiamo preso a noleggio e, mentre ci dirigiamo verso l'albergo, i miei occhi assorbono tutti i dettagli del tragitto, fissandoli nella memoria così da non scordarli mai più. Mi sento in colpa per aver dimenticato molte cose e per la prima volta mi rendo conto che non importa dove vado, l'Arizona resterà sempre casa mia.

Quando Blaine mi ha parlato della mostra mi sono arrabbiata. Lui è amico del proprietario di diverse gallerie lungo la costa ovest, compresa questa in Arizona. Ha mandato delle copie del mio lavoro al suo amico Mark, senza dirmi nulla, ottenendo un'offerta per un tour delle mie opere. Avrei dovuto presentare i miei lavori in tutte le gallerie nell'arco di due settimane, facendo mostre in ognuna di esse. Alcuni dei miei quadri si sarebbero spostati con me, di galleria in galleria, altri, invece, sarebbero stati messi in vendita.

In pratica, Blaine ha deciso per me.

Ovviamente, all'inizio mi sono arrabbiata con lui, anche se ora mi rendo conto che l'ha fatto solo per amore.

Tutto quello che sta succedendo è allo stesso tempo eccitante e terrificante. Ho già tenuto diverse mostre a Chicago, facevano parte del mio tirocinio, ma niente di questa importanza. Quando Mark mi ha contattata e mi ha fatto la sua offerta, mi sentivo pronta, ma mi rendo conto di aver sottovalutato l'effetto che mi avrebbe fatto rivedere casa. Per di più, il mio ritorno coincide con una data importante nella mia vita, come se il destino mi stesse suggerendo qualcosa. Cinque anni lontana sono fin troppi, era ora di fare altre scelte.

Blaine gira in una strada e io mi ritrovo improvvisamente a fissare il vecchio condominio dove vivevo. La camera da letto del mio appartamento era rivolta verso l'entrata della palazzina e riesco ancora a individuarla con esattezza. La fisso con gli occhi inchiodati sul finestrino, come se potessi vedere la me stessa del passato seduta lì a guardare fuori. Mentre proseguiamo, i palloncini fissati all'entrata per dare il benvenuto a potenziali nuovi residenti ondeggiano nel vento e catturano la mia attenzione, portando a galla il ricordo proibito dell'ultima volta che li ho osservati fluttuare sulla stessa insegna.

Non so da quanto sto cercando di concentrarmi nella lettura, ma continuo a fissare lo stesso punto senza capire nulla. Leggere di solito mi aiuta ad alleviare il dolore, però oggi non sembra funzionare granché e non so perché. Immergermi in un altro mondo, perdermi nel dolore di un personaggio di fantasia di solito mi aiuta, almeno per un po'. Ho capito che mantenere la mente impegnata è utile, a volte però, non importa cosa faccio, il pensiero di lei è più forte.

Mi manca, la desidero così tanto che le mie braccia si muovono meccanicamente per stringerla e mi sembra di perderla di nuovo ogni giorno. Avrebbe tre mesi adesso. Il libro sui bambini che ho letto dice che i suoi traguardi di questo mese sarebbero stati un rafforzamento dei muscoli del collo e della parte superiore del corpo, avrebbe avuto abbastanza forza per scalciare e le sue mani sarebbero state in grado di afferrare i giocattoli. Immagino la sua manina serrarsi intorno alle mie dita, la sensazione della sua pelle sulla mia mentre la allatto e come sarebbe stata perfetta tra le mie braccia. Avrei festeggiato ogni progresso e sarei stata grata per ogni sospiro, risata, sorriso, gorgoglio o pianto. So che ogni singolo giorno sarebbe stato meglio di quello precedente perché, non si sa come, ero riuscita a creare qualcosa di così perfetto, di così divino. Solo che non è così, perché lei non è qui. E io mi struggo così tanto e così profondamente che non ricordo nemmeno come sia non provare questo dolore. Almeno, attraverso questo tormento, sono certa che lei era vera. So che non è stato solo un sogno.

Cole non lo sa, ma ho tenuto un po' delle sue cose. Tante le abbiamo date via o, meglio, è stato Cole a farlo. Le ha impacchettate e le ha portate fuori da qui. Non l'ha mai detto, ma credo che gli desse fastidio quando mi sedevo nella sua stanza, tra le sue cose, a piangere. Non avevamo molte cose, ma quello che avevamo era prezioso, come la morbida coperta rosa che stringo. Non sono sicura se l'abbia fatto apposta a lasciarmela, so solo che avevo messo alcune cose nella mia stanza, così quando le altre sono scomparse, quelle sono rimaste qui. Altrimenti non mi sarebbe restato niente, a parte il foglio che mi hanno dato all'ospedale con le impronte delle sue manine e dei suoi piedini. Ho tracciato quelle linee con le dita tantissime volte.

Vado a delle sessioni di terapia organizzate dall'ospedale e da Cole. Dopo le lezioni, mi precipito lì solo per sedermi in silenzio e ascoltare il dottor Weisman che mi dice che quello che provo è normale e che passerà, che questo dolore diminuirà. Devo sforzarmi per non coprirmi le orecchie con le mani e urlare al dottor Weisman di tacere. Che cavolo ne può sapere lui di com'è perdere un bambino che si portava in grembo e che si desiderava in modo così disperato? Come può capire che vorrei dormire per sempre, ma che non riesco a dormire per niente? Sa quanto è difficile andare a lezione, studiare e concentrarsi su qualsiasi altra cosa che non sia lei? Che ne sa veramente del desiderio intenso che provo, di questo vuoto così profondo? Sa come ci si sente ad avere fallito nell'unica cosa per cui siamo stati creati? Sa come ci si sente a chiedersi perché ci è stato dato un corpo inutile?

Non ne ha la minima idea, cazzo, e nemmeno Cole capisce perché trovo quegli incontri insopportabili.

La parte razionale di me sa che è preoccupato, so che vuole che stia meglio e che trovi la volontà di guarire e superare tutto questo, ma semplicemente non so come fare. In qualche modo ho trovato la forza per alzarmi la mattina, vestirmi per andare a lezione e consegnare i miei compiti e i miei dipinti in tempo. E ci è voluto fino all'ultimo granello di volontà per tornare al lavoro, un impiego nella biblioteca del campus. Non è niente di che, ma è comunque un lavoro, una responsabilità che sto riuscendo a portare a termine. A volte ho la sensazione di fingere, ma mi presento lì lo stesso.

Questo deve contare qualcosa.

Sento la porta di ingresso che si apre e io sono indecisa su cosa fare con la coperta che ho in mano. Dopo qualche minuto, Cole entra nella nostra stanza e io alzo lo sguardo sforzandomi persino di sorridere.

«Ciao. Com'è andata la lezione?» chiedo.

Mi osserva, aggrottando le sopracciglia e assumendo quell'espressione preoccupata che ha sempre. Negli ultimi giorni appare più dispiaciuto del solito e ho la sensazione che voglia dirmi qualcosa, ma che non trovi il coraggio di farlo.

«Tutto bene.»

La sua mano si muove e io mi accorgo che regge una busta bianca.

«Cos'è quella?» gli chiedo, indicandola.

«Posta. Per te.»

«E l'hai aperta?» gli domando, confusa.

Non apre mai la mia posta.

Si passa una mano tra i capelli e poi si avvicina. Apre la bocca per dire qualcosa e poi la chiude di nuovo. Dopo aver ripetuto questi gesti per un paio di volte, poso il libro e mi sporgo verso di lui.

«Cole, spara. Che succede?»

«Penso che tu ci dovresti andare.»

«Dove?» gli chiedo confusa.

Mi porge la busta e, quando vedo l'indirizzo del mittente, il mio cuore galoppa. Viene dall'Istituto d'Arte, una scuola a Chicago, in Illinois, presso la quale ho fatto domanda. Non è, però, una scuola d'arte qualsiasi, era la mia scelta iniziale, prima che decidessi di rimanere qui e frequentare un programma d'arte all'Arizona State University. Solo che non potevo permettermela. Lentamente tiro fuori la lette-

ra dalla busta, quasi timorosa di aprirla e scoprire cosa dice. Leggo quello che c'è scritto, ma mi ci vuole un po' per capirne il significato. Frasi come "posizione ancora disponibile", "trasferimento dei crediti", "borsa di studio completa" e "tra due settimane". Guardo Cole e la mia confusione sparisce rapidamente quando vedo che l'espressione sul suo volto dice tutto.

«Pensi che dovrei andare» mormoro ripetendo le sue parole.

Mi fissa a lungo negli occhi. Vorrei attribuire un significato alle emozioni sul suo volto, ma sono così tante che mi confondono. Sono certa di scorgere tristezza e forse paura, ma quella che risalta di più è intensa determinazione.

«Voglio che tu vada.»

«Ma è a Chicago» gli dico a fatica.

Lui annuisce.

«È lontano.»

Lui annuisce di nuovo.

«Cole, non... sono confusa. Non so nemmeno come o perché ho una borsa di studio. Non ha senso» sussurro.

«Ha importanza? È un'opportunità che non puoi rifiutare e io non ti permetterò di farlo. È esattamente quello di cui hai bisogno per superare il dolore, come ha detto il dottore. Un obiettivo, qualcosa su cui concentrarti.»

«No! Non ti lascerò, Cole. Non posso. Mi manca solo un anno per finire il programma e laurearmi.»

«Questa è un'offerta migliore e lo sai. Conserverai i crediti che hai maturato qui, in più ti offrono una borsa di studio completa per frequentare il programma di studi.»

«Ma non... non ha alcun senso. Non ho nemmeno fatto domanda...» balbetto.

«Tatum!» dice brusco «È la sola cosa che sei ancora in grado di fare da quando... da quando...» deglutisce a fatica e io distolgo lo sguardo dal suo, incapace di sostenere il dolore sul suo viso.

I miei occhi si riempiono di lacrime, mentre il senso di colpa e la vergogna mi attanagliano lo stomaco e mi sembra che qualcosa mi stia divorando dall'interno. Sbatto le palpebre diverse volte, cercando di ricacciare via le lacrime.

«È l'unica cosa verso la quale hai ancora una passione» mormora Cole.

«Non è...» inizio.

«Sì, lo è» mi interrompe di nuovo. «È l'unico momento in cui vedo la felicità nei tuoi occhi, ormai. Devi andare. Voglio che tu vada.»

«Vuoi che io vada?» ripeto di nuovo a fatica.

Sembra essere l'unica cosa che capisco con chiarezza, ma scuoto la testa.

«No, Cole, non ti lascerò. Ti amo e non me ne andrò» affermo decisa.

Scuote la testa e io sento il panico crescere nel mio petto.

«Ti prego, ti prego, Cole. Ti prometto che starò meglio. Forse domani possiamo andare fuori a cena. Ti andrebbe? Possiamo anche guardare un film o una cosa del genere. Ci proverò, giuro che lo farò. Andrà meglio, scusami.»

«Ho bisogno che tu te ne vada!» urla.

Smetto immediatamente di parlare e cerco di capire ancora una volta che cosa sta provando in questo momento.

«Tatum...» La sua voce si incrina quando pronuncia il mio nome e gli ci vuole un momento per proseguire. «Non posso più continuare.»

All'improvviso dalla gola mi scappa un singhiozzo e sento una forte stretta al petto. «In che senso non puoi più continuare?» chiedo con un tono di voce fin troppo pacato rispetto alla tempesta che si è scatenata dentro di me.

«Ho bisogno che tu chiami e dica loro che ti trasferirai in Illinois, che accetterai la borsa di studio e che finalmente realizzerai il sogno che avevi prima che... prima che...»

È quasi divertente come sia in grado di sottolineare i miei fallimenti, ma non riesca a dire una sola parola su quello che è successo. Cole continua a parlare, a spiegare, ma non lo ascolto davvero.

Un'altra perdita, un'altra cosa da superare.

Un movimento fuori dalla finestra attira la mia attenzione e noto i palloncini rosa legati con uno spago all'insegna di fronte all'entrata del nostro condominio. È come se fossero un segno, per quanto stupido sembri. Come se Hope mi stesse dicendo di tagliare quello spago e puntare alle stelle, di non lasciare che il dolore mi tenga prigioniera.

Non sarà facile, ma posso farcela. E lo farò. Per lei.

«Siamo arrivati» dice Blaine, facendomi riemergere dai quei pensieri.

Mi guardo intorno e vedo che ha parcheggiato. Lo fisso e mi rendo conto di non aver ascoltato niente di quello che probabilmente mi ha detto, intrappolata nei ricordi del passato. Mi sforzo di sorridere, apro la portiera e scendo dall'auto.

«Stai bene?» domanda, quando mi raggiunge sul lato passeggero per poi afferrare la mia mano.

«Sì» dico annuendo.

Aumenta la stretta, ma non mi fa altre domande e gli sono grata per questo.

Mentre lo seguo dentro l'albergo, mi rendo conto che, sebbene stare qui sia più difficile del previsto, mi consola il pensiero di essere riuscita ad andare avanti con la mia vita, a fare quello che mi ero prefissata, per Hope e per me stessa. Anche se non riesco a liberarmi di una strana inquietudine e godermi a pieno questa sensazione.

Una volta entrati nella nostra stanza, Blaine si volta verso di me e mi rivolge un'occhiata che comprendo, prima ancora che mi tocchi. Forzo un sorriso finto sulle labbra e mi dico che andrà tutto bene. La vita che ho è bella, nonostante tutto, e io sono felice. Sono solo nervosa per via della mostra di domani sera. Ne sono sicura.

Allora perché ho l'impressione di dovermi sforzare per convincermi di ciò?

Capitolo 3

Cole

Che diavolo sto facendo? Non dovrei essere qui, ma ho combattuto contro me stesso per tutto il giorno e alla fine, a quanto pare, ho perso.

Ieri, al di là di quella vetrina, lei sorrideva, e mi sarei dovuto accontentare di saperla felice.

Invece sono di nuovo qui e non so bene perché. Rivederla ha riportato a galla dei sentimenti che non provavo da anni, risvegliato una parte di me che credevo morta, l'uomo che inseguiva quello che voleva e se lo prendeva.

Voglio solo sincerarmi che lei stia davvero bene. Solamente questo. Voglio rivedere i suoi occhi brillare, come succedeva prima che perdessimo la nostra bambina, e il sorriso che non ho mai dimenticato perché è sempre stato nei miei sogni.

Ovviamente è un piano stupido perché prevede di non farmi vedere da lei per nessuna ragione, per cui non saprò mai con certezza se ha trovato la serenità che cercava.

A ogni modo, voglio solo guardarla per l'ultima volta.

È qui. In Arizona. A casa nostra.

Dopo cinque lunghi anni in cui mi sono chiesto dove fosse, posso osservarla con i miei occhi. È proprio in fondo alla strada e non sono in grado di resistere, sono stato forte per tutti questi anni, e adesso mi merito un piccolo premio.

Ho fatto fatica a concentrarmi per tutto il giorno. Sono abbastanza sicuro che Jerry non mi abbia mai urlato contro tanto come oggi. Mi ha persino tirato un pugno, nel suo oramai perenne stato di ubriachezza, dicendomi che "reagire a qualsiasi cavolo di problema io abbia" mi aiuterebbe. Non sospetta niente e non voglio nemmeno pensare a cosa farebbe se sapesse che lei è qui o se sapesse cosa sto facendo in questo preciso momento. Dio solo sa cosa userebbe per minacciarmi e il pensiero mi fa chiudere lo stomaco.

Eppure, la voglia di vederla resta più forte.

A un certo punto non ho più retto, ho fatto finta di non sentirmi bene e me ne sono andato dalla palestra. Ho camminato avanti e indietro nel mio appartamento tutto il pomeriggio, sperando che il tempo scorresse più in fretta. Mi sono persino fatto la doccia calda, due volte, per rilassare i nervi. E per tutto il tempo ho continuato a desiderare di avvolgere Tatum tra le braccia, solamente un ultimo abbraccio, un ultimo tocco, un ultimo momento, un ultimo *qualsiasi cosa* con lei. Il punto è che ho rinunciato a lei e, se una parte di me ancora se ne pente, tornando indietro prenderei la stessa decisione.

Per tutto questo tempo ho sentito la sua mancanza, l'ho desiderata chiedendomi come stesse e attaccandomi alla speranza che lasciarla andare fosse la cosa giusta da fare per far sì che non gettasse via quell'opportunità.

E lei ce l'ha fatta. Sul serio. Come testimonia la mostra alla galleria. Sapevo che avrebbe avuto successo fin dal primo momento in cui l'ho vista dipingere.

Il ricordo mi salta subito in mente.

Salgo le scale del dormitorio e individuo la porta che sto cercando. Busso rumorosamente, ansioso di andare a prendere Chelsea, favolose tette con una quinta di reggiseno, e portarla fuori. Da quando l'ho incontrata al corso che frequentiamo insieme, mi sono dato da fare per mettere le mani sotto la sua maglietta. Stasera la porto a cena e dopo al cinema, anche se spero di saltare il film e di girare noi una scena sul sedile posteriore della mia macchina.

Quando la porta si apre, mi appare davanti una fantastica ragazza, mora e con due meravigliosi occhi verdi, o forse blu. Ha la fronte corrugata è un'espressione infastidita. Porta i capelli raccolti sulla cima della testa e alcune ciocche le incorniciano il viso, altre si posano maliziose sulla spalla nuda. Ha degli sbaffi scuri di qualcosa che sembra vernice in diversi punti della faccia e la mano appoggiata sul fianco.

«Che c'è?», sbotta e tutto quello che riesco a fare è fissarla, tanto è bella, ma lei interrompe la magia perché mi sbatte la porta in faccia.

Busso di nuovo, l'uscio si apre rapidamente e lei mi guarda come se fossi la persona più stupida che abbia mai visto.

«Ciao, sono Cole. Sono qui per Chelsea», riesco a dire alla fine.

«È in bagno, probabilmente a mettersi la diciottesima passata di mascara» dice e poi si allontana dalla porta, lasciandola aperta.

Entro e a malapena faccio caso a quello che mi circonda perché sono troppo interessato a osservarla. Si è spostata dall'altro lato della camera, spalle alla finestra, davanti a un grande cavalletto. Sta chiaramente dipingendo, il che spiega le macchie di colore sul suo viso. Le giro intorno, non esitando a invadere la sua privacy, e fisso la tela.

«Hai finito di guardare?», mi chiede con sarcasmo senza girarsi verso di me.

Sposto lo sguardo su di lei e, indicando il quadro, dico: «Sei molto brava.»

E sono serio. Ha catturato perfettamente l'immagine del cielo notturno, sulla tela la luna sembra quasi brillare di luce propria. È riuscita a riprodurre la natura fumosa delle nuvole intorno a essa e, non si sa come, il resto del cielo pare risplendere. Non so come abbia fatto a rendere un dipinto così pieno di luce, è davvero bellissimo, ma non è nulla paragonato a lei. Non riuscirei a toglierle gli occhi di dosso nemmeno se volessi, perciò tanto vale rimanere a guardare.

«Be', lo spero bene, visto che ci lavoro giorno e notte e frequento l'accademia d'arte» sentenzia.

«Porca miseria, ragazza, chi ti ha rovinato la giornata? Ti ho fatto un complimento. Si può essere più stronzi di così?»

«Vuoi scoprirlo?» afferma girandosi verso di me.

Mi fissa e io non riesco a capacitarmi di quanto carattere abbia. Non so perché, ma mi ritrovo a essere più divertito che altro. Le mie labbra si curvano in un sorriso e sono quasi scioccato quando vedo le sue fare lo stesso. Scoppiamo entrambi a ridere e, onestamente, non so nemmeno sicuro del perché, ma proprio in quel momento giuro solennemente di volerla sentire ridere di nuovo tante altre volte.

«Che c'è da ridere?» chiede Chelsea entrando nella stanza.

Smettiamo entrambi all'istante. È bellissima, ma all'improvviso la sua quinta di seno non è più così attraente. Non tanto quanto la piccola "Monet" che ha catturato la mia attenzione.

«Niente» risponde la mia nuova amica alla sua coinquilina.

«Sì, come no» dice Chelsea alzando gli occhi al cielo. «Mi spiace che tu abbia dovuto sopportare la mia coinquilina noiosa. Spero che tu non si arrivato da molto.»

Ah, l'aspetto negativo della vita universitaria. Ritrovarsi con un coinquilino con il quale non vai d'accordo. Povera Monet, penso tra me e me.

«Divertitevi, allora» dice con poca sincerità.

Si volta di nuovo verso il quadro, ma vedo che continua a fissarmi con la coda dell'occhio.

«In realtà, non mi va molto di uscire, Chelsea. Scusami» mi esce dalla bocca.

«Cosa? Dici sul serio?» domanda perplessa.

Si avvicina a me e mi posa una mano sulla testa. Vorrei spingerla via, ma rimango fermo.

«Mi sembra che tu stia bene, non hai la febbre. Sei sicuro?» chiede ancora.

«Quello di cui sono certo è che sto uscendo con la coinquilina sbagliata» ribatto alzando le spalle.

Chelsea spalanca la bocca e Monet fa la stessa cosa.

«Come, prego?» chiede il mio ex appuntamento, con un'espressione indignata sul volto.

«Hai bisogno che te lo ripeta più lentamente?» le domando.

So che è da stronzi, ma si è comportata male con Monet e mi ha fatto incazzare. Mi giro verso la mia piccola pittrice, le sorrido e le chiedo: «Mi dici come ti chiami o devo continuare a chiamarti Monet? Per inciso, è il nome che ti ho dato nella mia mente.»

Lei sorride e scuote la testa incredula, perché risponde: «Tatum.»

«Bene, Tatum, piacere di conoscerti. Ci rivedremo presto di sicuro.»

Le faccio un rapido occhiolino ed esco dalla stanza, ma non prima di notare le sue labbra incurvarsi in un sorriso.

Si è di certo guadagnata il nomignolo "Monet" ora, questo è sicuro.

Rimango fuori mentre la galleria diventa sempre più affollata, minuto dopo minuto. Sono sorpreso ma anche felice, perché significa che Tatum passerà una bella serata. E sono ancora più felice perché ci sono abbastanza persone da consentirmi di entrare senza rischiare di essere visto.

Una volta dentro, butto fuori l'aria dai polmoni. Provo un senso di oppressione al petto e mi sento nervoso come non mai. Mi guardo intorno e la cerco con lo sguardo per assicurarmi che non sia nelle vicinanze. Non riesco a individuarla tra la folla, così rivolgo la mia attenzione ai dipinti e non mi ci vuole molto per perdermi in essi.

I quadri sembrano essere stati raggruppati per tema. Ci sono diverse rappresentazioni di Chicago e mi rendo conto di quanto abbia imparato ad amare quella città. I miei preferiti però sono quelli dell'Arizona. Il deserto in fiore è così ben definito che si ha la sensazione di esserci. Poi ci sono dipinti di strade dopo la pioggia, di giardini rigogliosi, di albe e di tramonti. È come se fosse riuscita a imprimere sulla tela il mondo intero.

C'è un assembramento di persone attorno a un gruppo di quadri. A giudicare dall'ampia vetrina, dalla loro posizione nella galleria e dalle luci disposte intorno a essi, è chiaro che rappresentano il punto forte della mostra. Mi guardo di nuovo intorno per cercarla e provo un senso di frustrazione perché non riesco ancora a individuarla. Così mi sposto per vedere i quadri che stanno suscitando tanto interesse.

Appena li vedo, smetto di respirare.

Divoro ogni immagine, assorbo ogni dettaglio. Gli occhi mi bruciano per le lacrime trattenute, i miei pugni si chiudono e il cuore mi fa un male cane.

Il gruppo di quadri si chiama "Un mondo con Hope". Hope è il nome che avevamo dato a nostra figlia. La serie inizia con la sua nascita e sento un urlo che tenta di sfuggire dal mio petto quando vedo la nostra piccola sorretta da Tatum dopo il parto, entrambe circondate da braccia maschili, le mie braccia. Un momento doloroso impresso nella mia mente diviene semplicemente straordinario attraverso i suoi occhi. Una nascita della quale entrambi conoscevamo le conseguenze. Ogni urlo e grido di Tatum durante le doglie era un misto di dolore e devastazione per quello che ne sarebbe derivato.

Poi ci sono una serie di dipinti che descrivono come sarebbe dovuta andare. Hope da neonata felice, che si afferra gli alluci con un'espressione soddisfatta negli occhi e una risata che gorgoglia dalle sue labbra. Hope da bambina piccola, mentre cammina instabile verso mani allungate che la aspettano. Hope, con una gioia sfrenata sul volto che vola in aria mentre viene spinta su un'altalena, con il vento che le scompiglia i capelli. L'ultimo pezzo raffigura Hope, dell'età che avrebbe adesso, con gli occhi pieni di eccitazione mentre aspetta il pullman per andare a scuola.

Tutti i quadri mi tolgono il fiato, mi riempiono gli occhi di lacrime e mi fanno dolere il cuore. Tuttavia, infondono in me anche un guizzo di speranza perché in quelli in cui Hope cammina verso le braccia tese, e l'altro in cui viene spinta sull'altalena, ci sono anche delle mani maschili con un tatuaggio all'interno del polso. Particolare insignificante per tutti, ma per me invece è tutto, perché quel tatuaggio è identico a quello che spicca sulla mia pelle.

Mentre le persone intorno a me commentano quanto i quadri siano teneri e dolci, una donna con un cartellino che indica la sua appartenenza allo staff mi passa davanti.

La afferro per il gomito e le chiedo: «Mi scusi, c'è un listino prezzi per i quadri? Nello specifico, questi qui?» dico indicandoli.

Non mi importa del mio progetto di risparmiare fino all'ultimo centesimo per non dover mai più dipendere da qualcuno. Spenderò tutti i soldi che ho per questi quadri.

«Sì, ma questi in particolare non sono in vendita. Sono i quadri di presentazione che l'artista condivide in tour» risponde sorridendo.

«In tour?»

«Sì, visiterà diverse gallerie, oltre a questa.»

Annuisco e mormoro: «Grazie.»

Dopo che se ne è andata, tiro fuori il telefono e scatto delle foto ai quadri. Non so se sia permesso, ma non mi interessa. Mi giro e mi guardo attorno ancora una volta, ma non riesco a trovare Tatum, così mi convinco che non sia destino che io la incontri. Quell'unica volta mi dovrà bastare perché è stata comunque più di quanto avessi il diritto di sperare. Inoltre, la cosa migliore è che io vada via, non sono sicuro che il mio cuore potrebbe reggere altre emozioni.

Sgomito tra la folla per raggiungere l'uscita, proprio mentre un gruppo di nuovi visitatori sta entrando. Quando finalmente liberano la via, alzo lo sguardo e Tatum è lì. Sta prendendo una coppa di champagne dal vassoio sorretto da un cameriere. Di colpo si gira e i nostri occhi si incontrano. Ci immobilizziamo, fissandoci a vicenda, incapaci di distogliere lo sguardo, incapaci di fare un passo l'uno nella direzione dell'altra. Mi vengono in mente un sacco di cose, così tante cose che vorrei dirle, cose che vorrei fare.

È davvero… meravigliosa, non ci sono altre parole per descriverla. I suoi occhi sono luminosi e belli proprio come li ricordavo. Non so un cavolo di moda, ma l'abito corto che indossa sembra fatto su misura per lei, avvolge le sue curve e mette in mostra quelle lunghe gambe che amo. I miei pensieri virano su altro e immagino di afferrarla e baciarla, desiderando di sentire di nuovo le sue labbra sulle mie, di far scorrere la mano lungo la sua gamba liscia e sotto il vestito. La mia reazione nei suoi confronti è viscerale, persino più forte di quello che provavo anni fa.

Lei, però, non mi appartiene più e la distanza tra noi non si annullerà mai. È abbastanza, più che abbastanza, vedere di nuovo i suoi splendidi occhi su di me, per quanto breve sarà il momento. Con un piccolo sorriso e un cenno della testa, mi dirigo velocemente verso la porta ed esco.

Ho mosso solo qualche passo lungo la strada, in direzione di casa, quando nel cielo esplode un forte tuono che fa eco della turbolenza emotiva che si agita dentro di me. Mi fermo, alzo lo sguardo e, nemmeno a farlo apposta, la pioggia inizia a cadere, dando il via a un rovescio torrenziale. È come se Dio e tutti i suoi angeli stessero piangendo per me e Tatum, per la nostra triste storia d'amore oramai spezzata.

Capitolo 4

Tatum

Gli ultimi cinque anni sono stati gentili con lui, rasentando il ridicolo. Ora ha un aspetto persino migliore di quello che aveva tanti anni fa, quando l'ho conosciuto. Mi ritorna in mente l'immagine del giorno in cui è venuto a prendere la mia coinquilina per un appuntamento. Mi ricordo l'attrazione istantanea che ho provato per lui e di come avessi combattuto per allontanare le strane emozioni che provavo. Ricordo i miei commenti sarcastici e le sensazioni provate che oscillavano tra l'infastidito e l'intrigato. Poi c'erano stati i suoi inviti a uscire, i miei rifiuti e la sua ostinazione a non accettare un "no" come risposta.

Sì, sembra più virile, la sua struttura fisica è più massiccia, i suoi muscoli sono più definiti e si notano anche attraverso i vestiti. Solo il suo splendido viso è cambiato un po'. Adesso quando sorride gli vengono delle pieghe agli angoli della bocca che non ricordo avesse. Le mie dita fremono per il bisogno di esplorarle, insieme alla piccola fossetta sul mento. Anche i suoi occhi sono ancora gli stessi, così come l'attrazione che provavo per lui cinque anni fa.

Il mio cuore sembra impazzito, il mio respiro è corto e nel mio stomaco volano un miliardo di farfalle. Una parte di me vorrebbe andare da lui. La stessa parte che desidererebbe abbracciarlo, baciarlo, e lasciarsi stringere tra le sue braccia come faceva un tempo. Ho così tante domande che vorrei fargli su questi ultimi cinque anni. Cosa ha fatto? Mi ha pensata? Gli sono mancata? Sta con qualcuno? È felice?

Ma un'altra parte di me, grande quanto la prima, vorrebbe andare da lui e schiaffeggiarlo. Vorrebbe puntargli un dito contro, inveire e infuriarsi. Graffiargli il viso e fargli provare lo stesso dolore che mi ha causato. Vorrebbe urlargli tutta l'indignazione per la sua presenza qui, oggi.

Mentre la mia mano si stringe con forza attorno alla coppa di champagne, resto ferma, incapace di decidere quale delle due opzioni preferirei.

In qualche modo riesco a fare un respiro profondo e a controllarmi. Sono andata avanti, sono felice con Blaine. Queste cose appartengono al passato. Eravamo giovani, stavamo soffrendo ed era solo questione di tempo prima che bruciassimo. Niente di questo cambia il fatto che abbiamo passato tanti momenti felici insieme e, nonostante il nostro passato doloroso, mi importerà sempre di lui. Me lo ricorderò sempre. Mi mancherà sempre. Mi chiedo come sarebbe potuta andare tra noi, mi chiedo se lo amo ancora, ma allontano subito quel pensiero e mi dico che va bene, che è normale, che resterà sempre il padre della mia bambina.

Prima che possa fare un solo passo, mi rivolge un sorriso dolce e triste, con gli occhi colmi di emozioni indecifrabili, fissi nei miei. Poi, mi fa un cenno e, prima che io possa sbattere le palpebre, si dirige verso la porta e sparisce alla mia vista.

All'inizio, non mi muovo. Un milione di pensieri si affollano nella mia mente senza che io riesca ad afferrarli. Prima che possa ripensarci, sto sgomitando tra gli invitati, abbandono il mio bicchiere su un tavolo a caso ed esco fuori dalla porta. Guardo prima a destra e il vento mi spinge i capelli dritti in faccia. Li sposto da un lato e lo cerco febbrilmente sul marciapiede, ma non vedo nessuno che gli assomigli. La pioggia sta scendendo a secchiate dal cielo e, per fortuna, sono coperta dalla tettoia, che però mi intralcia la vista. Guardo a sinistra e scruto la strada piena di persone che fuggono per non bagnarsi e, infine, vedo una figura che cammina più lenta di tutti. Senza ombra di dubbio, so che è lui. Ci sono delle cose che non si dimenticano.

«Cole!» urlo mentre mi chiedo, contemporaneamente, cosa sto facendo. Voglio davvero affrontarlo faccia a faccia? «Cole!» urlo di nuovo, rispondendo alla mia stessa domanda. La mia voce viene coperta dallo scrosciare dell'acqua. Rivolgo un'occhiata alla galleria ed esito solo per un momento, poi mi giro e mi lancio sotto la pioggia.

Borbotto un'imprecazione quando l'acqua fredda colpisce la mia pelle e corro verso di lui, per quanto veloce i tacchi me lo consentano sul marciapiede sdrucciolevole.

«Cole» grido di nuovo e questa volta lui si ferma.

Rimane fermo e io ripeto ancora il suo nome.

Gira su se stesso e si guarda intorno, fino a posare gli occhi su di me. Io sussulto. Sono così scuri che sembrano quasi neri, e mi rendo conto che sono rimasti sempre con me. Vederli di nuovo fa calare un macigno sul mio cuore. Sento le lacrime bruciare, ma io le ignoro e mi incammino verso di lui.

Stringo le braccia intorno al mio corpo, cercando di respingere il freddo, ma prendo in pieno un tratto scivoloso del marciapiede e mormoro un «porca miseria» consapevole che cadrò.

Prima di finire a terra, un paio di mani forti sono lì a sostenermi.

«Cristo» borbotta prima di spingermi sotto la tettoia di un negozio chiuso per proteggermi dalla pioggia.

Per un attimo, ci limitiamo a fissarci. Sono fradicia, i capelli mi cadono a ciocche sul viso, la parte bianca del mio abito da cocktail probabilmente ora è diventata trasparente e sono certa che il mio trucco sia un disastro. Sono quasi arrabbiata per il fatto che lui ancora abbia un bellissimo aspetto. Ha i capelli appiccicati alla faccia, ma anche da bagnato sta bene, semplicemente... stupendo.

«Tatum?»

Pronuncia il mio nome a bassa voce e io lo guardo mentre i suoi occhi sembrano volermi divorare. Quella combinazione mi provoca un brivido lungo le braccia: è passato un sacco di tempo da quando l'ho sentito pronunciare il mio nome, ed è ridicolo come una cosa così semplice possa scatenare una reazione così immediata. Rabbrividisco di nuovo e mi stringo le braccia attorno al copro. Lui lo nota e, senza dire una parola, si toglie la giacca del completo e la sistema sulle mie spalle. Non so come, ma è ancora calda dentro e io mi beo di quella sensazione.

«Grazie» gli dico e mi coglie un'improvvisa timidezza, così abbasso lo sguardo a terra per ricompormi. Non so come definire con esattezza quello che sto provando, né so davvero cosa voglio dire ora che è qui di fronte a me, dopo così tanto tempo. Con un sospiro, mi scrollo dalla testa quel pensiero e guardo dritta nei suoi occhi ancora una volta, poi faccio la domanda che ho stampata in mente.

«Che ci fai qui?»

Lui rompe il contatto visivo e sposta lo sguardo di lato. Prima che i suoi occhi incontrino di nuovo i miei, piega le labbra in un sorriso e scrolla le spalle. «Ho trovato un volantino della tua mostra. Dovevo... dovevo venirci e basta.»

Sembra anche lui intimidito e i suoi occhi hanno un'espressione interrogativa, come se si chiedesse il senso di quella risposta.

«Ma perché?» insisto.

«Perché?» ripete. «Che intendi?»

«Perché dovresti sentire il bisogno di venire alle mie mostre?» domando.

Lui alza le sopracciglia e sembra confuso.

«Per vederti, ovviamente. Per cos'altro?» risponde.

«E... allora? Sei venuto, mi hai vista e te ne saresti andato così? Senza dirmi nemmeno una parola?»

«Vederti doveva bastarmi, che mi piaccia o meno. Inoltre, non mi aspettavo che ti saresti accorta di me.»

«Ma è successo.»

«Lo so e mi dispiace. Non volevo...»

Il suo tono di voce si affievolisce come se all'improvviso gli mancassero le parole. Si passa una mano tra i capelli umidi.

«Non ci ho pensato troppo, immagino. Non pensavo fossi minimamente interessata a parlarmi e non volevo metterti in una situazione scomoda.»

Vorrei quasi mettermi a ridere per quelle parole, l'intera conversazione è assurda, ma i suoi occhi fanno restare anche me senza parole. Una voce nella mia testa urla di andarmene, di non fare di nuovo questo a me stessa, di non farmi coinvolgere. Invece, mi ritrovo ad annuire, in risposta a quel commento, e rimaniamo lì a fissarci, con le parole non dette e le emozioni che passano tra i nostri sguardi, incapaci di esprimerci in altro modo.

«Sei...»

Con gli occhi percorre il mio corpo e io mi sento immediatamente vulnerabile. Un'emozione che non sono sicura di voler definire si insinua sotto la mia pelle

«...meravigliosa» conclude.

«Anche tu» confesso, assicurandomi di mantenere gli occhi nei suoi.

Ci fissiamo e lui sbotta: «Sei felice?»

Apro la bocca per rispondere, ma mi rendo conto che il "sì" non esce subito dalle mie labbra e la cosa mi confonde. Passo rapidamente in rassegna la mia vita, in silenzio. Penso alla vita a Chicago, un posto nel quale sono sempre voluta andare. Penso a Blaine e alla nostra relazione durante l'anno appena trascorso. Penso alla mia prima mostra qui e a quanto mi sono sentita orgogliosa. A quanto ancora ami perdermi nei miei quadri e al fatto che non abbia perso la passione per il mio lavoro. Ma poi scavo più a fondo in ognuna di queste cose e penso a quanto io non mi sia resa conto del fatto che mi manchi l'Arizona. Mi chiedo del perché io non sia più felice con Blaine e della mia confusione riguardo i miei sentimenti. Rifletto sul fatto che, a parte mia sorella, non ho amici. Penso ai miei quadri e a quanto io ami il mio lavoro, ma penso anche alle numerose volte nelle quali ho sperimentato uno strano blocco per il quale non ho una spiegazione. Quando resto sola con me stessa ho la sensazione che mi manchi qualcosa, ma non riesco mai a capire cosa. Però niente di tutto questo esce dalle mie labbra e mi limito ad annuire e a rivolgergli un breve sorriso.

«Bene» dice, distogliendo lo sguardo. Lo osservo serrare la mascella, come se volesse dire qualcosa ma si stesse sforzando di non farlo.

Alla fine, piego il pollice in direzione della galleria.

«Bene, io devo tornare dentro.»

Lui si schiarisce la gola e raddrizza la schiena.

«Sì, certo. Mi ha fatto davvero piacere vederti.»

«Anche a me» ribatto.

Ci sorridiamo a vicenda per un po', mentre mi tolgo la sua giacca e gliela porgo. Poi valuto se abbracciarlo, ma decido che non è il caso. Comincio invece ad allontanarmi, dopo avergli rivolto un breve cenno di saluto. Dopo qualche passo, mi volto e vedo che è ancora lì, con gli occhi fissi a terra. Faccio un altro paio di passi e mi sembra che il cuore mi faccia male man mano che la distanza tra noi aumenta. Guardo di nuovo: ha appeso la giacca alla spalla e sta lentamente camminando sul marciapiede nella direzione opposta.

Prendo un respiro profondo, riporto lo sguardo verso la galleria e riprendo a camminare. Poi un pensiero improvviso si fa strada e giro di nuovo su me stessa. Faccio quasi un salto quando vedo che anche lui sta camminando velocemente verso di me ed è più vicino di quel che pensassi. Quando mi ritrovo faccia a faccia con lui, i suoi occhi sono spalancati, come i miei.

Sorridiamo, esitanti, e io dico: «Hai…»

«Ti va…» dice nello stesso momento, e ci mettiamo a ridere piano.

«Prima tu» aggiunge con un'espressione sul volto che assomiglia molto alla... speranza.

«Mi chiedevo se... ti andasse di prendere un caffè o una cosa così?» sussurro.

Lui si avvicina ancora di più.

«Stavo per chiederti la stessa cosa, ma non ero sicuro di quanto ti saresti trattenuta qui.»

Per ora evito di rispondere alla sua implicita domanda e gli domando: «Possiamo vederci tra un'ora? Devo tornare prima alla galleria, ma la mostra è quasi finita.»

«Va bene. Ti ricordi dov'è Nadine's tra la Mill e la University?»

«Sì» annuisco «me lo ricordo.»

Abbiamo passato tanto tempo a studiare in quel caffè e a quel ricordo mi viene da sorridere. Lo fa anche lui e sono certa che stia ricordando la stessa cosa.

«Ci vediamo tra un'ora» affermo.

«Okay, ci vediamo lì.»

«Okay» aggiungo, poi mi giro e mi dirigo verso la galleria, chiedendomi cosa cavolo mi stia passando per la testa.

Un'ora e mezza dopo, mi fermo di fronte a Nadine's. La mostra si è chiusa un po' più tardi del previsto. Non mi sembrava corretto lasciare la galleria prima che l'ultima persona se ne fosse andata, per cui mi sono trattenuta fino alla fine. Una volta arrivata finalmente alla mia macchina, mi ha chiamata Blaine durante il suo scalo per sentire come fosse andato il resto della serata. Ha preso il volo di ritorno stasera, come avevamo pianificato, perciò è riuscito a presenziare solamente all'inizio dell'evento. Mi ricordo di come mi sono sentita irritata dal fatto che non potesse rimanere, ma ora provo sollievo che sia andata diversamente.

Quando sono tornata alla galleria ero piuttosto impaziente che la mostra finisse. Ogni domanda, ogni complimento da parte dei potenziali clienti mi sono sembrati inutili perché ero ansiosa di ritornare da Cole. Ora che sono in ritardo, non so nemmeno se ci sarà ancora. Probabilmente avrà pensato che avessi deciso di non venire più e non potevo neanche chiamarlo visto che probabilmente non ho più il suo numero di telefono, anche se a dire il vero non ho provato a usare quello vecchio.

Spengo il motore della macchina con un rapido giro di chiave, poi mi prendo un momento per ricompormi. Mi massaggio le tempie e mi chiedo che cosa sto facendo qui. Quello che avevamo è finito anni fa e, anche se adesso riesco ad attribuire ciò che è accaduto alla nostra giovane età e alla nostra precaria situazione economica, alcune cose restano ancora irrisolte. Mi ero raccontata la bugia che andasse bene così, che dovevo solo andare avanti, ma mi è sempre rimasto un dubbio di fondo, qualcosa che non riesco a tacitare anche se ci provo. Quindi devo stare attenta, questo incontro potrebbe facilmente diventare qualcosa di spiacevole, perciò mi assicurerò che non accada. Forse finirà per essere l'addio finale che non siamo riusciti a darci prima.

Spingo la porta per aprirla, studio l'ambiente e provo sollievo quando i miei occhi incontrano i suoi. Gli sorrido a mo' di scusa e mi avvicino al tavolo. Ha già ordinato una caraffa di caffè e una tazza per me.

«Scusami tantissimo. Mi ci è voluto più del previsto per liberarmi.»

Per fortuna, avevo un cambio di vestiti con me alla galleria per ovviare alla pioggia. Ero fradicia fino alle ossa per cui mi sono cambiata velocemente, ritoccata il trucco e ho usato l'asciugamani elettrico del bagno per sistemarmi come meglio potevo i capelli. Noto che anche lui si è cambiato. La sua camicia nera ha le maniche arrotolate fino agli avambracci e i tatuaggi si arrampicano lungo la pelle esposta. I miei occhi non riescono a fare a meno di cercare se ce ne sono di nuovi dall'ultima volta che l'ho visto.

«Non c'è problema. Capisco» dice sorridendo.

Dopo essermi versata una tazza di caffè, la reggo tra le mani e mi godo il calore mentre mi ritrovo a non sapere cosa dire. «Allora...» inizio.

«Allora…» ripete lui con un sorriso sulle labbra che mi fa attorcigliare lo stomaco. «Come sei stata?» chiede, ed è una cosa così patetica che scoppio a ridere. Lui mi imita e forse quel gesto rallenta un po' la tensione.

«Be', bene» gli dico con una scrollata di spalle.

«Tutto qui? Cinque anni e tutto quello che mi dici è: "sono stata bene"?»

«Cosa vorresti sapere?»

Distoglie lo sguardo per un attimo prima di rispondere.

«A giudicare dalla mostra, immagino tu abbia finito l'accademia d'arte a pieni voti?»

«È così. Ho dovuto mettermi in pari quando sono arrivata a Chicago, visto che ho frequentato l'accademia solamente part-time durante il mio terzo anno qui, come sai.»

Mi schiarisco la voce e respingo i ricordi che emergono quando parlo di quel periodo. «Non mi hanno riconosciuto tutti i crediti come speravo, perciò ho praticamente dovuto ripetere il terzo anno, poi ho completato il quarto e, infine, ho decido di frequentare una specialistica per due anni. Sono stata abbastanza fortunata da mantenere la borsa di studio completa, sebbene ancora mi chieda come abbia fatto.»

Mi fissa intensamente. «Sono certo che la borsa di studio sia stata di grande aiuto.»

«Mi ha evitato parecchio stress, questo è certo, visto che includeva vitto, alloggio e persino un contributo per la spesa. È stata una vera fortuna.»

«No, l'hai avuta grazie al tuo talento e al duro lavoro, non c'è dubbio.»

Alzo le spalle e mi sento improvvisamente timida di fronte a quel complimento.

«Quindi ti sei laureata un anno fa?» domanda.

«Sì» confermo.

«È ammirevole che tu abbia una mostra itinerante dopo solo un anno dalla fine degli studi.»

Sul suo viso spunta un'espressione di orgoglio che mi dà un senso di... intimità. Non saprei spiegarlo in altro modo.

«Vorrei dirti che è successo solo grazie al mio talento e al duro lavoro, come hai detto tu, ma non è così a essere del tutto onesti.»

«Che cosa intendi dire?»

«Ho avuto questa possibilità perché ho conosciuto persone che a loro volta conoscono altre persone. È qualcosa che probabilmente non avrei mai ottenuto da sola.»

«Non farlo» dice con un'espressione severa sul volto.

Resto interdetta e anche un po' infastidita dal suo tono.

«Non sminuire te stessa, il tuo talento o le tue abilità con così tanta facilità» conclude.

«Be', grazie» mormoro.

Decido che è il momento di spostare l'attenzione da me e di ottenere anche io delle risposte.

«E tu? Stai bene? Cosa fai per vivere? Sei tornato a scuola a tempo pieno e ti sei laureato?» chiedo.

Si stava attivando per ottenere una borsa di studio e aveva scelto una specialistica, ovviamente in Economia. Era sua intenzione dare l'esame per prendere l'abilitazione da Commercialista. Sperava di trovare un lavoro in un'azienda contabile importante e in futuro diventare un associato per sostenere la nostra famiglia. Si parla, ovviamente, del passato.

«In realtà, non sono ritornato al college.»

«No?»

«No, adesso combatto a tempo pieno.»

«Ah, ecco. Immagino che non dovrebbe sorprendermi, non sei mai riuscito a stare alla larga dall'ottagono. Adoravi combattere.»

Sorride appena, ma non aggiunge altro.

«Allora, le cose ti vanno bene?» chiedo.

«Me la cavo.»

Appare reticente a parlarne, sembra proprio che Cole sia diventato un uomo di poche parole. Perciò, insisto. «E gli altri? Combattono ancora tutti?»

La mia domanda gli strappa il primo vero sorriso e quella vista mi toglie il fiato, toccando qualcosa dentro di me. Il sorriso di Cole Russell è in grado di far abbassare le mutande alle ragazze, di far ridacchiare le bambine e persino di far voltare le signore anziane.

Influenza *tutte* le femmine della specie.

«Sì, tutti. Sono certo che ricordi Jax, Zane, Levi, Dylan e Ryder dal college.»

«Non penso che nessuna donna sana di mente potrebbe dimenticarsi qualcuno di voi» ridacchio.

«Davvero?» chiede inclinando la testa.

«Sì, certo» ribatto.

«Quindi questo significa che non ti sei mai dimenticata di me?»

Capitolo 5

Cole

Mi costa molta fatica stare seduto di fronte a lei e riuscire a trattenermi. Vorrei toccarla, spostarmi all'altro lato del tavolo, sedermi vicino a lei, e prendere le sue mani tra le mie. Vorrei dirle quanto mi è mancata, quanto tempo passo a pensare a lei e che non l'ho mai dimenticata. Vorrei spiegarle che nessuna potrebbe mai prendere il suo posto per quanto io abbia provato a togliermela dalla testa.

Starle così vicino e non essere in grado di esprimere i miei sentimenti è il peggiore tipo di tortura. Faccio del mio meglio per mantenere la conversazione normale, ma sono abbastanza certo di sembrare una specie di robot idiota.

Aspetto che risponda alla mia domanda, trattenendo quasi il fiato. Non avrei dovuto fargliela, lo so, ma mi è sfuggita dalla bocca prima ancora che potessi ricacciare indietro il pensiero. Arrossisce e sembra che fatichi a trovare le parole. Voglio che dica di sì, che non si è dimenticata di me, ho un disperato bisogno che lo faccia. Chiudo le mani a pugno, cercando di controllare le mie emozioni, e quando non dice niente e io non riesco più a sopportare il silenzio imbarazzante, scoppio a ridere, come se stessi solamente scherzando.

Decido di cambiare argomento. «Come stanno i tuoi genitori e tua sorella?»

Le sue spalle si rilassano e io provo un misto di delusione e frustrazione all'idea che fosse chiaramente infastidita dalla mia precedente domanda.

«Stanno bene. Mamma e papà sono andati in pensione in Florida un paio di anni fa. Adorano vivere lì e io cerco di andarli a visitare ogni volta che posso. Tegan è ancora in California. Infatti, ho una mostra in una galleria lì fra qualche settimana. Mia madre e mio padre prenderanno un volo per venire e staranno da lei. Non vedo l'ora di vederli: è passato del tempo dall'ultima volta. I miei avrebbero voluto venire anche qui in Arizona, ma la California è meglio, così possono vedere entrambi. Invece, tua madre come sta?»

«Sta bene. Vive ancora qui in Arizona e mi rompe sempre le palle per una cosa o per l'altra» rispondo.

«Non ne sono affatto sorpresa» dice con un sorriso.

Lei e mia madre andavano d'accordo. Passavamo un sacco di tempo a casa nostra, all'epoca. Mia madre lavorava tanto e, prima che andassimo a vivere insieme, era un posto in cui potevamo stare un po' da soli. Avevano davvero un bel rapporto, ma io ho rovinato tutto quando ho praticamente allontanato Tatum. Mia madre non mi ha parlato per diverse settimane, dopo. Continuava a farmi domande per capire cosa fosse successo, ma io mi rifiutavo di parlarne. Non potevo dirlo a nessuno. Un'altra parte del "nostro accordo".

«Su di lei posso contare, ma resta una rompipalle» dico sbuffando.

«Ah, ma dai, tu adori tua madre. Sei sempre stato un cocco di mamma» mi prende in giro e il tono della sua voce, insieme al suo sorriso, mi portano indietro nel tempo. Un tempo in cui prendersi in giro e flirtare avrebbe portato a toccarsi e baciarsi. Dio, se mi è mancata, in questo momento mi sembra di essere una ragazzina tredicenne in preda alle emozioni.

«Beccato» dico arrendendomi con facilità alla sua provocazione.

«Passa ancora a sorpresa a casa tua con abbastanza cibo da poter nutrire un esercito?» domanda divertita.

«No, non più a casa mia, adesso passa in palestra e offre cibo anche a tutti i ragazzi. A dire la verità mi fa incazzare. Non so quante volte ho litigato con Levi a causa dei suoi biscotti glassati e, ogni volta che porta della pasta, Ryder si comporta come se fosse solo per lui.»

Lei scoppia a ridere. «Be', dille di smetterla.»

«Scherzi? Nemmeno morto, ama ricevere attenzioni. Sacrificherò il mio stomaco per la sua autostima.»

«Oh, un vero martire» mi prende in giro.

Ridacchio e alzo le spalle mentre bevo un sorso del mio caffè e la osservo oltre il bordo della tazza. Non posso fare a meno di guardarla. I capelli scuri le incorniciano il viso e sono leggermente arricciati a causa della pioggia di prima. Gli occhi blu-verdi, circondati dalle ciglia scure, brillano sotto le luci del locale. Sono luminosi ed espressivi proprio come li ricordavo. Il labbro superiore, più sottile di quello inferiore, le conferisce sempre un'aria leggermente imbronciata e la rende sexy da morire. È vestita in modo casual, con una maglietta blu e dei jeans, ma la forma del suo corpo è visibile sotto gli abiti. Mi ricordo ogni curva, fossetta e profilo e non ho dubbi che, se chiudessi gli occhi, mi ricorderei la sensazione della sua pelle sotto il mio tocco, pallida e meravigliosa. Rivedrei quel bisogno nei suoi occhi durante i nostri momenti intimi, risentirei la brama e il desiderio che provenivano da quelle labbra.

E poi all'improvviso mi ricordo di ieri sera, quando l'ho vista attraverso la vetrina della galleria. Le immagini nella mia mente sbiadiscono e le mie mani si chiudono a pugno mentre le sposto sotto il tavolo. Sorrideva a un uomo, lo baciava. Vorrei chiederle di lui, vorrei sapere chi è, come l'ha conosciuto e quanto sia seria la loro storia. Ma quelle domande rimangono non dette.

«E ti piace Chicago?» le chiedo nel tentativo di respingere quei pensieri indesiderati dalla mia mente.

«Amo quella città. Esistono da un'altra parte uno skyline migliore, un teatro migliore, musica dal vivo migliore o negozi migliori? La varietà di ristoranti mi ha praticamente trasformata in un'amante del cibo, ma sai, è la vita di città» scrolla le spalle e sorride, come se dovessi capire cosa vuole dire. Non mi sono mai mosso dall'Arizona.

Si ferma, fa un respiro profondo e continua. «Vivo in una zona meravigliosa, non lontana dalla riva del lungolago, perciò da questo punto di vista sono fortunata, ovviamente. Posso andare a piedi ovunque, non ho nemmeno la macchina. Ma vanno tutti di fretta, sia che camminino per strada, sia che guidino. E l'inverno? Oh, Dio, non mi far nemmeno iniziare, il vento ti passa praticamente attraverso.»

Io annuisco e cerco di assimilare ogni parola che dice, ma non riesco a concentrarmi del tutto. La ascolto, certo, ma colgo solo i punti salienti, una sorta di versione ridotta alla *USA Today.*

Osservarla è molto meglio. Muove le mani in continuazione e, quando ride o si esalta per qualcosa, il suo gesticolare aumenta, accompagnando ciò che dice. Quando fatica a ricordare un dettaglio, guarda in alto, come se quel gesto la aiutasse a rievocarlo. Quando si sente timida o in imbarazzo, si morde le labbra e sposta gli occhi in basso. Le piace anche toccarsi i capelli, se li scosta sempre dalla faccia e se li infila dietro l'orecchio destro. Quando è nervosa, invece, si morde sempre il labbro oppure si mordicchia le unghie. Ricordo che la prendevo spesso in giro per quello, perché a volte si rovinava lo smalto appena messo. E la sua risata? Dio, come ho fatto a dimenticarmene? Assolutamente contagiosa che fa venire il desiderio di ridere con lei.

Mi sono scordato così tante cose, troppe, ma forse è stato meglio così, avrei solo sofferto di più.

La guardo come ipnotizzato e mi fa lo stesso effetto di una canzone che fa battere il cuore e ti spinge a ballare. Mi godo la sua presenza, sapendo che il nostro tempo è limitato, memorizzando tutto di lei per l'ultima volta.

«Ti piacerebbe» dice, e io non ho idea di cosa stia parlando, perso dietro i miei pensieri.

Di fronte alla mia espressione vacua, ripete: «Ti piacerebbe tutto il verde che c'è e, quando arriva l'autunno, tutto cambia colore e crea dei paesaggi stupendi che non riesco nemmeno lontanamente a riprodurre nei miei quadri, non importa quante volte ci provi.»

«Mi dispiace, ma non sono d'accordo. Li ho visti i tuoi quadri e dubito che ci sia qualcosa che tu non riesca a immortalare in essi» dico sincero.

«Lo stai solo dicendo per gentilezza, ma grazie» mormora.

«No, ti sto dicendo la verità» ribatto con sicurezza.

Annuisce, ma all'improvviso una nube attraversa i suoi occhi e lei sembra chiudersi, non saprei come altro definirlo. Cosa non darei per sapere cosa le sta passando per la testa proprio adesso!

Rimaniamo seduti in silenzio per qualche secondo, mentre beviamo il caffè, e io mi impongo di non dire altro che possa turbarla o che possa rivangare brutti ricordi.

E poi fallisco miseramente.

«A proposito dei tuoi dipinti…» inizio, per poi fermarmi incerto su come procedere.

Lei aggrotta le sopracciglia e mi fissa intensamente, come se potesse indovinare i miei pensieri solo con lo sguardo.

«Sì?»

I miei pensieri si accavallano, le emozioni che provo sono così intense che ho difficoltà a fare la domanda.

«Io... quando ero alla mostra... li ho visti» riesco infine a dire.

Prima che possa aggiungere altro, sulla sua faccia cala una specie di maschera e io tento di capire invano i suoi pensieri. Il suo volto non rivela nulla, è come una tela bianca sulla quale mi dovrò sforzare di immaginare ciò che prova.

«Ho visto i quadri di Hope» specifico.

Lei annuisce, ma continua a non dire nulla. Deglutisce, poi allunga una mano per afferrare la tazza e prendere un sorso di caffè, oramai tiepido.

«Mi chiedevo se li avessi visti» si limita a dire.

«Vorrei comprarli.»

«Comprarli?» domanda sorpresa.

«Sì» annuisco. «Tutti.»

Mi guarda, poi sposta gli occhi di lato e di nuovo su di me. Inizia a scorticarsi le unghie e io non resisto, allungo il braccio e le afferro la mano.

Lei deglutisce ancora e scuote la testa. «Non sono in vendita.»

«È quello che mi è stato detto quando l'ho chiesto, ma speravo di poterti convincere a vendermeli.»

Sfila la mano dalla mia e io percepisco immediatamente la mancanza di calore.

«Perché?» chiede.

«Perché cosa?»

«Perché li vuoi?»

«Che razza di domanda è?» ribatto con più aggressività di quella che avrei voluto.

Provo confusione e la rabbia comincia a bruciarmi lo stomaco. Come può persino chiedermelo?

«È una domanda lecita, ma non importa perché come ho detto non sono in vendita» risponde con indifferenza.

«Okay, allora posso convincerti a dipingere delle copie per me? Anzi, guarda, non devi farli tutti, ne prendo solo uno. Scegli tu quale.»

Si alza di scatto e rovescia la sua tazza, versando sulla tovaglia ciò che era rimasto del contenuto Afferra la borsa e si avvia verso la porta. Sono talmente scioccato dalla sua reazione che mi ci vuole qualche momento per correrle dietro.

Getto alcuni dollari sul tavolo e, una volta uscito, mi guardo intorno fino a quando non la scorgo camminare decisa verso una macchina nera.

La raggiungo, la afferro per un braccio e la costringo a girarsi verso di me. «Tatum, che cavolo hai?»

«Che te ne importa, Cole?» quasi urla.

È come se mi avesse schiaffeggiato. Faccio un passo indietro di fronte alla crudeltà delle sue parole e mi arrabbio all'istante, ma non la lascio andare.

«Come, prego?» domando a denti stretti.

«Non capisco perché ti comporti come se te ne fregasse qualcosa» ribadisce.

«Come puoi dirmi una cosa del genere?»

«Semplice, muovo la bocca e le parole escono.»

Il sarcasmo trasuda da ogni sillaba che pronuncia.

«Sono serio, Tatum» rispondo rigido.

«Non importa. È stato uno sbaglio. Tutto questo è stato uno sbaglio» dice improvvisamente.

Lascio il suo braccio, come se mi avesse bruciato la mano con quelle parole. La guardo impotente mentre lei cerca febbrilmente le chiavi nella borsa e muoio alla sola idea che lei se ne vada di nuovo. Non così. Non di nuovo.

Poso una mano sulla portiera, accanto alla sua testa e imploro: «Tatum, ti prego. Non andartene.»

Lei si gira a guardarmi e mi sento distrutto quando vedo le lacrime nei suoi occhi.

«Non posso farlo, Cole. Pensavo che ci sarei riuscita, ma non è così. Sono andata avanti. Sono felice. Ma questo» fa un gesto indicando noi due «questo fa ancora male e io non ho intenzione di rigirare il coltello in vecchie ferite che hanno smesso di sanguinare. Sono andata avanti e non tornerò più indietro. Tu per me sei l'incarnazione del dolore, non posso fingere che non sia così.»

Quando trova le chiavi, la sento emettere un sospiro di sollievo mentre preme il pulsante per aprire la macchina. Entra dentro, ma io afferro la portiera prima che possa chiuderla. Sporge la testa fuori per un momento prima di alzare gli occhi verso di me.

«Addio, Cole» afferma decisa.

Faccio un passo indietro e le permetto di chiudere la portiera. Lei mette in moto la macchina e se ne va, portandosi di nuovo via il mio cuore e la mia anima.

«Addio, Tatum» mormoro a qualcuno che non potrà mai sentirmi.

Capitolo 6

Tatum

È passato tanto tempo dall'ultima volta che mi sono addormentata piangendo, ma quando apro gli occhi sento che bruciano, segno che ieri sera è successo. Dopo essere ritornata nella mia stanza d'albergo, sono collassata a letto senza nemmeno cambiarmi, lavarmi i denti o struccarmi, lasciando che le emozioni del giorno precedente, e i ricordi del passato, mi inseguissero nel sonno.

Borbottando, rotolo via dalla luce del sole che mi colpisce impietosa, ignorata dalle tende che non ho pensato di chiudere la sera prima. Afferro il cuscino e me lo premo sulla faccia, sperando di riuscire ad addormentarmi di nuovo, ma poi realizzo. Mi ricordo che giorno è oggi e quello che significa per me. È il motivo per cui non ho rifiutato di programmare la mostra, convincendomi che forse una permanenza qui fosse proprio quello di cui avevo bisogno.

Mi alzo lentamente dal letto e mi ritrovo nel bagno a guardare il mio riflesso allo specchio. Lì in piedi, all'apparenza tranquilla, osservo i miei lineamenti e poi mi sforzo di guardare oltre, dentro ai miei occhi, cercando il dolore. So che si trova lì, eppure, in superficie, il mio aspetto è ingannevole. Appaio come una normale ragazza, con i capelli scuri, il naso dritto che si alza leggermente in punta, qualche lentiggine, una piccola fossetta sul mento e zigomi alti che molte mi invidiano. Osservo di nuovo ciò che c'è in fondo ai miei occhi e sento le lacrime che scorrono. Per un attimo mi sento orgogliosa di quella facciata che mi è costata tanta fatica, della maschera che indosso così bene. Ci sono dei giorni in cui mi sembra persino genuina: mi sento felice, appagata anche se non nel modo che speravo, ma in alcuni momenti mi basta.

Mi chiedo se a uno dei miei amici sia mai stato chiesto: «Com'è Tatum?»

Direbbero che sono una donna sicura di sé, che si trova a suo agio con il fatto di essere un artista di successo. Che sono felice della mia vita, che qualche volta appaio timida, ma che sono gentile e generosa, contenta del mio ragazzo e della mia casa. Immagino che direbbero che sono una gran lavoratrice, intelligente e che mi sono data da fare per essere dove sono ora, che me lo sono guadagnato. Mi sono assicurata di essere quel tipo di donna, perché sono cose che contano per me, ma la realtà è un'altra.

Chiudo gli occhi e immagino di gettarmi dell'acqua sulla testa; la vedo scorrere sul mio viso, scivolare sul mio collo e gocciolare lungo il mio corpo. Mentre fluisce, cancella la tinta di inganno dietro la quale si nasconde la verità. Quando riapro gli occhi e guardo nello specchio, il dolore è lì. Adesso lo vedo. Vedo quanto in realtà io sia "rotta dentro".

Sono come uno specchio infranto, che è caduto e si è spaccato in mille pezzi. Nel corso degli anni ho incollato quei frammenti, ricostruito la mia immagine, ma mi è costato sudore e sangue. La terapia mi ha aiutata e alla fine sono riuscita ad andare avanti ritrovando un certo equilibrio. Tuttavia, quei pezzi non combaciano più come prima, alcuni non hanno più un posto, altri è stato impossibile recuperarli, altri ancora sono andati persi.

Nessuno sospetta che una volta il mio dolore era talmente profondo e vasto che anche alzarmi dal letto chiedeva uno sforzo enorme. A volte, percepisco ancora quel dolore e mi ritrovo a domandarmi come sarebbe stata la mia vita se avessi fatto scelte diverse, ma oramai ho imparato che questo tipo di pensieri non mi portano da nessuna parte. Devo accettare che quei pezzi rotti ora si incastrano in maniera diversa. Non sono la stessa persona che ero allora e non lo sarò mai più. I sogni cambiano, i desideri svaniscono. Mi sono data molto da fare per andare oltre, per non essere più l'ombra di me stessa, per brillare di una luce nuova. E qualche volta mi sembra persino di esserci riuscita, ma quei pezzi rotti ci sono ancora e forse non si riaggiusteranno mai, o forse un giorno, quando mi guarderò, vedrò una me completa e intatta.

Tranne oggi. In giorni come questo, non c'è speranza che avvenga. Mi spoglio e attendo che l'acqua si riscaldi, poi entro nella doccia. Chiudo gli occhi quando sento il calore sulla pelle e mi lascio scivolare giù, sedendomi a terra. Mi afferro la testa con le mani e, finalmente, permetto ai miei pensieri di andare dove vogliono. Faccio un respiro profondo per prepararmi e mentre soffio fuori il fiato, apro la piccola stanza che tengo ben chiusa e mi concedo di ricordare.

Ricordo la sorpresa, il nervosismo e la gioia, quando ho scoperto di essere incinta. Ricordo quanto fossi impaurita dal cambiamento che un bambino avrebbe portato nella mia vita, ma anche lo stupore che ho provato di fronte a quel miracolo. Mi concedo di ricordare con quanta trepidazione ho atteso di conoscere quella piccola vita dentro di me. Mi permetto di richiamare alla mente l'espressione sul viso di Cole quando gli ho rivelato che sarebbe diventato padre e la sua faccia quando ha visto la nostra bambina per la prima volta sul monitor dell'ecografo, quando ha sentito il battito del suo cuore e quando abbiamo scoperto che sarebbe stata una femmina. Ricordo la sorpresa colma di meraviglia nei suoi occhi quando l'ha sentita muoversi per la prima volta.

Le lacrime si mischiano all'acqua e scorrono lungo il mio viso mentre ricordo i sogni che condividevamo di notte per nostra figlia, sussurrandoli l'uno nelle braccia dell'altro. Come immaginavamo che sarebbe stata e come ridevamo alle proposte dei diversi nomi, senza mai trovare quello perfetto finché… finché lei non è arrivata.

Mi passo le mani tra i capelli e poso la testa sulle ginocchia, mentre i ricordi della notte in cui ho perso mia figlia mi attraversano la mente. Quanto fossi spaventata, mentre capivo che c'era qualcosa che non andava e mi sentivo impotente. Il mio rifiuto di crederci, il mio grido quando mi hanno detto che la bambina che avevo sentito muoversi solo qualche ora prima non c'era più. L'agonia di dover affrontare le fasi del parto con la consapevolezza che, alla fine, non ci sarebbero state lacrime di felicità e festeggiamenti. Il mio cuore si spezza in due e vengo scossa dai singhiozzi mentre ricordo, infine, il momento in cui l'ho tenuta tra le braccia. Era così piccola, eppure assolutamente perfetta. Ho contato le dieci dita delle mani e dei piedi, ho toccato le sottili ciocche di capelli sulla sua testa, ho passato le mie dita sulle sue guance minute. Ho baciato la punta del suo naso che era proprio uguale al mio. Ho sperato con tutto il mio cuore di poter vedere i suoi occhi fissare i miei. Ho visto un'intera vita fatta di desideri e sogni passarmi davanti in un istante. Il mio iniziale rifiuto di lasciarla andare finché Cole non ha messo le mani sulle mie e mi ha guardato negli occhi, con un dolore uguale al mio. Ha teso le braccia, l'ha presa e l'ha stretta anche lui. Ho visto come la guardava e le lacrime rigargli il viso.

Mi passo le mani sulla faccia e faccio del mio meglio per respingere quei ricordi e pensare a quelli che mi rendono felice. Immagino che aspetto avrebbe oggi, in quello che sarebbe stato il suo quinto compleanno. Avrebbe i capelli scuri, come i miei, e gli occhi scuri come quelli di Cole. Il suo sorriso sarebbe contagioso e le persone si girerebbero nel sentire la sua risata. Sarebbe incredibilmente brillante e curiosa e chiederebbe "perché" di tutto, ne sono certa. Mi farebbe ridere, mi renderebbe difficile essere severa con lei e avrebbe un animo sensibile e gentile. Sarebbe la luce della mia vita: non sarebbe un quadro immaginato. Sarebbe reale, di carne e sangue. Potrei stringerla, baciarla, dirle quanto le voglio bene tutti i giorni.

Non so perché, ma la consapevolezza che la mia bambina sia in paradiso mi conforta. Una volta desideravo essere lì con lei, ma poi ho finalmente trovato la forza e la determinazione di vivere per lei. Mi ci è voluto molto tempo per arrivare a quel punto, per guarire. Ho ancora dei momenti difficili, ma non mi fanno più piombare nella disperazione come succedeva in passato. Non mi sento più debole, perché attraverso la mia sofferenza ho trovato dentro di me il coraggio per continuare ad andare avanti.

Mi alzo in piedi, faccio un respiro profondo e scelgo di andare avanti anche adesso. Afferro lo shampoo e, mentre mi lavo i capelli, i miei pensieri ritornano all'appuntamento con Cole di ieri sera. Non riesco a comprendere perché lui voglia così tanto un quadro di Hope. Anche lui ha pianto la morte di nostra figlia, a modo suo. Ricordo chiaramente la tristezza e la disperazione nei suoi occhi, ma ricordo anche che si è ripreso dalla perdita molto più velocemente di me. A un certo punto sembrava quasi esasperato dal mio dolore, quando restavo a letto tutto il giorno incapace di reagire. Allora mi pregava di alzarmi, di andare a fare una passeggiata, di andare al lavoro, di fare qualunque cosa.

Ora so, grazie alla terapia, che ho sofferto di depressione post-parto, qualcosa del quale né io né Cole ci eravamo resi conto. Non mi era nemmeno venuto in mente che ne potessi soffrire, visto che non avevo un bambino tra le braccia. Eppure, nella mia mente, mi è sembrato che mi importasse di quella perdita molto di più di quanto importasse a Cole. Nel corso degli anni ho dedotto che, semplicemente, lui sia stato in grado di riprendersi più velocemente di me. Forse perché lui non l'ha avuta dentro di sé, non l'ha sentita muoversi, non ha provato la sensazione concreta di quella vita.

Non lo so, davvero. Anche se io ora sono più serena, la figlia che ho perso sarà sempre parte di me. Non passa giorno in cui io non pensi a lei, in qualche modo. È parte di me, una delle mie parti migliori e anche se lei non è qui, sono comunque sua madre.

Sempre.

Poi, come se le cose non fossero già abbastanza complicate, mi sento anche in colpa. Con quale diritto posso decidere cosa debba provare o non provare Cole? Il problema è che non ho mai capito davvero quello che sente nei confronti di Hope o cosa pensa quando ritorna con la mente indietro nel tempo. È evidente che i miei quadri lo hanno colpito e ieri sera, quando mi ha guardata, ho visto e percepito chiaramente il suo rimpianto.

Da parte mia ho sentito la necessità di parlargli, di capire come stesse. Poi ho lasciato che le mie emozioni avessero la meglio su di me e mi sento un po' in colpa per essermene andata come ho fatto. Non avrei voluto salutarlo in quel modo, ma credo che sia stata la scelta migliore. Che altro abbiamo da dirci? A che servirebbe rinvangare il passato? Ha fatto la sua scelta molto tempo fa.

Esco dalla doccia e mi sbrigo a prepararmi. In breve tempo mi ritrovo fuori dall'albergo e già in macchina. Dopo una sosta per procurarmi ciò che mi serve, entro nel parcheggio, cercando un posto vuoto, mentre le mie emozioni sono di nuovo al limite. Quando esco dall'auto a noleggio, alzo lo sguardo e osservo il cielo nuvoloso. I giorni coperti sono un privilegio in Arizona, non ce ne sono molti. Sembra che il tempo sia cambiato proprio per me, mimando il mio umore di oggi.

Dopo una breve camminata, mi ritrovo a fissare la tomba di mia figlia. Soffoco un singhiozzo e cado sulle ginocchia, tracciando immediatamente con le dita le lettere del suo nome. Non l'ho visitata nei cinque anni in cui è stata qui. Quando ho avuto la possibilità di trasferirmi a Chicago, ho quasi rinunciato, perché il pensiero di abbandonare Hope era troppo da sopportare. Alla fine, però, trasferirmi lì mi è sembrata essere la decisione meno dolorosa.

«Ciao, tesoro» sussurro schiarendomi la gola. «Sono la tua mamma.»

Passo la mano sulla lapide e sono sorpresa di scoprire che non ci sono detriti da pulire. Sembra che qualcuno l'abbia tenuta in buone condizioni e sono grata di ciò.

«Scusami davvero, davvero tanto per averci messo così tanto a visitarti. Spero che tu possa perdonarmi.» Un paio di lacrime scendono lungo le mie guance, nonostante i tentativi di tenerle a bada. Non credo sia possibile evitarlo, mentre il mio cuore sembra avvizzirsi nel petto e smettere di battere.

«Ti ho portato dei fiori. Sono rimasta nel negozio per un sacco di tempo prima di scegliere. È difficile, sai, perché non ho mai avuto la possibilità di scoprire il tuo fiore preferito o semplicemente il tuo colore.»

Scuoto la testa e un'altra lacrima scorre lungo la mia guancia.

«Una decisione così semplice per alcune persone, ma completamente travolgente per me. Non volevo fare la scelta sbagliata.» Rido senza ironia e mi strofino la faccia. «Allora sai cosa ho fatto? Ho chiuso gli occhi e ho immaginato che aspetto avresti oggi. Nella mia fantasia, indossavi un vestito rosa e i tuoi capelli neri erano legati in due codini e stringevi tra le braccia tantissimi fiori. Vedevo l'espressione sul tuo viso, tesoro, sul serio! Ho visto la gioia nei tuoi occhi scuri di fronte al colore vivido e al profumo. Mi hai guardata con un gran sorriso, me li hai offerti e quando ho abbassato lo sguardo ho visto delle rose gialle. Non sono sicura del perché, ma è per questo che le ho scelte. Spero vadano bene.»

Poso i fiori alla base della tomba e rimango a fissare il contrasto tra tutto quel colore, il grigio smorto della pietra e il verde scialbo dell'erba.

«Adesso vivo a Chicago. Ho ottenuto una borsa di studio dal nulla per l'accademia d'arte e ho deciso di andare. Non volevo lasciarti, ti prego di capirlo, ma avevo bisogno di riprendermi, perché perderti ha reso difficile vivere senza di te. Non è stato facile, credimi. Ma spero di averti resa orgogliosa di me e spero che tu possa vederlo da dove sei. Spero anche che io sia il tipo di madre che avresti desiderato avere.»

Proseguo con il mio monologo e racconto a Hope tutto della mia arte, della mia mostra e di come l'ho dipinta. Non ho idea di quanto resto lì, ma so che il tempo è passato perché il sole che prima era alle mie spalle ora è dritto sopra la mia testa. Non me ne potrebbe importare di meno, stare seduta qui a parlarle mi dà conforto e qualcosa ritorna a posto nella mia anima, come se avessi soddisfatto un bisogno che non sapevo nemmeno di avere.

«Sai, mi è venuto in mente che non ti ho mai detto che mi dispiace» le dico, mentre la mia voce si incrina. «Mi dispiace, Hope. Mi dispiace davvero, davvero tanto di averti persa. Ci ho ripensato tante volte, ma non so cosa sia successo o se ci fosse qualcosa che avrei potuto fare per evitarlo. Il mio terapista e il mio medico mi hanno detto che non era sotto il mio controllo. Hanno detto che a volte queste cose succedono senza motivo. Ma io so che è colpa mia e credimi quando ti dico che vivo con questo peso ogni singolo giorno. Se potessi tornare indietro e fare le cose diversamente, tipo restare a letto per tutto il tempo, lo farei senza esitare. Darei qualsiasi cosa per fare andare le cose in modo diverso.»

Adesso le lacrime scendono copiose e le parole che non avevo intenzione di pronunciare sfuggono dalla mia bocca come se dirle mi liberasse dal senso di vergogna che provo dentro.

«Per me è importante che tu sappia che ti desideravo più di qualunque altra cosa. E che ti voglio bene. Tantissimo.»

«E, Hope, anche il tuo papà te ne vuole» dico con tono fiero, e lo dico più per me che per lei. «Saremmo stati dei genitori fantastici, lo so. Se solo ne avessimo avuto l'opportunità.»

Non so perché, ma inizio a parlare di quello che provo per Cole. «A volte, sono tanto arrabbiata con il tuo papà. Altre volte, sono solo… triste. Odio che mi abbia abbandonata e che, per lui, superare le difficoltà sia stato facile. Che sia stato in grado di andare avanti pensando solo a se stesso. Immagino sia stato bello.» Sospiro rumorosamente, strappo un filo d'erba e lo rigiro tra le dita, guardando il cielo. «So che affrontiamo tutti le cose in modo diverso, è solo che vederlo di nuovo ha risvegliato in me delle emozioni, credo. È difficile quando capisci che qualcuno che amavi così tanto è diverso da come pensavi fosse.»

«Mi stai prendendo per il culo?», dice la voce arrabbiata di Cole dietro di me, facendomi urlare, balzare in piedi e girarmi di scatto. Faccio immediatamente un passo indietro, spaventata dall'espressione sul suo viso.

Capitolo 7

Cole

Quando mi sono alzato questa mattina, la prima cosa che ho fatto è stata prepararmi per andare a trovare Hope. Ieri ho quasi proposto a Tatum di andarci insieme, ma lei se ne è andata prima che potessi avere la possibilità di farlo.

Ora, mentre la osservo seduta davanti alla lapide di nostra figlia, provo un dolore al petto e gli occhi mi bruciano per le lacrime trattenute. La mente torna al giorno in cui l'abbiamo seppellita, solo noi e i nostri amici più stretti, senza aver detto neanche una messa. Ricordo Tatum con la testa bassa, le lacrime che le scorrevano lungo le guance, e ricordo come l'ho praticamente dovuta portare via di peso dal cimitero.

All'inizio, provo a darle spazio, ma il desiderio di lei è troppo forte e prima che mi renda conto di cosa sto facendo, mi ritrovo in piedi alle sue spalle. È talmente presa che non si accorge della mia presenza. Ascoltarla mentre si scusa con Hope mi porta quasi a inginocchiarmi.

Quando dice a nostra figlia quanto bene le vuole, quanto vorrebbe dirglielo, sorrido mestamente, perché è la stessa cosa che vorrei fare io. Nel momento in cui le sue parole diventano astiose, all'inizio non riesco a credere a quel che sento. Da un punto di vista razionale, capisco che si sta sfogando e di certo non si aspetta che io origli, ma sapere quello che pensa di me e del modo in cui ho affrontato la morte di nostra figlia, mi fa ribollire il sangue nelle vene.

Non ha idea, nessuna idea di quello che passo ogni giorno, per lei. Con quale diritto mi giudica? È più di quello che posso sopportare e non riesco a rimanere zitto.

«Mi stai prendendo per il culo?» sibilo dando voce alla mia rabbia.

Lei si gira, scioccata, e come mi guarda in viso spalanca gli occhi.

«Facile per me? Come puoi pensare che sia stato facile per me? Chi cavolo pensi di essere?»

Le volgo le spalle e cerco di ricompormi, respirando come un mantice.

«È quello che penso» dice.

Quando mi giro di nuovo verso di lei, vedo che la sorpresa è stata rimpiazzata dall'ira.

«Come puoi aspettarti che io pensi qualsiasi altra cosa? Te lo ricordi che cosa è successo, Cole? Perché io sì, io me lo ricordo bene.»

«Anche io, *Tatum.*»

Pronuncio il suo nome con lo stesso tono aspro che ha usato lei. «Ricordo tutto anche io. Non è che possa dimenticarlo. Dio, ricordo quanto ha fatto male» dico con voce soffocata, passandomi le mani tra i capelli e alzando gli occhi al cielo, come se potessi trovare lì un po' di conforto. «È stato come se qualcuno mi afferrasse le viscere e le contorcesse più e più volte. Ci sono voluti mesi e mesi per sbrogliare la matassa, a poco a poco.»

Lei scoppia a ridere e i miei occhi scattano di nuovo su di lei. La guardo pensando di aver capito male, ma poi lo fa ancora: ride.

Cazzo! Mi ci vuole tutto il controllo che ho per mantenere la calma. Darei qualsiasi cosa per essere in palestra o in un combattimento in questo momento. Ho voglia di sbattere i pugni contro un sacco di sabbia per liberarmi da quella sensazione.

«Oh, mio Dio» si tiene lo stomaco come se avessi appena fatto la battuta più divertente mai sentita. «Questa è bella. Tu eri devastato? Tu provavi dolore? Stai scherzando!»

«Perché? Sei l'unica che ha il diritto di provare dolore? Se è così, vaffanculo, Tatum, vaffanculo. Perché ho sofferto tanto, così tanto, cazzo, e tu non hai nessun diritto di pensare che non sia così.»

Abbasso gli occhi in basso e faccio un profondo respiro per provare a calmarmi, ma non funziona. La rabbia mi riempie così velocemente e con così tanta forza che mi gira la testa. È come se fossi un motore su di giri e ogni suo sguardo scettico, ogni sua risata, non facessero altro che alimentare la mia ira. Quando la fisso di nuovo, vedo che ha la bocca aperta, pronta a dire Dio sa che cosa.

Le punto contro un dito e lei scuote la testa, ride di nuovo tra sé e sé ed è il colpo di grazia.

«Mi sono dato la colpa» ammetto prima a bassa voce, ma poi lo urlo, lo urlo così forte e per così a lungo che diventa soddisfacente al limite del ridicolo. «*Mi sono dato la colpa!*»

Il silenzio nell'aria sembra scioccante dopo una tale esplosione. Ho l'impressione di aver sempre avuto bisogno di grattarmi via quelle parole dal cuore e offrirle nude e crude al mondo, di doverle dire ad alta voce.

«Lo capisci? Ti è, almeno, mai venuto in mentre? Dio, Tatum, mi sono odiato per un sacco di tempo per non essere stato in grato di salvarla» confesso, ora più calmo. «Per non essere stato in grado di risparmiarti quel dolore, totale e assoluto. Pensavo che, forse, se ti avessi portata all'ospedale più in fretta si sarebbe salvata. Forse, se avessi insistito che tu smettessi di andare all'accademia e smettessi di lavorare, sarebbe stata bene. Forse, se avessi preteso di andare dal medico quando dicevi che ti faceva male la schiena quel giorno, sarebbe andata diversamente. Così tanti "forse", così tante cose che mi sono venute in mente che avrei potuto fare. Liste, Tatum, ho fatto delle liste infinite, porca miseria. Le ho scritte su dei pezzi di carta, diverse volte, e le ho immaginate nella mente. Le liste di tutti i modi in cui vi ho deluse entrambe.»

«Non ne hai mai parlato» mormora.

«Ovviamente no. Non potevo dare voce a nessuno di questi pensieri. Non potevo dire niente. Tutto quello che volevo era stringerti, piangere con te, sfogarmi e inveire contro il mondo con te, soffrire insieme. Invece, me lo sono tenuto dentro. Me lo sono tenuto per me, perché tu…» mi interrompo quando l'immagine di lei di tanti anni fa mi compare davanti agli occhi.

E mi concedo di ricordare.

Ricordo il contrasto vivido dei suoi capelli neri sulle lenzuola bianche mentre restava stesa sul letto per Dio sa quante ore. Ricordo la patina di sofferenza sui suoi occhi, la magrezza estrema delle sue guance e i suoi movimenti rallentati. Ricordo come si sedeva e fissava il nulla per ore. Ricordo come piangeva senza sosta, e niente di quello che dicevo o facevo la consolava. Mi permetto di ricordare come, alcuni giorni, dovevo pregarla di alzarsi dal letto, poi uscivo per andare a lavorare, mi sedevo in macchina e piangevo. Ricordo la sensazione di impotenza e la paura quando fissava il nulla per ore e si rifiutava di mangiare. Ricordo che promettevo a Dio qualsiasi cosa affinché mi aiutasse a trovare un modo per aiutarla.

«Non potevi farti carico anche del mio dolore» le dico onestamente. «Non potevo farti questo, perciò l'ho nascosto nel miglior modo che potevo. Ti ho mentito al riguardo e ho cercato di prendermi cura di te, ma non sapevo cosa fare o come aiutarti» confesso. «Ma nulla sembrava mai essere d'aiuto. Non credo tu fossi nemmeno presente per la metà del tempo.»

Lei mi si avvicina scuotendo la testa.

«Perciò la tua soluzione è stata sbarazzarti di me? La prima soluzione che ti è venuta in mente è stata escludermi?» Le lacrime iniziano a scorrerle lungo le guance e lei le strofina via con rabbia. «Volevi che me ne andassi» dice e poi, all'improvviso, mi dà uno spintone. «Mi hai lasciata! Mi hai abbandonata!» urla. «È vero, sono stata io a fare le valigie e andarmene, ma non appena è arrivata la borsa di studio tu non vedevi l'ora di farmi andare via. Mi hai lasciata emotivamente, ben prima che me ne andassi. Era come se fossi un mobile rotto, usa e getta, che hai deciso che non volevi più in casa tua!»

«Ti sbagli» ribatto con forza.

«Come cazzo fai a dirlo?» urla ancora e mi spintona di nuovo.

La fisso per un minuto. Ha il respiro pesante, le guance rosse e gli occhi umidi. Porca miseria! È così bella da togliermi il fiato. L'ha sempre fatto e lo farà sempre. Poi mi ricordo dove siamo e che giorno è oggi e la mia rabbia svanisce.

«Questo urlarci addosso non ci porta a niente. Non è come avevo intenzione di passare la mia visita da Hope.»

Mi fissa con le braccia incrociate e non dice niente. La oltrepasso e finalmente poso i fiori che ho portato alla mia bambina alla base della lapide.

«Ciao, tesoro. Scusa se ho lasciato passare delle settimane prima di venire a farti visita. Ho avuto un po' da fare e i giorni sono passati troppo velocemente, ma sai che ti penso ogni giorno.»

Sfioro la cima della lapide e poi mi chino per strappare un filo d'erba dall'angolo, che metto in tasca per poi gettarlo via dopo. Fanno un ottimo lavoro a tenere tutto pulito qui, ma io mi occupo di qualsiasi cosa che possano aver scordato.

«Buon compleanno, Hope. Se fossi qui, penso che il tuo regalo quest'anno sarebbe stato una bicicletta rosa o forse blu, dipende da quale colore avresti preferito. Sono certo che ci sarebbe stato un grande cestino davanti e di sicuro avresti voluto un campanello. Scommetto che avresti imparato subito, ti sarebbe venuto naturale, perciò saresti stata un diavoletto veloce e quel campanello ti sarebbe servito a incitare le persone a spostarsi.» Sorrido al pensiero e poi passo le dita sul suo nome. «Ti voglio bene e ti prometto che tornerò presto da te.»

Mi giro con la testa bassa e decido che è ora di andarsene. Mi fermo quando passo accanto a Tatum, non la guardo in faccia, ma le dico un'ultima cosa.

«So che non ci credi e va bene così. Ma voglio solo dirti che non supererò *mai* il fatto di averla persa e non supererò mai il fatto di aver perso te.»

Detto ciò, comincio a camminare verso la mia macchina, andando sempre più veloce man mano che mi allontano dalla tomba di Hope, impaziente di andarmene e di aver del tempo per ripensare alle parole che ci siamo detti qui oggi.

«Eri qui qualche settimana fa?»

La voce di Tatum alle mie spalle mi ferma e dopo qualche istante mi giro. Sono restio a guardarla negli occhi e non voglio più litigare con lei.

Lei ripete: «Vieni qui spesso?»

«Ogni volta che posso, sì» rispondo con le spalle incassate.

«Durante gli ultimi cinque anni?» insiste.

Annuisco e confesso con onestà: «Non appena ne ho la possibilità.»

Lei distoglie lo sguardo e le lacrime le scorrono di nuovo lungo le guance. «Non ti capisco, Cole. Non capisco più niente.»

Mi avvicino a lei, esito, ma poi decido di non avere nulla da perdere. Devo fare attenzione, non posso dirle tutto, ma le dirò quello che posso senza mettere nulla a rischio. La afferro per le spalle, leggermente. Mi aspetto quasi che mi respinga, ma lei solleva il mento e i suoi occhi incontrano i miei.

«So che non ha nessun senso per te. Lo capisco. Tutto quello che posso dire è che non tutto è come sembra.»

«Che significa?»

«Non posso dirti altro.»

«Che cavolo significa?» chiede di nuovo e la frustrazione è evidente nella sua voce.

«Quando te ne sei andata ero distrutto. Non è stato facile, ma per me era l'unico modo per salvarti.»

«Forse non volevo essere salvata» ribatte sollevando il mento.

«Sì, invece.»

«Come lo sai?»

«Lo sappiamo entrambi, Tatum, ora più di prima. La vita può essere tolta in un attimo, senza avvertimento e con facilità. Essere vivi, anche quando sembra essere la scelta più difficile tra le due, è un dono. Scegliere qualsiasi altra cosa non è un'opzione, non quando si vive per lei» faccio un cenno verso la tomba di Hope «e portarla nel nostro cuore è l'unico modo in cui può rimanere viva.»

Le lacrime le scorrono sul viso senza arrestarsi ora, ma lei annuisce e le strofina via. Mi ritrovo a sorriderle e le sistemo una ciocca di capelli dietro l'orecchio.

«Mi spiace non averti potuto mostrare il mio dolore quando sei andata via. Temevo che se l'avessi fatto, non saresti partita. E dovevi andare. Stare qui non ti avrebbe aiutata a guarire.»

«Non lo sai. Avremmo potuto parlarne, avremmo potuto trovare un altro modo.»

Scuoto la testa, consapevole del fatto che non ci fosse un altro modo. L'accademia, la sua arte erano le uniche cose che le avrebbero donato la guarigione di cui aveva bisogno. E per far sì che questo accadesse, doveva andarsene, che le piacesse o meno. I miei desideri non erano importanti e, inoltre, mettere i suoi bisogni al primo posto è stato facile. Non c'era un altro modo.

«Non c'era» le dico.

«Non capisco» risponde confusa.

«Lo so. Ricorda solamente quello che ho detto: non tutto è sempre come sembra.»

Lei sospira e io noto la sua irritazione. Non gliene faccio una colpa.

«È stato… be'… sono contento di averti visto di nuovo» le confesso. «Ti penso spesso e sono felice che tu stia bene.»

Le mie mani scivolano via dalle sue spalle e le mie dita tremano per quel contatto negato.

«Anche io sono felice di averti visto» mormora.

Prima che mi manchi il coraggio, mi chino e la bacio sulla guancia. Mi sposto indietro per guardarla in viso, poi le sfioro la guancia con il pollice e mi sporgo per posarle un bacio sulla bocca. Mi voglio concedere almeno questo. Lei trattiene il fiato sorpresa, ma io rimango fermo per qualche secondo, prima di allontanarmi. Le rivolgo un'ultima, lunga occhiata, mi giro e me ne vado senza dire altro, sapendo di dovere essere io a farlo questa volta. Non penso che potrei sopportare di vederla andarsene di nuovo.

Sono quasi al cancello che porta al parcheggio quando ciò che dice mi blocca sul posto.

«Cole! Aspetta! Ti prego non lasciarmi. Non… non voglio che tu te ne vada.»

Capitolo 8

Tatum

Non appena quelle parole sfuggono dalle mie labbra, vorrei rimangiarmele. La mia mente è un carosello di pensieri che turbinano così veloci che riesco a malapena ad analizzarli tutti. Un minuto prima ero così arrabbiata per la sua mancanza di tatto e per la facilità con la quale è riuscito ad andare avanti dopo la morte di Hope, e quello successivo devo confrontarmi con una realtà diversa. Anche lui si sentiva devastato, ma ha represso le sue emozioni per prendersi cura di me al meglio.

Continua a dire che le cose non sono come sembrano, ma non so cosa significhi e non credo di essere in grado di andare avanti con la mia vita senza scoprirlo, senza sapere se c'è altro che mi ha nascosto. No, porca miseria, non ne sarei capace.

Come se non fosse abbastanza, scoprire che viene a fare visita a Hope regolarmente è un colpo al cuore e mi assale il desiderio di abbracciarlo per ringraziarlo di essersi preso cura della nostra bambina. Per alcuni potrebbe sembrare qualcosa di poco importante, ma per me è tutto. Per tutti questi anni ho sofferto al pensiero che lei fosse qui, da sola. Ma non lo era. Per niente.

Cole mi dà ancora le spalle e tento di tenere sotto controllo le espressioni sul mio viso prima che lui si volti. Non so bene cosa gli dirò, ma di una cosa sono sicura: non voglio che se ne vada.

Non so bene perché. Forse ci sono ancora troppe questioni in sospeso tra di noi o forse solo perché ho sempre associato il tornare a casa alla sua presenza. È difficile lasciarsi alle spalle ciò che c'è stato e probabilmente dovrei lasciarlo andare e aspettare semplicemente che il dolore passi.

Si gira verso di me e inizia a fissarmi in silenzio. Apro la bocca per dirgli di dimenticare quello che ho detto, che è stato solo un momento di pazzia, ma mi blocca l'espressione sul suo viso. È distante e mi chiedo persino se abbia capito bene le mie parole, ma di certo per niente al mondo le ripeterò. Però mi ritrovo a ricambiare il suo sguardo, senza muovermi, senza parlare, aspettando solamente di vedere cosa farà. Quando comincia a camminare verso di me, trattengo il fiato. Ho paura che se non lo facessi, lui si renderebbe conto di quanto sono nervosa.

Quando siamo faccia a faccia, mi chiede: «Quanto rimarrai in Arizona?»

Non era quello che mi aspettavo dicesse, neanche lontanamente. Butto fuori il fiato lentamente e mi prendo un momento per rispondere.

«Qualche altro giorno.»

Lui annuisce e serra la mascella, mentre distoglie lo sguardo. Approfitto di quel momento per osservare il suo viso. Ammiro la mascella volitiva, ricoperta da una corta barba ispida, gli zigomi alti e il collo possente. La mia attenzione si sposta velocemente sul suo corpo. È cambiato dall'ultima volta che l'ho visto, è più massiccio, le sue spalle sono più ampie e i muscoli sotto la maglietta più definiti. Ha nuovi tatuaggi sulle braccia e non posso fare a meno di chiedermi se ce ne siano altri. La mia fantasia galoppa e mi ritrovo a domandarmi dove possano essere, che cosa significhino per lui e quando e perché se li è fatti. Arrivo perfino a immaginare le mie dita che seguono le linee dei disegni.

Si gira di nuovo verso di me e mi guarda.

«Ti andrebbe…» inizia.

Poi la sua voce si spegne ed esita, con lo sguardo fisso a terra. Aspetto un po' affinché finisca la frase, ma lui rimane in silenzio.

«Mi andrebbe cosa?» suggerisco.

Si schiarisce la gola e batte la punta della scarpa sul terreno.

«Ti andrebbe di passare del tempo insieme nei prossimi giorni prima che tu te ne vada?» dice infine.

Sento lo stomaco precipitare, e sembra pesante e allo stesso tempo leggero. Mi rendo conto di non essere impaurita all'idea, solo agitata. Non dovrebbe essere così, non è giusto, ma anche stavolta rispondo prima di pensare.

«Sì, mi andrebbe. A che pensavi?»

Lui scrolla le spalle. «Ho degli impegni, ma al di là di quelli forse possiamo andare alla fiera che c'è in città? Prendere qualcosa da mangiare insieme? Incontrare gli altri? Sono certo che a loro farebbe piacere rivederti, se ti va.»

Il pensiero di vedere quei matti mi fa spuntare un sorriso sul volto. È passato tanto tempo e anche se l'idea di incontrarli di nuovo mi rende un po' nervosa, so che sarà fantastico.

«Mi piacerebbe molto. Vorrei passare del tempo con te. Come facevamo una volta» gli dico onestamente, ma poi mi rendo conto che potrebbe fraintendere. Non siamo più amanti, perciò mi affretto ad aggiungere: «Come amici.»

Lui annuisce, sorridendo, e quel gesto fa fare una capriola al mio stomaco.

«Okay, adesso devo andare agli allenamenti. Posso passare a prenderti per andare a cena stasera?» domanda.

«Certo. Mi farebbe piacere» ribatto.

«Okay. Vengo al tuo albergo alle diciotto. Ti va bene?»

Annuisco e ci sorridiamo a vicenda, con un certo imbarazzo.

«Stai andando via? Ti accompagno alla macchina» dice.

«Sì, sarebbe meraviglioso.»

Con un'ultima occhiata a Hope, seguo Cole verso la mia macchina e, con la promessa di vederlo più tardi, me ne vado.

È stato stupido accettare. Sono talmente nervosa che ho tirato fuori dalla valigia ogni singolo capo di vestiario che mi sono portata dietro, per poi scartarli tutti. Tuttavia, uscire nuda non è di certo un'opzione. Per un momento penso se sia il caso di andare a fare shopping per comprare qualcosa, ma boccio subito l'idea perché mi sembra che sia troppo simile a qualcosa che si fa per un appuntamento. Il nostro non è un appuntamento, siamo solo due persone con un passato in comune che si incontrano per aggiornarsi sulle rispettive vite. Tutto qui.

Mi infilo un paio di jeans, una maglia gialla con le maniche a pipistrello e una decorazione carina sul davanti, e ai piedi indosso un paio di ballerine. Proprio mentre sto finendo di sistemarmi i capelli, squilla il telefono. Per un attimo mi chiedo se Cole abbia avuto un ripensamento e mi stia chiamando per cancellare, ma poi mi ricordo che non ci siamo scambiati i numeri. Un'occhiata al telefono mi fa salire il senso di colpa. Ho poca voglia di rispondere, ma non posso continuare ad evitarla. Con un sospiro accetto la chiamata.

«Ciao, Blaine.»

«Tatum, finalmente, ciao. Ho provato a contattarti. Come stai?»

«Sto bene, e tu?»

Oggi ha cercato di chiamarmi diverse volte e io le ho ignorate tutte. So che vuole sapere come me la sto cavando, sa che è un giorno particolare, e io apprezzo la sua premura. Tuttavia, non ho voglia di parlarne con lui e non so perché.

«Mi manchi e ti stavo pensando. So che è un giorno difficile per te. Perciò, come stai oggi, sul serio?»

Eccola lì la ragione per cui non sono riuscita a parlargli. Non è la domanda in sé, chiunque a conoscenza dei fatti me la farebbe. È il tono della voce. Ho imparato la differenza tra quella che io chiamo la sua voce normale e la sua voce da medico. In questo momento, sta usando quest'ultima con me. Immagino sia quello che succede quando esci con il tuo terapista. Forse è qualcosa che semplicemente non riesce a evitare, ma vorrei lo facesse. Molte volte mi sono ritrovata a desiderare che fosse il mio ragazzo, il mio amante, il mio confidente, il mio amico, qualsiasi cosa tranne che il mio terapista. Vorrei essere in grado di parlare con lui senza che ogni cosa che dico venga analizzata.

«Tatum? Ci sei?» domanda.

«Sì, scusami. La mia mente stava vagando, scusami» rispondo.

«È comprensibile. Deve essere difficile, soprattutto perché quest'anno sei lì. C'è qualcosa di cui vorresti parlare?»

Prendo in considerazione l'idea di non dirglielo. Una parte di me pensa che non siano affari suoi e, se devo essere onesta con me stessa, questo è qualcosa che dovrei analizzare prima o poi. Invece mi scappa di bocca, forse perché è in cima ai miei pensieri: «Oggi ho visto Cole.»

«Mi chiedevo se sarebbe successo mentre eri lì. Come è andata?»

Non sono sicura cosa mi aspettassi da lui, o se mi aspettassi qualcosa di specifico, in realtà. Non pensavo certo che Blaine si sarebbe ingelosito o mi avrebbe chiesto di stare lontana da Cole o pregato di tornare a casa. Non è da lui e ne sono consapevole. Eppure, la sua risposta è una delusione. Di nuovo, qualcosa a cui pensare, immagino.

«È stato… intenso.»

«Cosa intendi per intenso? Voi due di certo avevate una serie di questioni in sospeso. Come ti senti dopo averlo visto?»

«Mi sento bene. Mi sento… più leggera, in un certo senso, ma più pesante in un altro.»

«Era prevedibile, Tatum. Ti andrebbe di elaborare?» domanda con il suo migliore tono da terapeuta.

«Grazie, Blaine, ma no» borbotto con sarcasmo.

«Cosa hai detto?» domanda.

Mentendo, dico: «Ho detto che lo vedrò di nuovo.»

«Be', è molto positivo, oserei dire "sano". Sia che tu riesca a portare avanti una conversazione civile sia che tu ti metta a gridare buttando fuori i tuoi sentimenti. Dipende di cosa hai bisogno.» È entrato in piena modalità terapista. «Secondo la mia opinione, credo che rivederlo ti possa aiutare a lasciarti tutto alle spalle e ti permetterebbe di andare avanti. È un grande passo verso la tua guarigione e non è qualcosa che molti riuscirebbero a fare. Dovresti essere fiera di te stessa per questo. Datti una pacca sulla spalla.»

Non l'ha davvero appena detto...

«Be', sono contenta che lo pensi perché stasera andiamo a cena fuori e staremo insieme nei prossimi due giorni, finché non me ne vado.»

«Mi sembra una buona idea. Il mio consiglio è di permettere a te stessa di provare tutta la varietà di emozioni possibili, qualunque cosa ti aiuti a fare dei passi positivi in avanti.»

«Okay, grazie, dottore», non posso fare a meno di rispondere, esasperata. «Assicurati di mandarmi il conto per questa telefonata.»

Lo sento sospirare e quasi sorrido, soddisfatta di essere riuscita a irritarlo. Sa che si tratta del pomo della discordia tra noi, eppure non riesce a smettere di farlo.

«Tatum, ci tengo a te, ecco tutto» ribatte.

«Lo so, Blaine. Lo so.» Sento un leggero bussare e momento non fu mai più perfetto. «Ciao, adesso devo proprio andare. Ci sentiamo più tardi.»

Non ascolto la risposta e premo il tasto per disattivare la chiamata. Mi alzo dal letto, mi liscio nervosamente la maglia e poi smetto perché mi rendo conto che mi sto comportando in maniera ridicola. Mi dirigo velocemente verso la porta, la apro e sorrido quando vedo Cole dall'altra parte.

Ricambia il sorriso e mi chiede: «Pronta?»

Io annuisco. «Sì. Fammi prendere la borsa.»

Mi precipito verso il letto e prendo quello che mi serve.

«Allora, dove andiamo?» chiedo mentre camminiamo verso l'ascensore.

«Vedrai» risponde vago.

«Una sorpresa?»

«Già, un po' di passato. Una parte bella» aggiunge con un sorriso, che mi riscalda dalla testa ai piedi.

Rimaniamo in silenzio mentre ci rechiamo in macchina verso la nostra destinazione. Provo imbarazzo a essere di nuovo con lui, è una sensazione familiare, ma nello stesso tempo diversa. È come indossare la tua camicia di flanella preferita, quella che sentivi perfetta su di te dopo che si è ristretta nell'asciugatrice.

Quando ci dirigiamo verso est, sulla tangenziale, capisco dove mi sta portando. Poco dopo ci fermiamo proprio davanti al posto in cui speravo stessimo andando. Non riesco a non sorridere, ho un sacco di ricordi di quando ci incontravamo qui e studiavamo insieme. Avevano ottimo cibo a buon prezzo, ma quello che ci piaceva di più era l'atmosfera. È come se qualcuno avesse preso un ristorante del Midwest e lo avesse messo nel mezzo del deserto dell'Arizona. Davanti alla proprietà ci sono grandi alberi pieni di foglie e sul retro dell'erba rigogliosa del tutto diversa dalla versione secca dell'Arizona. Noto che i tavoli da picnic sono ancora al loro posto, e spero che anche l'interno sia rimasto lo stesso.

«Amo Porky Q's!» Sorrido e ridacchio un po' per via del nome. «Sono contenta che sia ancora qui.»

«Anche io, ma non ci vengo da un sacco di tempo. Pensavo che sarebbe stato il posto perfetto in cui venire a mangiare stasera.»

Sorrido e saltello letteralmente nel ristorante felice all'idea di mangiare del buon cibo, anche se provo un certo imbarazzo per il mio comportamento.

Fermi di fronte alla cassa, Cole si gira verso di me. «Prendi il solito? Sono certo che ancora lo abbiano.»

«Ti ricordi quello che mi piaceva?» chiedo stupita.

Lui si limita a sorridere e io annuisco, impaziente di capire se lo ricorda davvero. Quando ordina dei panini al maiale e le patatine fatte in casa, assicurandosi di chiedere della salsa barbecue in più a parte, so che non sta mentendo. Prendo il numero che usano per tracciare la nostra ordinazione al tavolo, apro la porta ed entro per trovare un posto dove sederci. Non è molto affollato e mi accaparro un tavolo in un angolo.

Cole si siede dal mio lato e mi guardo intorno incuriosita, forse anche per evitare i suoi occhi. Mi accorgo che nel frattempo il locale ha guadagnato certificazioni di qualità, lo testimoniamo alcuni striscioni appesi. C'è anche una foto tratta da qualche programma televisivo per appassionati di cibo nel quale devono essere apparsi e dove sembra abbiano vinto qualcosa. Quando, finalmente, ci vengono portate le pietanze, non resisto a dare un subito un morso al panino. Non rimango delusa e mi scappa un verso poco elegante, ma che sottolinea il mio apprezzamento. Cole scoppia a ridere.

«Che c'è?» gli chiedo con la bocca piena, senza preoccuparmi per le mie maniere.

«È solo che i tuoi versi sono un po' vietati ai minori.»

Alzo gli occhi al cielo. «Non sto mica gemendo.»

«Stai decisamente gemendo» afferma.

«No, invece» ribadisco.

«Va bene, come dici tu.»

«Ti ricordi l'anno in cui tua madre ha ordinato il catering qui da Porky Q's per la tua cena di compleanno?» gli chiedo, cambiando argomento.

Cole sorride ed è un sorriso genuino. Un sorriso grande, sincero. Mi fa librare il cuore e un improvviso calore mi esplode nello stomaco.

«Pensavamo che stesse male o una cosa del genere.»

Rido a quel ricordo. «Perché nella sua testa, ordinare un catering da qualche parte e non cucinare è praticamente un peccato mortale.»

«Si è messa a ridere e ha detto: "No, non sto male, ragazzo. Ma lo starò se non capisco che cavolo mettono nella salsa barbecue che la rende così tanto buona. Adesso assaggiane un po' e dimmi cosa pensi ci sia in questa roba".»

«Sì!» annuisco. «E continuava a borbottare tra sé e sé mentre mangiava.»

«Sono abbastanza certo che si sarebbe arrabbiata se avesse saputo quanto spesso venivamo qui» dice.

«L'ha mai scoperto?»

«Il segreto della ricetta?» chiede ficcandosi una patatina in bocca.

Annuisco.

«No.»

Ridiamo entrambi e, porca miseria, è bello stare insieme così. I nostri incontri finora sono stati emotivamente carichi e ridere così mi sorprende per quanto sia facile.

«Grazie per avermi portato qui» dico all'improvviso.

Lui scrolla le spalle. «Sono felice che abbiamo deciso di farlo e di passare del tempo insieme prima che tu te ne vada.»

«Anche io» mormoro.

Ci guardiamo. In questo momento, vorrei poter leggere la sua mente e sapere cosa sta pensando. Le parole che ha detto oggi, "non tutto è come sembra" non mi danno tregua. Non posso davvero ignorarle senza cercare di capire cosa intendesse.

«Cole...» inizio.

«Parlami ancora dell'accademia d'arte» mi interrompe lui.

Mi chiedo se l'espressione del mio viso gli abbia fatto intuire cosa stavo per chiedergli. Una volta era molto bravo a interpretarmi.

«Cosa vuoi sapere?»

«Non lo so, tutto? Voglio saperne di più. Quale era la cosa che ti piaceva di più? Sei felice di averla frequentata? La scuola è buona come avevo letto? Hai...»

«Come avevi letto?» chiedo interrompendolo a mia volta. «Che intendi dire con "come avevi letto"?»

Lui abbassa lo sguardo e non sono sicura se risponderà o meno. Lo osservo attentamente mentre sospira, si pulisce la bocca con il tovagliolo e prende un sorso della sua bevanda gassata. «Ho cercato delle informazioni sull'accademia, sai, quando pensavi di volere andare, prima.»

«Prima? E ora te le ricordi per caso?»

«E mi chiedi di nuovo se mi ricordo le cose. Come ti ho già detto, mi ricordo *tutto.*»

I suoi occhi si fissano nei miei e per mezzo secondo mi chiedo se mi stia immaginando nuda. Mi sento in imbarazzo che quel pensiero mi abbia persino attraversato la mente. Forse è il modo in cui ha detto "tutto" insieme al sorrisetto sul suo viso e il lampo di calore che giuro di aver visto per un attimo nei suoi occhi. Respingo quel pensiero del tutto inappropriato, prendo un sorso della mia bevanda perché la mia bocca è diventata arida all'improvviso.

Dopo essermi ripresa, comincio a parlare dell'accademia. «La adoravo. Pensavo che, considerato quello che è successo, sarebbe stato difficile tornare a scuola. Invece, farlo e basta si è rivelato positivo, be' almeno all'inizio. Ho preso parte a qualunque attività, ho frequentato lezioni extra di pittura, sono andata a tutte le conferenze, praticamente la mia agenda era sovraccarica. Ho persino frequentato un paio di corsi introduttivi alla fotografia e, non ridere, ho provato persino la ceramica.»

«Perché dovrei ridere?»

«Se vedessi i miei lavori rideresti te lo posso assicurare. Facevo schifo con la ceramica e ho un paio di ciotole e vasi che lo provano.»

«Va bene, non possiamo essere bravi in tutto» afferma.

Alzo gli occhi per quel commento. «Gettarmi sullo studio ha funzionato per un po', ma ha anche fatto sì che non stessi affrontando nulla di quello che era successo. È collassato tutto quando un insegnante ci ha parlato di un nuovo progetto che stavamo per iniziare e che coinvolgeva modelli reali. Non hanno detto molto su di loro. Perciò quando ho scoperto che sarebbe stata una madre con la sua bambina è stato uno shock.»

Prendo un altro sorso del mio drink e per un attimo rifletto sul fatto che raccontare questa storia non è difficile come mi sarei aspettata. Stare con lui è più facile, dopo il nostro scontro al cimitero non c'è più tensione. Abbiamo detto quello che c'era da dire. Ho fatto grandi passi avanti e mi sento bene, davvero bene. Venire in Arizona è stata senza dubbio la cosa migliore da fare.

«Quando si sono seduti al centro dell'aula, circondati da studenti impazienti di dipingerli, erano lì che vivevano la loro vita, davanti a tutti noi. Lei reggeva la bambina tra le braccia, la coccolava se piangeva, le cambiava il pannolino, le dava da mangiare, la stringeva a sé. Non riuscivo a distogliere lo sguardo. Continuavo a immaginare me stessa con Hope al loro posto. Non riuscivo a muovermi. Al termine della lezione non avevo dipinto niente. Il mio professore si è avvicinato alla tela bianca e mi ha chiesto una spiegazione. Io sono scoppiata in lacrime.»

«Lui cosa ha fatto?» chiede piano.

«Il professor Epstein è stato incredibilmente gentile. Mi ha ascoltata e poi mi ha indirizzato da un consulente scolastico in grado di suggerirmi un terapeuta. Non si è arreso fino a quando non si è assicurato che ci andassi davvero.»

«È stata la prima bambina che vedevi dopo Hope?»

«No, nient'affatto. Voglio dire, non si può andare da nessuna parte senza vedere una madre con i suoi bambini o una donna incinta. Per mesi le vedevo ovunque andassi. Ma quello che è successo in aula era diverso. Erano sedute davanti a me e mi chiedevano di ritrarle tirando fuori qualcosa di bello dal mio dolore.»

«Cosa hai fatto?»

«Sono andata dal consulente, poi ho preso un appuntamento con un terapeuta. Penso che all'inizio evitassi di chiedere aiuto a causa del consulente dell'ospedale da cui andavo qui. Avevo l'impressione che quella persona facesse le cose meccanicamente e non mi aiutasse davvero. Avrei voluto non aspettare.»

Mi fermo e prendo un sorso del mio drink prima di continuare. «Il giorno successivo la lezione mi è sembrata ancora difficile, ma in qualche modo sono riuscita a dipingere. Sono passata attraverso il dolore e i miei colpi di pennello, all'inizio timidi, sono diventati sempre più decisi. Ho presto scoperto che avrei potuto trovare la guarigione attraverso la mia arte. A poco a poco, ho iniziato a stare sempre meglio. Anche se razionalmente sapevo che perdere Hope non era stata colpa mia, avere una terza persona, un professionista, che mi aiutasse a capire la stessa cosa mi ha cambiato la vita. Ancora fatico delle volte, ma sto meglio. In seguito, il dolore è diventato parte di me, della mia storia e non in senso negativo. L'ho usato per dipingere e i quadri su Hope che hai visto alla galleria hanno preso vita. Alla fine, sono stata in grado di pensare a lei in modo diverso, di immaginare come sarebbe stata, cosa avrebbe fatto. È stato davvero liberatorio.»

«Devo ammettere che quando ho visto tutti i quadri, ero preoccupato che avessi solo spostato la tua sofferenza sulla tua arte. Che l'avessi usata come valvola di sfogo» spiega Cole.

Scrollo le spalle. «All'inizio l'ho fatto, ovviamente. Dipingere è uno sfogo emotivo: è logico che il mio dolore sia stato connesso a esso per un certo periodo di tempo. Ma non quei pezzi, quelli non sono altro che amore e luce per me. È vero, c'è un tocco di tristezza e di rimpianto in essi e ci saranno sempre, ma c'è anche tanto altro. Sono andata avanti con la terapia per un po' e mi ha aiutato molto.»

«Come hai fatto a ottenere una mostra personale? Ad alcuni artisti ci vogliono anni per raggiungere un simile successo.»

«La nostra accademia alcune volte all'anno collabora con una galleria locale di Chicago e sceglie un tema per il corso di pittura. Ciascun allievo dipinge il suo progetto nella speranza che venga esposto nella galleria. I temi sono diversi ogni volta: fiori, frutta, persone, città, sport, qualunque cosa. I nostri professori portano i lavori finiti al proprietario della galleria e lui sceglie i quadri da esporre. I miei quadri venivano scelti ogni volta.»

«Accidenti, è fantastico. Anche se non ne sono davvero sorpreso.»

«Non venivano solamente scelti, ma anche venduti ogni volta» ammetto con un po' di timidezza.

«È meraviglioso, Tatum, ma, di nuovo, non ne sono sorpreso. Sei sempre stata una pittrice incredibilmente talentuosa.»

«Grazie, ma io ero scioccata invece! Da lì, ho scoperto che il proprietario della galleria era un amico di… un amico che ci ha presentati formalmente. Le mie mostre personali sono partite da lì.»

«Direi che è sei stata fortunata ad avere un amico del genere.»

Esito, sentendomi a disagio a parlare di Blaine, sebbene non sia sicura del perché.

«Sì, sono stata fortunata» concordo, ma non aggiungo altro.

«Parlami di uno dei pezzi che hai dipinto. Hai detto che un tema riguardava lo sport. Cosa hai scelto?» chiede con una scintilla negli occhi, sapendo che non sono affatto dedita allo sport. Si pentirà di averlo chiesto.

«Be', a dire la verità, era su di te.»

Il sorriso sparisce dal suo volto. «Su di me?»

«Sì. Ho dipinto il profilo di un lottatore, con le mani fasciate, la testa piegata per la concentrazione e con il sudore sulla fronte, mentre si prepara per un combattimento.»
«Vorrei davvero vederlo.»
«Ho una foto da qualche parte, posso mandartela.»
«Sì, grazie» mormora.
«Dopo tutto…» la mia voce si spegne e non sono sicura se sia saggio continuare. Però mi basta tuffarmi nei suoi occhi scuri per dimenticarmi il motivo per cui ero preoccupata.
«Forse ero arrabbiata e ferita, ma il periodo passato con te è stato uno dei migliori della mia vita. Ti porterò sempre con me, Cole. Qui dentro.»
Indico il mio cuore e lo osservo deglutire a fatica. Poi annuisce e, nell'urgenza di cambiare argomento, gli chiedo: «Hai detto che ancora combatti con i ragazzi. Come va?»
Resta un intero minuto fissandomi, poi sbatte le palpebre e si riscuote.
«Va bene. Cioè, combattere è combattere» afferma scrollando le spalle.
«Lo adoravi. È ancora così?» insisto.
«Ci sono parti che adoro e parti che amo meno.»
«Vinci?»
Un sorriso gli incurva le labbra. «Sì, qualche volta. Ho imparato molto negli anni e continuo a imparare dai ragazzi, ovviamente.»
«Ne sono certa. Ti allena ancora il coach Gillespie?»
Sorrido a quel pensiero. Ho sempre voluto bene a quell'uomo anziano che amava tutti i ragazzi come se fossero suoi figli.
«No. Non più.»
«Come? Perché no? Sta bene?» Ora che ci penso, era già avanti con l'età prima che me ne andassi.
«Sta benissimo. Lavora ancora con Jax e gli altri, qualche volta. Ora ho un allenatore diverso e mi alleno in un'altra palestra.»
«Non ti alleni più nella palestra del nonno di Jax? Perché no?»
«Ci vado ancora appena posso per allenarmi e vedere i ragazzi, ma il mio allenamento ufficiale non si svolge più lì. Ed è Jax il proprietario ora, in realtà. Suo nonno è morto e gli ha lasciato la palestra.»
«Accidenti. Ricordo che il padre di Jax era un po' stronzo. Scommetto che questa cosa l'ha fatto incazzare di brutto.»

Cole fa una smorfia. «Non ne hai idea.»

«Quando è il tuo prossimo combattimento? A breve?» domando.

«Ne ho uno tra poco. Mi sono allenato piuttosto duramente.»

«Rende bene vincere?» gli chiedo facendo la ficcanaso nel tentativo di saperne di più sulla sua vita.

«Non è male. Hai finito?»

Abbasso gli occhi sui miei cartoni di cibo vuoti, sorrido e annuisco.

«Mi pare ovvio.»

Lui ride e porta il mio e il suo vassoio al cestino.

«Pronta ad andare?» chiede quando ritorna e io vorrei dire di no, ma annuisco.

Mentre torniamo alla macchina, tutto quello a cui riesco a pensare è a quanto io non sia pronta che la serata finisca. Mi sto godendo la sua compagnia. Parte di me lotta contro questa sensazione, non vuole che si trasformi in qualcosa che non è, ma gli occhi di Cole sono pieni di qualcosa che non riesco a definire. Dovessi tirare a indovinare, direi una tristezza così profonda che aspetta solo di essere raccontata a qualcuno al quale importi. Tra questa sensazione e il commento fatto al cimitero, non sono pronta ad andare senza averne saputo di più.

«Sei silenziosa» mormora rivolto a ne, tenendo gli occhi sulla strada.

«Io? Sei tu quello silenzioso» ribatto.

Lui sorride ed è come un lampo di bianco in contrasto con l'oscurità. «Già, ma io lo sono sempre.»

«È vero» confermo.

«Che ne dici di un gelato? Volevo prenderne uno l'altra sera, ma poi non l'ho più fatto.»

«Perché no?» domando.

«Perché era la sera in cui mi è stato dato un volantino con il tuo bel faccino sopra che pubblicizzava la tua mostra. All'improvviso, vederti mi è sembrato molto più importante.»

«Accidenti, sono più quotata di un gelato? Com'è possibile?» lo prendo in giro. «Come si fa a essere meglio di una delizia così cremosa?»

Lui ride a bassa voce e quel suono mi fa venire la pelle d'oca sulle braccia.

«Se la memoria non mi inganna tu lo sei, Tatum.»
«Non l'hai detto davvero!» scoppio a ridere, ma, allo stesso tempo, sento di nuovo quel calore inopportuno allo stomaco. L'aria nella macchina diventa soffocante, la sua risata risuona nel piccolo abitacolo e io sono certa di avere le guance in fiamme. È questo l'effetto che ha sempre avuto su di me. Può starsene in silenzio per ore e poi, all'improvviso, dice qualcosa che mi coglie completamente alla sprovvista. Lui è così ed è bello sapere che si comporta con naturalezza con me. Confermo che la sua risata è il suono più bello che abbia mai sentito da tanto tempo.
«Scusami» si schiarisce la gola «ma me l'hai praticamente servita su un piatto d'argento.»
«Va bene, è vero, l'ho fatto. Mi spiace per te, però» ridacchio.
«Che intendi?»
«Be', mi spiace, perché temo che non potrai mai rinfrescarti la memoria.»
Lui si mette a ridere per la mia provocazione e quando arriviamo in gelateria continua ad avere un sorriso stampato in faccia per tutto il tempo. Sorridiamo mentre mangiamo le nostre due palline di gelato. Sorrido mentre mi toglie del gelato dall'angolo della bocca con il pollice. Sorrido quando mi lascia all'albergo. Sorrido dopo un abbraccio troppo breve e con una promessa di vedersi il giorno dopo. E quella notte mentre mi addormento mi ritrovo a sorridere ancora, e spero che il sorriso di Cole mi accompagni nei sogni.

Capitolo 9

Cole

Oggi il mio umore è al massimo. Stavo sorridendo come un cretino quando ieri sera mi sono addormentato e anche stamattina quando mi sono svegliato. Non riesco a smettere, porca miseria. Di solito mentre mi alleno il mio sorriso è minaccioso perché immagino la faccia del mio avversario stampata sul sacco che sto prendendo a pugni. Di solito è un'ottima motivazione, ma non oggi. Oggi, ho stampato in faccia un sorriso che non sfoggiavo da cinque anni, che non ero riuscito a replicare dal giorno in cui Tatum se n'è andata.

Anche ora, mentre colpisco il sacco di fronte a me, la mia mente è altrove e io continuo a rivivere i momenti passati con Tatum ieri sera. Dio, è stato così bello essere di nuovo con lei. È diverso, ovviamente, perché non stiamo più insieme, ma è stato lo stesso fantastico ritrovare la complicità di un tempo quando ho fatto quell'allusione sessuale. Una sensazione di familiarità e nel contempo è come se fosse tutto nuovo, sconosciuto. È uno strano mix che mi disorienta.

Il problema è che non ho molto tempo per creare un nuovo rapporto con lei, visto che presto se ne andrà. Il mio sorriso svanisce a quel pensiero, ma decido di scacciarlo almeno per il momento. Non posso, non sono pronto a lasciarla andare. Sapevo già che la sua permanenza sarebbe stata breve ed ero convinto che avrei solo potuto vederla da lontano, almeno era questo il piano iniziale. Non mi aspettavo certo di ottenere di più. Ma ora che sono stato con lei, mi sento come un tossicodipendente al quale è stata offerta la sua droga preferita dopo una lunga astinenza. Vorrei di più, anche se non posso, e so già che vederla andare via sarà un altro duro colpo.

«Che cazzo fai, Cole?» biascica Jerry.

Mi giro di colpo verso di lui. Non l'ho nemmeno sentito arrivare.

«C'è un motivo specifico per cui stai fissando il sacco invece di colpirlo?» continua.

«Ah, no» mormoro colto alla sprovvista. È rimasto in ufficio da quando sono arrivato qualche ora fa. Io ho iniziato il mio allenamento, concentrandomi e ignorandolo. So che ho un combattimento fra un paio di giorni e che non sono del tutto concentrato, ma mi alleno quotidianamente, porca miseria. Sono cinque lunghi anni che lo faccio senza sosta, lo amo ma a volte è logorante. Posso permettermi un giorno libero.

«Te lo chiedo di nuovo. Che cavolo hai? Sei distratto questa settimana. Devo ricordarti che hai un combattimento tra meno di quarantotto ore? Di questo passo, ti farai prendere a calci in culo e sai che significa? Niente fottutissimo denaro extra!»

«Infilatelo nel culo, Jerry. Sono stanco delle tue cazzate. Sappiamo entrambi che questo piccolo accordo tra noi sta per finire, non mi interessa quello che dici. Perciò va' avanti e minacciami quanto vuoi, non mi importa più.»

«Ah, davvero? È così?» Scoppia a ridere e mi odio per il fatto che il mio stomaco a quel suono si riempie di acido. «Quindi non ti importa se chiamo Jax e gli altri e racconto del nostro accordo, giusto? Sai che si sono sempre chiesti perché tu ti faccia andare bene questa merda.»

Sono scioccato dalle sue parole perché ho chiaramente sottovalutato la sua capacità di prestare attenzione a ciò che succede intorno a lui, nonostante l'alcol. Avrei dovuto aspettarmelo. Ho abbassato la guardia in questi cinque anni e questo è il risultato.

«Non pensavi che lo sapessi, eh? Invece so tutto, stronzetto. Incluso il fatto che faresti di tutto perché loro non sappiano la ragione per cui sono ancora qui, nonostante Jax abbia cercato in tutti i modi di sbarazzarsi di me.»

Il mio stomaco si contrae di nuovo al pensiero che vengano a sapere cosa ho fatto. So che è patetico, ma il mio orgoglio non potrebbe reggere un colpo del genere. Nel corso degli anni non ho voluto coinvolgerli perché non capirebbero. Ho pensato tante volte di chiedere il loro aiuto, di tirare fuori tutto e fregarmene della dignità se questo avesse significato potere uscire da questo buco infernale nel quale mi sono volontariamente messo. Ma non posso. Il fatto che il nostro accordo si stia per concludere mi fa pensare che probabilmente lo verranno a sapere comunque. Capiranno perché Jerry mi ha tenuto sotto controllo per tutti questi anni e non mi rispetteranno più.

Jerry ride di nuovo come se fosse in grado di sentire i miei pensieri.

«Adesso non so quale sia il tuo problema, forse hai solo bisogno di una scopata, non mi importa. Porta il tuo culo fuori di qui e risolvilo, poi torna qui domani alla stessa ora per darti da fare.»

Dio come lo odio!

Mi allontano senza dire una parola e invece di riordinare le mie cose nello spogliatoio come faccio di solito, le prendo e vado a casa.

Diverse ore dopo mi sento meglio grazie a una lunga doccia, del cibo e riposo. Sto per uscire per andare a prendere Tatum per la nostra serata alla fiera, quando squilla il telefono.

«Pronto?» rispondo senza neanche guardare il chiamante.

«Cole, dove cavolo sei stato? Non ti ho visto da tipo...due...tre... giorni?» sbuffa Zane

«Ciao» ridacchio.

Zane è un mio amico da anni, ci siamo conosciuti al liceo. Zane e Jax sono amici fin da quando erano piccoli, ma, al di fuori di Tyson, ho conosciuto Zane, Jax, Levi, Dylan e Ryder nello stesso periodo. Siamo diventati subito amici perché eravamo insieme nella squadra di wrestling della scuola e insieme siamo arrivati al primo posto nella classifica nazionale due anni di fila. Abbiamo ottenuto piccole borse di studio per l'università statale dell'Arizona e poi abbiamo anche iniziato i combattimenti MMA. Con Tyson ci siamo conosciuti quando abbiamo iniziato ad allenarci in palestra da Jax e abbiamo iniziato i combattimenti dell'MMA. Se i ragazzi hanno dei migliori amici, allora loro sono i miei. Sono i miei fratelli e mi è stato molto difficile mentire loro per anni.

«Mi sono allenato tanto per il combattimento imminente. Scusami, non sono venuto in palestra.»

«Eh sì, anche Ryder stava dicendo che non ti ha visto spesso ultimamente, così gli ho detto che ti avrei chiamato. Quando passi?»

«È Cole?» sento dire a Dylan in sottofondo. «Digli di muovere il culo e venire qui prima che Ryder si metta a frignare come una ragazzina.»

«Vivo proprio in fondo al corridoio rispetto a casa sua, tutto quello che deve fare è bussare alla mia porta» sbuffo.

«Sì, è quello che abbiamo detto noi e a quel che dice lui ci ha provato e tu non eri a casa le ultime volte che ha bussato. Così, volevamo sentirti per assicurarci che fosse tutto okay. E che Jerry non ti abbia ucciso e si sia sbarazzato del tuo corpo o una cosa del genere.»

«Ah, ah» dico ironico.

«Sono felice che tu non non sia morto e stia marcendo da qualche parte!» dice la voce di Tyson.

«Togliti da questo cavolo di telefono bello, sto cercando di parlare io» sbraita Zane, infastidito. E poi sento un po' di caos e mormorii che non riesco a distinguere.

«Cazzo! Mi hai fatto male, stronzo!» grida Zane e io sento Tyson ridere in sottofondo.

«Be', grazie per la preoccupazione, ma sto bene» affermo.

Nessuna risposta, solo altro caos e insulti. «Zane! Zane!» urlo cercando di attirare di nuovo la sua attenzione.

«Zane, non può stare al telefono adesso» dice Levi nel ricevitore.

«Dov'è Jax?», chiedo. «Vi serve chiaramente un babysitter.»

«No» dice Levi.

«Dammelo!» risponde Zane. «Scusa, amico, sono dei ragazzini idioti.»

«Sì, lo so.» Be', non si può negare che io abbia un sorriso stampato sulla faccia grazie a questa telefonata. Cretini. «Grazie per avermi chiamato, ma sto bene.»

«Allora vieni presto?» chiede Zane.

«Sì, sarò lì domani, il che mi ricorda che… devo chiederti un favore. Ci sarà qualcuno con me quando verrò.»

«Bello, se è Jerry, sai che Jax non lo permetterà» mi ricorda.

«Non è Jerry, non sono stupido. È… Tatum» dico buttando la bomba.

«Aspetta, hai detto Tatum? Quella Tatum? La Tatum con la quale uscivi al college? Tatum che se n'è andata e tu non sei mai…?» sento dell'esitazione nella sua voce.

«Mai, cosa?»

«E dai, bello. Non sei mai più stato lo stesso dopo che se n'è andata.»
Mi passo le mani tra i capelli a quelle parole e sospiro. «Sì, quella Tatum» borbotto.
«Cazzo, bello. È tornata? Tu stai bene?»
«Da quando siamo donne che condividono i propri sentimenti e altre cazzate?» ridacchio tentando di darmi un contegno.
«Fottiti. Non è colpa mia se tu non parli di questa roba. Adesso rispondi alla domanda, porca miseria!»
Sono grato per il fatto di avere amici ai quali importa di me, anche se non posso fare a meno di prenderlo per il culo. «No, non è tornata. È qui solo in visita e ci siamo imbattuti l'uno nell'altra. Più o meno. È un po' complicato» chiarisco.
«Non è sempre così?» sospira.
«Vuole venire in palestra domani per salutarvi, se ci siete.»
«Lo sai che ci saremo. Siamo sempre lì, la maggior parte del tempo almeno.»
«Sì, lo so. Puoi avvertire i ragazzi? Voglio evitare commenti imbarazzanti e sorprese.»
«Ci penso io» promette.
«Grazie.»
«Certo, non c'è problema. E, Cole, la prossima volta non sparire senza avvertire Ryder, okay? Si è incupito quando non ti ha visto per un po'. Voi due avete una relazione intima complicata.»
«Non abbiamo una relazione intima» preciso.
«Va bene, come dici tu» ride lui. «Negalo quanto ti pare, sappiamo tutti la verità.»
«Ascolta, non posso farci niente se non riesce a stare qualche giorno senza vedermi. Faccio questo effetto alle persone.»
«Ci vediamo domani» ride e poi attacca, ma non prima che io lo senta urlare il nome di Ryder, senza dubbio impaziente di raccontargli la nostra conversazione.
Ansioso di uscire, arrivo alla fiera a tempo di record. Tatum mi ha chiesto di vederci qui perché aveva delle cose da fare in galleria questo pomeriggio e non era sicura di quanto ci avrebbe messo. È una bella serata e sono felice di avere avuto l'idea di venire qui. Sono sicuro che sarà divertente.
Esito per un istante prima di scendere dalla macchina, perché mi sento nervoso. È una bella sensazione e mi è mancata per troppo

tempo. Non che non sia stato con altre donne da quando se n'è andata. Ho avuto fin troppi incontri senza senso. Alcuni imbarazzanti, altri che ricordo a malapena e altri che vorrei davvero dimenticare. Hanno tutti avuto un unico scopo: occuparsi di un bisogno fisiologico e alleviare la mia solitudine, almeno per un breve momento. Porca miseria, mi sono sentito davvero solo. Immagino che sia la conseguenza dell'accordo che ho dovuto accettare, qualcosa di cui non posso parlare con nessuno senza conseguenze. Avere relazioni senza impegno è stata la scelta migliore, la meno rischiosa. Mantenere le distanze da tutti, per cinque anni, mi ha tenuto al sicuro dal punto di vista emotivo. L'unico modo per potermi prendere cura di lei.

Chiudo gli occhi per un minuto e cerco di assaporare quella sensazione. Assaporo l'eccitazione che sentirò, chiedendomi se avrò il coraggio di toccarla. Mi basterebbe anche solo sfiorare la sua guancia, vederla sorridere, sentirla ridere, osservare i suoi capelli scompigliati dalla brezza e vedere la felicità nei suoi occhi. Solo un'ultima volta, un'ultima volta prima che se ne vada.

Con un sospiro scaccio quei pensieri, scendo dalla macchina, ruoto indietro le spalle diverse volte e poi mi incammino verso l'entrata della fiera, dove ci dobbiamo incontrare. La zona è affollata e sgomito per farmi strada mentre i miei occhi scrutano la massa di persone alla sua ricerca. La individuo quasi subito. È in piedi accanto alla biglietteria, indossa un paio di jeans aderenti e una maglietta rosso acceso. Ha i capelli tirati leggermente indietro e le sue labbra sono rosso fuoco, coordinate con la maglia. Non mi ha ancora visto, perciò mi concedo di fissarle immaginando come sarebbe prenderla tra le braccia e baciarla appassionatamente, come facevo una volta. Mi chiedo come sarebbe stringerla e sentirla di nuovo mia.

La folla si dirama e lei mi vede. Il suo volto viene immediatamente illuminato da un sorriso che mi fa inciampare leggermente. Quante volte ho pensato a quel sorriso nel corso degli anni? Pensavo che l'avrei rivisto solamente nei miei sogni ed è molto meglio di quel che ricordavo.

«Ciao» dice con gli occhi colmi di eccitazione.

«Ciao, stai benissimo» le dico sincero.

Lei abbassa lo sguardo, timida. «Grazie. Mi sono portata avanti e ho preso i biglietti per entrambi.»

Mi acciglio. «Quello spettava a me.»

«Che ne dici se invece mi compri delle frittelle?»

«Ci sto» annuisco. Mostriamo i biglietti per entrare e poi rimaniamo fermi guardandoci intorno. «Che vuoi fare per prima cosa?» le chiedo.

«Sto morendo di fame» ammette.

«Allora prima il cibo» sentenzio.

Senza pensarci, le afferro la mano e comincio a muovermi tra la folla, dirigendomi verso le tende e i caravan dove si vende da mangiare. La sua mano si stringe nella mia e io mi godo la sensazione. Quando arriviamo agli stand, ci prendiamo un minuto per scegliere. C'è di tutto, dalla pizza agli hot dog, dai twinkie fritti alle frittele che desiderava.

«Cosa ti va?» le domando.

«Mmh…» mugugna mentre si batte un dito sul mento indecisa. Non si è mai fatta problemi con il cibo ed è qualcosa che ho sempre amato di lei. «Mi sembra tutto buono. Tu di cosa hai voglia?»

«Sto pensando…» rispondo.

«Chiediglielo tu» dice all'improvviso una voce alle nostre spalle.

«No, tu» ribatte un'altra.

«Va bene. Ehm, mi scusi» continua la prima voce, con tono ancora più alto.

Mi giro e vedo due ragazzini di non più di dodici anni che mi fissano. Fanno un passo indietro quando li guardo e mi strappano un sorriso.

Quello più coraggioso, chiaramente designato a parlare mi chiede: «Sei Cole "Rampage" Russell?»

Annuisco continuando a sorridere.

«Te l'avevo detto che era lui» dice il secondo ragazzino al suo amico.

«E tu sei?» domando.

«Mi chiamo Brandon e questo è Joe» afferma dando un colpetto sulla spalla al suo amico. «Siamo tuoi grandi fan. Ti abbiamo visto in televisione.»

«Be', grazie per il vostro sostegno.»

«Puoi farci un autografo?» chiede speranzoso Joe.

«Ah, certo…» rispondo e mi guardo intorno cercando qualcosa su cui scrivere. Afferro un paio di tovagliolini di carta dallo stand e decido di chiedere al venditore una penna quando Tatum mi interrompe. «Ecco qui.»

Alzo lo sguardo e la vedo tendermi una penna con un sorriso sul viso.

«Grazie» annuisco e sorrido di rimando.

Scarabocchio rapidamente una nota per entrambi i ragazzini e gliele porgo.

«Wow, grazie davvero. Non vedo l'ora di dire a mio padre che ti ho incontrato!» afferma Brandon.

«Prego» rispondo.

«Voglio diventare un lottatore come te un giorno!» mi confessa il ragazzino.

«Davvero? Vuoi dei consigli?» gli domando.

«Certo» risponde e si sporge, ansioso di sentire quello che sto per dirgli.

«Prima cosa, la più importante, finisci la scuola. Entra nella squadra di wrestling o di MMA se ce n'è una nella tua scuola, ma finisci gli studi. È davvero importante. Termina la scuola fino al college, okay?»

Annuiscono entrambi con fare solenne.

«E poi, non mollare mai. Prenderle è normale quando inizi, è parte di come imparare a combattere. Se resisti, diventerai un martello, quello che picchia, invece del chiodo che le prende. Capito?»

Annuiscono di nuovo.

«Bene, mi ha fatto piacere conoscervi. Grazie per avermi salutato» affermo.

«Arrivederci, signor Rampage» dice Joe e io trattengo una risata e faccio loro un cenno con la mano mentre si allontanano spintonandosi a vicenda felici.

Mi giro verso Tatum per ridarle la penna che mi ha prestato e vedo che sta sorridendo, ma c'è un velo di tristezza sul suo volto.

«Cole, sarai un padre fantastico, un giorno. Ho sempre saputo che lo saresti stato.»

Non resisto e la prendo tra le braccia, posandole un bacio sulla testa. A volte ci sono dei momenti in cui le parole non sono necessarie e un tocco, un gesto, un sorriso, uno sguardo, dicono di più di quanto farebbero mille frasi e questo è uno di quei momenti. Mi allontano da lei, sorrido e aspetto che lei ricambi.

«Dai, mangiamo, sto morendo di fame. Penso che mi andrebbe un caro vecchio hot dog, tu che ne dici?»

Lei sorride e la malinconia si dissipa. «Dico che è perfetto.»

Qualche minuto dopo, con gli hot dog in mano, ci incamminiamo e decidiamo di sederci nei pressi di una banda che sta suonando.

All'inizio rimane in silenzio, ma una volta finito il suo panino si gira verso di me.

«Ti capita spesso?» chiede.

«Cosa? Con i ragazzini?»

«Sì, è stata una cosa adorabile.»

«Qualche volta» minimizzo.

Dopo un ultimo morso al mio hot dog, mi pulisco la bocca e poi la guardo alzando le sopracciglia.

«Devo farti una domanda importante.»

«Cosa?»

«Cosa dovrei vincere per te?»

Lei scoppia a ridere. «Che vuoi dire?»

«Be', siamo a una fiera, no? Vuol dire giochi!» puntualizzo.

Con una risata, le afferro la mano e ci dirigiamo verso gli stand con i giochi. Il primo al quale ci avviciniamo è uno in cui si lanciano le freccette a dei palloncini e più ne scoppi, più grande sarà il premio. Prendo cinque freccette, ma colpisco solo tre palloncini. Tatum ride e fa il tifo per me per tutto il tempo, cosa che mi fa sorridere come un idiota. Quando mi porgono un unicorno con i colori dell'arcobaleno, lo fisso con imbarazzo, ma Tatum saltella e batte le mani. Nel momento in cui lo afferra, mi dà un bacio sulla guancia.

«Evviva! Lo adoro!» afferma.

Nell'attimo in cui si distacca da me, la sua guancia sfiora la mia con un movimento lieve. I nostri occhi si incrociano e io vorrei baciarla. Invece, mi riprometto di provare ogni cavolo di gioco che c'è e vincere per lei in modo da riscuotere il mio premio. Ridiamo per tutto il tempo. Gioco a basket, cercando di fare più canestri possibili in sessanta secondi, provo a buttare giù una serie di bottiglie con delle palle. Sparo a delle stupide anatre di legno in uno stagno, cercando di vincere un pesce rosso che probabilmente morirebbe prima ancora di lasciare il parco. Per fortuna perdo miseramente. Però vinco diverse altre cose e ricevo un bacio per ognuna di esse.

Sono certo che non si tratti solo della mia immaginazione, ma ogni bacio sembra durare più a lungo.

Era da tanto tempo che non mi divertivo così e tutto diventa perfetto quando arriviamo a un gioco nel quale non posso perdere.

Tatum ride. «Sul serio? Non è molto corretto» sottolinea.

«Dai! È come se sapessero che sarei venuto» sentenzio divertito.

Lei alza gli occhi al cielo. «Va bene, campione, vediamo come te la cavi.»

«Si faccia avanti, signore, se vuole vincere un premio per la sua signora» afferma il tipo che gestisce lo stand.

«Posso di certo vincere un premio per la mia signora, ma voglio fare un accordo.»

Lui incrocia le braccia e mi fissa. «Che tipo di accordo?»

«Scommetto di poter fare il punteggio più alto al primo colpo e, se ci riesco, le cedo tutto questo» dico indicando il gruppo di animali che ho già vinto per lei «in cambio di quello» e punto il dito verso una gigantesca scimmia blu appesa in cima alla tenda.

«Il punteggio più alto al primo tentativo?» chiede con un sorrisetto, trattandomi come se fossi un idiota.

«Esatto» confermo.

«D'accordo. Anzi, se ottiene il punteggio più alto al primo tentativo non deve nemmeno darmi nessuno degli altri animali che ha come scambio, può avere tutto quello che vuole.»

Io guardo Tatum, sorrido e scoppio quasi in una risata. Lei tiene già tra le braccia l'unicorno, un elefante giallo, un cane arancione, un enorme smile e una lunga "cosa" a forma di verme, viola e bianca. che potrebbe essere un serpente, ma non ne sono così sicuro.

«Che ne pensi, Tay?» chiedo, chiamandola senza pensarci con il vecchio soprannome che usavo con lei.

«Vediamo come te la cavi, campione» mi sfida.

Il gioco è semplice, c'è una sacca da boxe appesa a un macchinario. Si deve prendere a pugni la sacca più forte che puoi e il macchinario ti dà un punteggio. Il punteggio più alto è novecentonovantanove. Mi avvicino alla sacca e lancio un paio di pugni di prova in aria.

«Dacci dentro!» tifa Tatum e mi fa ridere.

«Bene» dico ad alta voce. «Eccoci.»

E poi colpisco la sacca il più forte che posso. Tatum si avvicina a me immediatamente e, quando la cifra supera novecentonovantanove così velocemente che si vede a malapena, lei comincia a saltellare come un bambino e applaudire, un po' impacciata dallo zoo che ha in mano.

«Wow, ottimo, amico» dice il venditore mentre usa una sedia per tirare giù la scimmia gigante.

Qualcuno intorno a noi applaude e io sorrido e annuisco, non mi ero reso conto di avere un pubblico.

Quando porgo il peluche a Tatum, lei mi passa il resto degli animali. Li appoggio su un muretto vicino e mi metto a ridere quando vedo che la scimmia è grande quasi quanto lei. Tiro fuori il telefono per farle una foto.

Lei si mette in posa e sistema un braccio del pupazzo intorno alla sua spalla e, dopo lo scatto, arriva puntuale il mio premio, un altro bacio sulla guancia.

«Lo chiamerò Rampage, in tuo onore» afferma ridacchiando.

Recupero il resto dei peluche e rido. «Che ne dici se facciamo un giro sulla ruota panoramica prima di prendere le frittelle?»

«Sì, perfetto!»

Il tipo che lavora alla ruota ci dice che possiamo lasciare tutti i premi a lui mentre facciamo il nostro giro. Una volta seduti l'uno accanto all'altra nella cabina, metto un braccio attorno alle spalle di Tatum e la stringo.

«Sono felice di essere venuto» le mormoro in un orecchio.

«Anche io. Mi sto divertendo molto. Grazie» risponde felice.

Ci sorridiamo a vicenda quando la cabina raggiunge il punto più alto della ruota. La luna è lo sfondo perfetto, la sua luce fa scintillare i capelli di Tatum e alcune ciocche le accarezzano le guance quando il vento le scompiglia. Non mi è mai sembrata così bella e guardarla è quasi doloroso.

Un fottuto dolore.

Mentre continuiamo a girare, vorrei parlarle di tante cose. Dirle quanto abbia pensato a lei ogni giorno, quanto perderla sia stato doloroso, qualcosa che non supererò mai, ma che farei di nuovo tutto allo stesso modo, se significasse vederla così felice come lo è in questo momento. Perché sono convinto che il mio sacrificio non sia stato vano. Lei non sarebbe riuscita a essere di nuovo così senza e la decisione che ho preso per entrambi è stata quella giusta. Non devo permettere a me stesso di pensare a lei in modo diverso, ma limitarmi a vivere i momenti che ci restano senza aspettarmi di più.

Allungo una mano e le sfioro la guancia con il pollice.
«Tatum…» sussurro e lei si tende verso di me. I miei occhi sono fissi sulla sua bocca e immagino la sensazione delle sue labbra sulle mie.
Quando la ruota si ferma all'improvviso, mi ci vuole un minuto buono per rendermi conto che la corsa è terminata. Il sorvegliante della giostra ruota il poggiapiedi verso terra, in attesa che scendiamo. Mi schiarisco la gola e mi rammarico del fatto che quel momento sia stato interrotto, ma so anche che è stato meglio così.
«Andiamo» le dico.
Prendiamo i peluche e ci muoviamo per andare a comprare una frittella. Ne sceglie una semplice con lo zucchero a velo. Ci sediamo e, mentre mangiamo, osserviamo le persone intorno a noi che si divertono.
Quando lei mi guarda, noto che ha dello zucchero all'angolo della bocca. Io sorrido e la indico con un dito. «Hai un po' di…» inizio.
«Cosa?» chiede.
«... zucchero, all'angolo della bocca» finisco.
Lei se lo strofina, ma non viene via. Uso il pollice per rimuoverlo e Tatum sussurra: «Grazie.»
Quando la guardo di nuovo, i suoi occhi sono fissi sulla mia bocca ed è tutto quello di cui ho bisogno. Le sollevo il mento e la bacio. All'inizio è lento, come se le nostre labbra stessero imparando di nuovo a conoscersi. Quando sospira e apre appena la bocca, io gemo e la bacio come avrei voluto fare dall'inizio della serata. Le mordicchio il labbro inferiore, lascio scivolare la lingua contro la sua, avvolgo una mano su un lato del suo viso e immergo le dita tra i suoi capelli. In un solo momento cerco di recuperare i cinque anni in cui non ho potuto baciare quelle labbra.
Quando ci stacchiamo, abbiamo entrambi il respiro pesante e ci fissiamo negli occhi.
«La tua macchina» dice con voce rauca.
«La mia macchina?» chiedo come un idiota.
«Sì, andiamo alla tua macchina» ripete senza fiato e, finalmente, quello che sta dicendo mi è chiaro.
Senza dire nulla, mi alzo e butto in un cestino gli avanzi del cibo. Afferro la scimmia e gli altri peluche, lasciandole solo il serpente e l'unicorno, e la prendo per mano, dirigendomi verso il parcheggio.

Ho una missione da compiere, per cui schivo le persone, muovendomi velocemente tra la folla e, quando arriviamo alla macchina, lancio i premi nel bagagliaio e apro per lei la portiera del passeggero.

Saliamo e io abbasso lo schienale del sedile. Ci guardiamo negli occhi e non sono sicuro di chi faccia la prima mossa, forse avviene in contemporanea. Tutto quello che so è che ci incontriamo. La sua mano è sul mio viso, le sue labbra sulle mie. La mia mano affonda di nuovo nei suoi capelli, la mia bocca si muove sulla sua, assaporandola. Sa di fragola e zucchero e non penso che mi basterà mai.

Sono scioccato quando mi spinge indietro e in men che non si dica si mette a cavalcioni su di me. Inizia a muovere i fianchi e gemiamo insieme per quel contatto. Le sue labbra trovano di nuovo le mie e faccio scivolare la mano alla base della sua schiena per poi infilarla sotto la sua maglietta.

C'è un rumore fastidioso in sottofondo e mi rendo conto che si tratta di un telefono che sta squillando. Decidiamo entrambi di ignorarlo e alla fine smette. Meglio così perché l'unica cosa che mi interessa è sentire il suo corpo su di me e la morbidezza della sua pelle. La mia mano prosegue la sua esplorazione, si sposta sul suo petto e io non riesco a trattenere un gemito quando sfiora il pizzo del suo reggiseno.

«Tatum» sussurro e la mia voce è colma di desiderio e bisogno.

«Sì» dice lei mentre infila la mano sotto la mia maglietta e la solleva. Passa le unghie sui miei addominali, poi giocherella con il bottone dei jeans. Porca miseria, penso mentre muovo i fianchi e quel gesto le fa gettare la testa all'indietro. Ne approfitto per baciarla sul collo e le stuzzico l'orecchio, poi le sollevo la maglietta e le scopro un seno. Proprio quando mi sporgo in avanti per avvolgere il suo capezzolo con le labbra, si sente di nuovo quel suono.

Insistente e fastidioso.

Tatum si scosta da me così velocemente che l'assenza del calore del suo corpo è scioccante. I suoi grandi occhi fissano i miei e, prima che le possa chiedere cosa c'è che non va, scivola via da me e allunga una mano per cercare il telefono. Lo tira fuori dalla borsa, guarda lo schermo e preme il pulsante per spegnerlo.

Si sistema i capelli dietro l'orecchio, fa un respiro profondo e si raddrizza i vestiti. L'umore è decisamente rovinato, almeno a giudicare dall'espressione sul suo volto.

«Scusami» mi sussurra, senza guardarmi.

Faccio un respiro profondo, osservo i finestrini appannati, i miei vestiti stropicciati e chiudo le mani a pugno. È l'unico modo in cui riesco a evitare di allungarle per toccarla e sono certo che non è quello che vorrebbe io facessi in questo momento.

Mi tiro giù la maglietta, inspiro ed espiro, nella speranza che il sangue scorra via dal mio cazzo, per poter pensare di nuovo chiaramente. Lei si gira sul sedile e apre la bocca come se volesse dire qualcosa, ma poi la chiude di nuovo.

Decido di risparmiarle la fatica. «Allora» comincio. «Chi è questo tizio?»

Solleva di scatto la testa.

«Cole?»

Pronuncia il mio nome come se fosse una domanda, e so che in realtà vuole sapere come faccio a sapere di lui.

«Ti ho vista con lui» le spiego.

Lei mi guarda confusa.

«La sera in cui mi è stato dato quel volantino e ho letto della tua mostra, sono andato subito alla galleria. Ho guardato attraverso la vetrina e sei apparsa tu. Dopo qualche attimo, ti si è avvicinato un uomo ed era ovvio che steste insieme.»

«Sapevi che sto con qualcuno e mi hai baciato lo stesso?»

«Ehi, adesso è colpa mia?»

Lei butta fuori il fiato e scuote la testa. «No.» Poi rimane in silenzio per un minuto. «Era il mio terapista.»

«Come, prego?» chiedo.

«Il mio ragazzo. Era il mio terapista a Chicago. L'uomo che hai visto mi ha aiutata da affrontare tutto.»

Riesco a malapena a pronunciare le parole. «Ti scopi il tuo terapista? Non è un conflitto di interessi?»

«Cole!»

«Cosa? Ora dimmi che non si è approfittato di te» esclamo sentendo salire la rabbia a quel pensiero.

«No. Non si è approfittato di me. È … successo e basta.»

«Lo ami?» le domando senza mezzi termini.

«Come?» chiede, con gli occhi spalancati.

Io rimango in silenzio, in attesa, perché so che mi ha sentito.

Sospira pesantemente e il fatto che non stia rispondendo immediatamente mi fa risalire l'acido nello stomaco, eppure, qualcosa nella mia testa mi dice che la risposta non può essere che no. Perché la conosco, e se fosse del tutto innamorata di suo "fidanzato", non mi avrebbe baciato in quel modo.

«A dire la verità, pensavo che prima lo fossi. E non voglio dire prima che ti vedessi di nuovo, intendo se me lo avessi chiesto sei mesi fa, ti avrei detto di sì. Ma non lo sono. So di non esserlo. Combatto i miei sentimenti da un po' e ti chiedo scusa.»

«Scusa? Per cosa?»

«Scusa per averti baciato e...» fa un gesto tra noi e i suoi occhi cadono sul mio grembo e poi si spostano. Ho quasi voglia di mettermi a ridere e sono certo di essermi fatto scappare per lo meno una smorfia.

«Non è giusto. Sono confusa. Confusa su Blaine...e tu...» inizia.

«Non mi sto lamentando» mi affretto a dire.

Lei sorride. «No, immagino.» Si morde il labbro e fissa il finestrino per un secondo. Fa una risata lieve rivolta verso i finestrini appannati e traccia un cuore con il dito. «Dovrei andare.»

«Non devi. Non c'è problema. Tengo le mani a posto» affermo, forse più per convincere me stesso.

«Ora però sono curiosa. Se sapevi che avevo un ragazzo, perché non hai detto qualcosa prima?»

Potrei risponderle che non me ne frega un cazzo, che se volesse baciarmi in qualsiasi momento e in qualsiasi luogo, io ricambierei. Potrei dirle che ero talmente tanto preso da lei che il fatto che abbia un ragazzo non mi è nemmeno venuto in mente. Potrei dirle che ho sognato per anni di avere un'ultima possibilità di baciarla di nuovo e che non avrei rinunciato a quell'opportunità. Ma non dico nulla di tutto ciò, dico qualcosa di molto più importante e folle.

«Tay, sei l'amore della mia vita. Potremmo anche essere stati lontani per cinque anni, potremmo restare distanti altri dieci o venti, non importa. Non rinuncerei mai a baciarti. Giusto o sbagliato, ragazzo o meno, tutto il resto non avrà mai importanza quando sto con te. Sono innamorato di te.»

Mi rendo conto di averla presa alla sprovvista; è evidente dalla piega della sua bocca, dalla timidezza nei suoi occhi, dalla tensione delle sue spalle.

«Dio, Cole. Non so cosa dire» mormora.

«Di' che vuoi ancora vedermi, domani.»

Cambio argomento, dandole lo spazio per riprendere fiato.
«Sì» annuisce. «Vuoi ancora che venga a casa tua?»
La sua voce trema un po' e non sono sicuro se sia per via della mia confessione o per il pensiero di rimanere sola con me nel mio appartamento.
«Sì, per piacere. Non appena arrivi, andremo in palestra, okay?»
«Okay. Buonanotte, Cole. Mi sono divertita stasera» afferma.
«Anche io.»
Prendo i premi dal bagagliaio e mi assicuro che arrivi sana e salva alla sua macchina. Dopo averli caricati nel suo di bagagliaio, resto fermo e la guardo mentre parte.
Con le mani che tremano, la mente annebbiata e il cuore sofferente, metto in moto la mia auto e guido verso casa.

Capitolo 10

Tatum

Io e Cole non progettiamo di vederci fino a questa sera, perché oggi doveva allenarsi, così ho dormito fino a tardi, ho fatto alcuni acquisti al centro commerciale e mi sono concessa un ottimo pranzo. Ho coronato la giornata regalandomi un massaggio in albergo. È stato piacevole ed era qualcosa che non facevo da tanto tempo, eppure ho avuto difficoltà a godermelo del tutto perché la mia mente era altrove. Mi sento così ambivalente nei confronti di ciò che è successo ieri sera e anche la massaggiatrice mi ha detto che avevo le spalle molto tese.

Sono stata davvero bene con Cole, anche troppo. Siamo tornati a essere quelli di un tempo, i vecchi Cole e Tatum, ed è stato fantastico. Ci siamo divertiti, abbiamo riso, ci siamo presi in giro godendo della reciproca compagnia. Come facevamo una volta. Quando eravamo insieme, la sintonia tra noi era perfetta, il semplice stare l'uno accanto all'altra ci bastava. Adesso l'idea di andarmene dopodomani mi fa venire la nausea.

Tuttavia, questi pensieri sono del tutto ridicoli. Sono venuta qui per la mia mostra, niente di più, niente di meno. Vedere Cole è stato inaspettato, una bella sorpresa, ma ho la mia vita e lui non ne fa più parte. La nostra è una storia vecchia e noi siamo cambiati in questi cinque anni, siamo persone diverse. Non investirò di nuovo in una relazione con lui e, anche se è stato giusto chiarire la situazione e ci sono ancora un sacco di domande senza risposta, non mi lascerò coinvolgere di nuovo. Manterrò le distanze e proseguirò lungo la traiettoria che mi sono prefissata. Agire diversamente porterebbe solo nuovo dolore ed è l'ultima cosa di cui ho bisogno.

Tuttavia, è stato davvero bello passare del tempo con lui, molto meglio del previsto e senza le preoccupazioni che mi aspettavo.

E poi c'è Blaine. Ha provato a chiamarmi di nuovo ieri sera e io non ho risposto. Non sapevo che cosa dirgli e c'è anche il piccolo problema che non mi sento minimamente in colpa per quello che è successo con Cole. Dio mio, in quel momento tutto quello a cui pensavo era togliermi di dosso i vestiti. Volevo toccarlo, esplorare il suo corpo, risentire vecchie sensazioni e scoprine di nuove. Il pensiero di Blaine non mi ha sfiorata per tutta la sera. Questo, di per sé, è rivelàtore di dove sia posizionato il mio cuore. A ulteriore prova, oggi mentre facevo compere ho visto della lingerie e mi è venuta voglia di indossarla per Cole. In un primo momento mi sono allontanata, ma poi sono tornata indietro e l'ho acquistata, e sto indossando uno dei completi proprio in questo momento.

Che cavolo sto facendo? Dire che mi sento un po' fuori controllo e confusa è usare un eufemismo.

Vorrò sempre bene a Blaine per avermi aiutata a superare un momento difficile. Era la persona di cui avevo bisogno, ma adesso le cose sono diverse. Lo amo? No, non in senso romantico. Non mi attrae per niente l'idea di passare il resto della mia vita con lui. Forse a un certo punto è diventato la mia rete di salvataggio, ma adesso mi infastidisce quando fa il terapeuta. Sono dovuta venire qui per rendermi conto di questa verità, per essere onesta con me stessa fino in fondo. Avere messo una certa distanza tra noi mi ha di sicuro aiutata. Vorrei poterne parlare con qualcuno, ma mi rendo conto di non avere amici con cui confidarmi, qualcuno che mi possa aiutare a vedere le cose in modo più chiaro. Apprezzo davvero Blaine, e tutto quello che ha fatto per me, ma non siamo sulla stessa lunghezza d'onda da tempo. Devo parlargli il prima possibile, almeno questo glielo devo.

Scaccio quei pensieri mentre entro nel parcheggio davanti al complesso di appartamenti dove vive Cole, poi spengo la macchina e faccio qualche respiro per calmarmi. Mi guardo nello specchietto retrovisore e colgo un'espressione di impazienza nei miei occhi. Li chiudo stretti e cerco di calmarmi, non voglio analizzare i miei sentimenti adesso. So solo di avere la sensazione di essere sull'orlo di un precipizio, provo sia eccitazione che inquietudine e so per certo che la mia vita sarà diversa quando lascerò di nuovo l'Arizona.

Come potrebbe essere diversamente?

Non ci metto molto a trovare il suo appartamento e appena busso la porta si spalanca.

«Ehi» mi saluta Cole, sorridendomi.

Osservo la sua semplice maglietta nera, i jeans e il sorriso. È rassicurante vedere che ci sono delle cose che non cambiano mai.

«Ciao» rispondo con un sorriso, provando di nuovo sia speranza che incertezza all'idea che mi inviti a entrare.

Invece lui si gira e afferra le chiavi. Io approfitto di quel momento per dare una rapida occhiata dentro. Casa sua è piuttosto semplice. Ordinata, senza decorazioni, pochi mobili: un sacco di nero, da quello che vedo. Vedo due porte, ma sono chiuse, immagino conducano a una camera da letto e a un bagno. Prima di poter notare altro, lui esce e chiude la porta a chiave dietro di se.

Con un gesto, mi indica di precederlo giù per le scale.

«Com'è andata la tua giornata?» chiede.

«Bene. Ho dormito fino a tardi e poi ho deciso di andare a fare compere. Sono andata in qualcuno dei negozi che preferivo, a Chicago non c'è niente di simile» rispondo.

«Anche in quel piccolo negozio di saponi che ti piaceva tanto?» domanda.

«Sì! Come fai a saperlo?» lo guardo stupita.

Lui scrolla le spalle e ride.

«Ero felicissima quando ho visto che è ancora aperto. Ci sono stata un sacco di tempo e poi, alla fine, ho comprato alcune cose. Sceglierle è ancora difficile come una volta» ridacchio.

«So che ti piaceva. Il tuo prodotto preferito erano quelle cose a forma di palla per il bagno» sentenzia con un'espressione furba.

«Certo, i sali da bagno a forma di palla» dico ridendo. «E mi piacciono ancora. Ne ho fatto scorta. E sono anche andata a fare un massaggio alla SPA.»

«Che cosa chic» mi prende in giro.

Non appena entriamo in palestra, provo una forte nostalgia. Il posto è sempre lo stesso, con l'ottagono al centro, i pesi e i sacchi da boxe e quell'odore che ho sempre associato alla presenza di "maschi".

Abbiamo fatto solo pochi passi quando Zane spunta all'improvviso. I suoi capelli sono tagliati alla moicana, ha i muscoli e i tatuaggi in bella vista messi in evidenza dalla canottiera e dai pantaloncini.

«Tatum! Ciao, bellezza» sorride e io mi ritrovo subito a ricambiare. «È passato tanto tempo.»

«Zane, ciao. È bello rivederti» rispondo sincera.

«Anche per me.» Poi si gira verso Cole e il suo atteggiamento cambia immediatamente, da amichevole a infastidito. «Era ora che ti facessi vedere, stronzo. Ti abbiamo aspettato tutto il giorno.»

Cole solleva gli occhi al cielo. «Be', è un problema vostro. Non sapevo per certo quando saremmo potuti passare ed è esattamente per questo motivo che non vi ho dato un orario.» Poi si china su di me e mormora: «E se qualcuno di loro per caso fosse andato via prima del nostro arrivo me ne farò una ragione.»

Scoppio a ridere e mi giro verso Zane. «Be', sono felice che abbiate aspettato. Voglio vedere tutti.»

Cole sospira, Zane sorride di più e mi porge il braccio. Lo afferro e mi accompagna all'ottagono. Un paio di ragazzi si stanno allenando e altri stanno intorno a loro, incitandoli.

Quando ci avviciniamo, Zane fa un fischio acuto che cattura immediatamente l'attenzione di tutti.

«Guardate chi ha deciso finalmente di onorarci con la sua presenza» dice Zane, puntando il dito verso Cole.

«La smetti con queste cazzate? Ti comporti come se non venissi qui da una vita. Non mi ero reso conto che aveste così tante difficoltà ad andare avanti senza di me» risponde Cole esasperato.

«Ehi» si sente dire ad alta voce, sovrastando il resto. Mi giro e vedo Levi lì in piedi che mi fissa, con un'espressione perplessa sul volto. Sorrido, ma prima che possa salutarlo, lui guarda i ragazzi e poi punta un dito verso di me. «La vedete anche voi, vero?»

«Chi?» chiede Jax guardandolo divertito mentre lo oltrepassa e mi abbraccia. Jax è più grosso del resto dei ragazzi, ma è gentile come tutti loro. Mi abbraccia stretta e si scosta, guardandomi negli occhi, e mentre sorride mette in bella mostra un paio di fossette che farebbero andare in estasi qualsiasi donna.

«È davvero bello rivederti, Tatum.»

«Grazie» gli dico sincera. «Anche per me è bello incontrarti, è passato tanto tempo.»

«Troppo tempo» dice e poi si allontana, ma non prima di avermi stretto la parte superiore del braccio con affetto.

I ragazzi sono stati davvero fantastici quando io e Cole abbiamo perso Hope. Facevano dei turni per starci vicino, desiderosi di aiutarci in tutti i modi possibili, anche solo per portarci del cibo o per buttare la spazzatura. Quando riuscivo a uscire dalla camera da letto, incappavo sempre in uno di loro che mi chiedeva di cosa avessi bisogno e come poteva aiutarmi. Non li ho mai ringraziati per tutto quello, non gli ho mai detto quanto lo apprezzassi.

«Ah, quindi la vedete. È Tatum» dice Levi lentamente.

«Scusa, bello» chiarisce Zane a Cole «ho detto a tutti che stava venendo qui tranne a Levi. Non era qui quando li ho avvertiti.»

«Ciao, Levi» dico osservando i suoi capelli e gli occhi verde brillante. Ha ancora quell'aspetto da surfista che aveva anni fa, solo che il suo viso ora è più maturo e il suo corpo più muscoloso.

Si avvicina a me e mi stringe in un abbraccio che mi manda quasi al tappeto per l'irruenza. «Che cavolo fai, Levi?» chiede Cole. «Datti una calmata prima che tu le faccia male» ordina protettivo. Levi rimane con le braccia allacciata intorno a me.

«Sul serio, Levi. Non avevo idea che significassi così tanto per te» rido e riesco a liberarmi dal suo abbraccio.

«Non ci riesco. È come se si fosse riunito il gruppo» mormora.

«Oh, buon Dio» dice Ryder mentre cammina verso di me. Lancia uno sguardo di rimprovero a Cole e poi mi stringe tra le braccia. «Ciao, bambola. È bello vederti.»

«Anche per me» gli dico e mi concedo di accoccolarmi tra le sue braccia per un minuto intero prima di allontanarmi e sorridere guardandolo in quegli occhi così blu e luminosi. Quando lui ricambia il sorriso, provo una felicità profonda come non mi succedeva da anni. Ha sempre trasudato sensualità da tutti i pori, ma se lo scrutavi abbastanza a fondo potevi vedere il dolore che cercava di nascondere e che emergeva quando abbassava la guardia. Sono sorpresa e felice di vedere che non c'è più traccia di quel dolore. Anche lui sembra felice di vedermi e questo mi fa sentire più calma e rilassata.

«Tatey tesoro, da quanto tempo» dice Dylan sorridendo ed è il suo turno di abbracciarmi.

«Ancora odio quel soprannome, "Dillino"» sbuffo.

Lui scoppia a ridere. «Be', dimmi che sono per lo meno il tuo rosso preferito.»

«Sempre» confermo ridendo.

Alla fine, vedo un ragazzo che non riconosco. Non veniva al college con noi e non l'ho mai visto con Cole quando ero qui.

«Tatum, questo è Tyson. Tyson, questa è Tatum. Eravamo insieme cinque anni fa e veniva al college con noi. È per questo che conosce tutti» spiega Cole.

«Tatum, ciao, è bello conoscerti» dice Tyson a bassa voce, ma con un sorriso sornione, mentre mi stringe la mano. Già, ci sta proprio bene con il resto dei ragazzi, questo è certo. Non indossa la maglietta e io cerco di non fissare tutta quella pelle nuda davanti ai miei occhi. Perché, diciamocelo, c'è un sacco di pelle nuda attorno a me.

«Anche per me» gli dico ricambiando la stretta di mano.

«Spero che non vi dispiaccia, ma quando ho saputo che sareste venuti, mi sono organizzato con gli altri per andare a cena da The Speclked Gecko» dice Jax, riferendosi al ristorante messicano a solo un isolato di distanza. «Ti va?», chiede Jax e io guardo Cole nello stesso momento in cui lui guarda me.

«Okay, certo» risponde e tra le esultazioni e commenti su quanto siano affamati, i ragazzi si disperdono per prendere quello di cui hanno bisogno, il che include purtroppo anche le magliette.

«Andiamo prima di loro» suggerisce Cole e io annuisco, poi lo seguo fuori dalla porta. È una bella serata e io inspiro a fondo l'aria.

«Si sente l'odore dei fiori d'arancio, adoro questo profumo. Poco dopo essermi trasferita, provavo tanta nostalgia di casa. Sono andata in una profumeria che aveva centinaia di profumi e mi sono messa ad annusare dei campioncini di qualsiasi cosa avesse l'arancio come ingrediente primario. Volevo solo avere qualcosa che mi ricordasse casa.»

«Ne hai trovato uno?» domanda.

«No, mai» ammetto.

Gli occhi di Cole si intristiscono quando mi guarda, e non era mia intenzione.

«Sono impaziente» affermo sorridendo e sono felice quando vedo le sue labbra incurvarsi in risposta.

«Per cosa?»

«Mangiare! Non sono ancora andata a mangiare al messicano da quando sono tornata, perciò è perfetto. Penso che prenderò anche un Margarita.»

Quando arriviamo mi sorprende il fatto che non ci sia molta gente visto che è ora di cena. Non appena l'addetta ai tavoli vede Cole gli sorride.

«Ciao, Cole» dice e giuro che la sento trattenere il fiato. «È da tanto che non ci si vede.»

Gli sorride sfacciatamente e io mi acciglio. Non mi piace e preferirei davvero non avere un contorno di *troiaggine* per cena. Non che possa avere qualche pretesa nei confronti di Cole, ma buon Dio, vorrei davvero prenderla a schiaffi per toglierle quell'espressione dal viso. Oppure graffiargliela via con le unghie. Mi andrebbero bene entrambe le cose.

«Ciao, Fannie» risponde lui e io scoppio in una risata nasale. Molto rumorosa. Perché non è affatto il nome che mi sarei aspettata di sentire. Vedo Cole guardarmi con la coda dell'occhio, ma io non reagisco. Fannie, d'altro canto, mi lancia un'occhiataccia, ma io le sorrido irriverente.

«Jax ha chiamato prima, quindi abbiamo i tavoli già pronti per voi» dice ignorandomi completamente e sorridendo a Cole con fare ancora più seduttivo.

«Ottimo» risponde lui e mi posa una mano sulla parte bassa della schiena, invitandomi a precederlo. Il suo tocco scatena dei fremiti lungo tutta la mia spina dorsale e io rabbrividisco. Se lo nota, non dice nulla. Quando arriviamo al tavolo, scosta la sedia e una volta che mi sono accomodata prende posto accanto a me.

«Che cosa ti è preso?» mi chiede con un sopracciglio sollevato.

«In che senso?» domando con fare che spero sembri innocente.

«Il fatto che avessi l'aria di voler fare a pezzi Fannie» specifica.

«Non so di cosa tu stia parlando» minimizzo e ordino immediatamente un Margarita alla cameriera che ci raggiunge al tavolo, felice di far cambiare direzione ai pensieri di Cole.

I ragazzi cominciano ad arrivare alla spicciolata. Quando entra Jax, spalanco la bocca a quella vista. Tiene in braccio una bambina, non più grande di un anno, e tiene la mano di una bellissima donna al suo fianco. Appaiono innamorati e formano un quadretto famigliare molto dolce.

«Non avevo idea che Jax fosse diventato papà» sussurro a Cole, sorpresa. Prima che lui possa rispondere, Jax ci raggiunge, iniziando le presentazioni.

«Tatum, vorrei presentarti Rowan, la mia signora» dice facendo ridere la diretta interessata. «Rowan, questa è Tatum, una vecchia… amica di Cole.»

«Ciao, Tatum. Piacere di conoscerti» risponde sorridendo Rowan.

«Piacere mio. E chi è questa bella bambina in braccio a te, Jax?» chiedo.

Il suo sorriso potrebbe illuminare una stanza.

«Questa batuffolina è la figlia di Rowan, Lily» replica lui con orgoglio.

Subito dopo però il suo sorriso si spegne e mi guarda preoccupato, come se volesse scusarsi solo per il fatto di avere una bambina con sé.

Io sorrido con fare incoraggiante e mi alzo. Mi avvicino a loro e prendo la manina della bambina nella mia.

«Ciao, Lily. Sei davvero bellissima» dichiaro.

Rowan e Jax sorridono e così fa Lily, come se sapesse che le ho appena fatto un complimento. Quando si girano per sistemarla in un seggiolone, ritorno al mio posto.

«Jax e Rowan si sono conosciuti quando Rowan aveva le doglie» dice Cole. Spalanco gli occhi a quella notizia e lui annuisce e ride. «Più tardi ti racconto tutta la storia.»

«Non vedo l'ora» ridacchio.

Una volta che Lily è sistemata, Jax e Rowan si siedono e lei afferra subito il menù, facendo ridere Jax.

«Non so perché lo guardi, tesoro, ordini sempre la stessa cosa.»

«Sì, ma se volessi cambiare idea? Oggi potrebbe essere quel giorno» sbuffa.

«Vedremo» dice rivolgendole un sorriso indulgente.

Sono come ipnotizzata da loro due, finché non vengo distratta dall'arrivo di Tyson. Al suo braccio c'è una bionda formidabile che mi presentano come Sydney. Lei si siede subito accanto a Rowan e le due iniziano a chiacchierare, mentre Jax e Tyson le osservano sorridendo.

«Tyson è il fratello di Rowan» mi spiega Cole a bassa voce. «Loro quattro passano parecchio tempo insieme.»

Infine, arrivano anche Dylan, Levi e Zane e rimaniamo ad aspettare Ryder, che entra per ultimo. Non si avvicina subito, resta vicino all'ingresso per un po' e io mi chiedo cosa stia facendo, finché non vedo che a lui si unisce una donna. Vedere Ryder con una rappresentante del gentil sesso non è di certo qualcosa di insolito, almeno fino a quando non noto l'espressione sul suo viso e quasi svengo dalla sorpresa.

«Oh, mio Dio» sussurro e Cole mi guarda confuso, poi segue la direzione dei miei occhi. «Ryder è innamorato.»

Cole sorride e annuisce e io ora capisco perché mi era sembrato più felice: perché lo è. Ryder mi presenta Tessa, con un sorriso orgoglioso, senza lasciarle mai la mano. È ovvio che sono tutti cambiati nel corso degli anni. Mi è chiaro non solo dal modo in cui interagiscono l'uno con l'altro, ma anche da come si comportano con le donne delle quali sono innamorati. Confesso di essere un po' invidiosa e mi chiedo se anche Cole sia cambiato durante tutto questo tempo. È una domanda retorica la mia, perché anche io sono inevitabilmente cambiata e mi illudo che sia in meglio. E c'è un'altra domanda che in questo momento mi tormenta: qual è la natura della mia relazione con Cole? Siamo solamente vecchi amici che si sono ritrovati o c'è qualcosa di più?

Mentre ordiniamo, mi rendo conto di quanto mi siano mancati tutti, di come mi facciano stare bene anche a distanza di anni. Mi sembra tutto così naturale, così semplice. So che potrei farli rientrare nella mia vita senza alcun problema e mi sorprende di quanto l'idea sia allettante.

Allarmata dalla piega che stanno prendendo i miei pensieri, sono grata quando la voce di Cole interrompe il flusso delle mie elucubrazioni.

«Sul serio, bello, se non la smetti di guardarmi in cagnesco ti prendo a pugni in faccia» dice fissando Ryder.

Lui incrocia le braccia e cerca di sembrare minaccioso, ma la curva delle sue labbra tradisce le sue vere emozioni. «Sono venuto a casa tua tre volte e non c'eri» afferma.

«E allora?» risponde Cole.

Il cipiglio di Ryder si fa più evidente.

«Allora ero preoccupato, va bene?» replica esasperato.
«Oh, avere la ragazza ha fatto diventare Ryder una mammoletta» commenta Zane per prenderlo in giro, il che genera un ringhio e un'imprecazione dal diretto interessato.
«Hai avuto da fare recentemente» domanda Cole indicando Tessa. «Volevo solo darti spazio. Niente di che. Perché ti sei preoccupato, comunque?»
Gli occhi Ryder si spostano su di me e poi di nuovo su Cole e la ragione è chiara.
«Lo ero e basta, okay? Hai detto che saresti venuto in palestra ad allenarti e non l'hai fatto, ci siamo sempre andati insieme, non ti ho visto e allora… non so… cazzo! Forse sto davvero diventando una femminuccia.» Punta un dito contro Tessa. «Questa è colpa tua!»
«Penso che sia una cosa dolce, tesoro» gli risponde e Ryder si sporge verso di lei e la bacia sulla bocca.
«Allora, cosa ti porta in Arizona, Tatum? Solo in visita o qualcos'altro?» mi chiede Rowan dall'altra parte del tavolo.
«Ho una mostra in una galleria a Tempe. Visto che è da tanto che non tornavo, ho pensato di prendermi una settimana di vacanza.»
«Che tipo di mostra?» mi chiede Dylan.
«Ehm, dei miei quadri» ribatto imbarazzata.
«I tuoi? È fantastico» dice Zane.
«Grazie. Questa in Arizona è la prima tappa, la prossima è in California. Non sto nella pelle» rispondo sincera.
«Congratulazioni» commenta Jax e tutti mi rivolgono i loro complimenti.
«Grazie» mormoro.
«Che cosa dipingi?» mi chiede Levi con curiosità.
«Qualsiasi cosa mi ispiri. Persone, paesaggi, oggetti. Affronto tematiche molto diverse.»
«Si possono ancora andare a vedere?» chiede Tessa con gentilezza.
«Sì, sono in mostra per il resto della settimana, finché non li impacchettiamo e li spediamo in California» confermo.
«Sai se ti servisse un modello da dipingere, conosco la persona perfetta per te» suggerisce Levi.
«Davvero?» chiedo incuriosita.
«Sì, è…» inizia lui.

«Se fai il tuo nome, ti avverto che scoppio a ridere» lo interrompe Ryder.

«Soprattutto perché io sarei di certo un soggetto migliore» aggiunge Zane.

«Tu?» lo deride Levi. «Non penso proprio. I miei zigomi sono fantastici.»

«Io ho i muscoli più grossi dei tuoi» ribatte Ryder facendo ridere Tessa e tutti noi quando flette un braccio per dimostrarlo.

«Scommetto che darebbe di tutto per dipingere i miei occhi» dice Jax con una risata.

«Ah, sicuro» afferma Rowan, «ma il tuo ego probabilmente farebbe loro ombra.»

Io e Cole ridiamo mentre il resto del gruppo litiga su chi abbia le caratteristiche migliori per essere ritratto da me, e continuano anche quando arriva il nostro cibo. L'atmosfera è cordiale, il cibo ottimo e la compagnia divertente. Proprio mentre la cameriera sta sparecchiando, e Lily ci sta intrattenendo seguendo il ritmo della musica che proviene dalle casse, un trambusto attira la nostra attenzione.

«Dove cazzo è? Lo so che quel bastardo è qui» urla qualcuno.

Qualcuno dei ragazzi si gira verso l'entrata, da dove provengono le urla e noi ci guardiamo attorno, confusi.

«In palestra mi hanno detto che è qui. Toglimi le mani di dosso, voglio vederlo, adesso!» prosegue la stessa voce di prima.

«Che cavolo succede?» dice Zane alzandosi dalla sedia.

Cole si irrigidisce e lui e Ryder si scambiano una lunga occhiata. Una comunicazione silenziosa che non capisco.

«Cole!» ricomincia a gridare la voce. «Cole Russell, porta quel cazzo di culo fuori da qui adesso. Devi venire ad allenarti all'istante!»

«Non può essere serio» dice Jax frustrato, poi guarda Cole con aria interrogativa, ma lui scuote la testa. Jax sparisce mentre Rowan lo osserva con ansia.

«Cole?» Lo fisso mentre lo vedo alzarsi dalla sedia. «Che succede?»

«Cole, non devi occupartene tu. Rimani qui» ordina Ryder, e Levi e Zane annuiscono.

«No, è un mio problema, me lo gestisco io» mormora Cole.

«Col cazzo che lo è» borbotta Ryder.

«Va tutto bene.» Cole mi guarda e io rimango impressionata dall'espressione di sconfitta che leggo sul suo viso. «Torno subito. Aspetta qui.»

Cole si allontana e io sento altre grida, ma non riesco a capire che cosa viene detto. Non ho idea di cosa stia succedendo, ma i ragazzi sembrano in tensione e Jax ancora non è tornato.

«Che succede?» domando.

La maggior parte di loro distoglie lo sguardo, a disagio.

«Zane, chi è che grida là fuori?» insisto.

«Non ti preoccupare, Tatum. Niente di nuovo, purtroppo. Ci pensano Cole e Jax» mi rassicura Ryder.

«Pensano a cosa?»

«È Jerry, il padre di Jax e allenatore di Cole. Beve tanto ultimamente e questi incidenti stanno diventando sempre più frequenti» mi spiega Rowan.

«Grazie» le dico e lei mi rivolge un cenno affermativo.

«Non capisco perché sopportino queste cazzate. Specialmente Cole. Sono anni che cerchiamo di capire perché continui a stare con Jerry, ma non riusciamo a tirargli fuori niente. Forse tu avrai più fortuna di noi, Tatum» dice Ryder.

«Parla mai a Cole in questo modo?» domando.

Ryder annuisce. «Parla a tutti noi così. È ubriaco per la maggior parte del tempo, oramai. È impressionante che riesca ancora ad allenare Cole. Di certo non può essere un allenamento di qualità e ho il sospetto che passi più tempo a criticarlo che altro, ma Cole ancora non se ne va. Non capisco. È un ottimo lottatore e con un allenamento migliore diventerebbe imbattibile.»

«Parlando di combattimenti, verrai a vederlo?» mi domanda Levi.

«Il suo?» chiedo.

«Sì. Domani sera. Ci vieni, vero?» insiste Levi.

Ha un combattimento domani sera e non me l'ha detto? Forse non vuole che io vada, o non me l'ha chiesto perché non vuole che io mi senta obbligata ad andare?

«Ah, vero è domani sera. Mi ricordi dove e a che ora? Me l'ha detto, ma me lo sono completamente dimenticata» dico sorridendo.

«Al complesso principale del Top Train Sporting Center a Phoenix. Il turno di Cole dovrebbe iniziare alle ventidue» risponde.

«Ci sarò sicuramente. Non vedo l'ora» ribatto.

«Sì, anche noi. Ha contro un avversario tosto, ma se si concentra e non ha nessuna pietà, ha la vittoria in pugno. Sarà un bel combattimento, vedrai.»

Prima che io possa commentare, Cole ritorna al tavolo. Sembra nervoso e teso.

«Va tutto bene?» gli domando.

Annuisce, ma evita di guardarmi negli occhi. Vedo i muscoli della sua mascella contrarsi e una vena pulsare sulla sua fronte. Non so cosa fare o dire, non capisco nemmeno cosa stia succedendo.

Gli altri iniziano ad andarsene e io abbraccio tutti, dicendo loro che anche per me è stato bello rivederli.

Quando io e Cole torniamo a casa sua, una volta fuori dalla sua macchina non resisto e gli prendo la mano.

«Non so cosa sia successo, ma so che qualunque cosa fosse ti ha scosso. Posso aiutarti in qualche modo?»

Lui mi fissa negli occhi, poi fa un respiro profondo e lentamente si rilassa. Solleva le nostre mani unite e le guarda. «Questo aiuta. Grazie.»

Stringo più forte la sua mano e non la lascio andare finché non arriviamo alla mia macchina.

«Grazie per la cena, allora ci vediamo domani. Sei sicuro che sia tutto okay?» gli chiedo.

Lui annuisce.

«Sì. Domani è il tuo ultimo giorno» mormora piano.

«Sì» confermo con lo stesso tono di voce e sento un dolore nel petto al solo pensiero.

«Ho qualcosa che devo fare domani sera, ma posso passare da te per portarti a pranzo fuori, ti andrebbe bene?» chiede.

«Sì. Perfetto» annuisco.

«Okay, buonanotte, Tatum.»

Mi scosta i capelli e mi posa un bacio delicato sulla guancia. La sua barba mi solletica il volto provocandomi brividi lungo la schiena. Vorrei baciarlo ed eliminare la preoccupazione dal suo viso. Vorrei farmi circondare dalle sue braccia e fingere che domani non debba andarmene. Vorrei sentire il suo corpo premuto contro il mio e percepire di nuovo l'amore che provavamo, fingendo di avere tutto il tempo del mondo.

Invece, sorrido, annuisco e mormoro "buonanotte".

Lo osservo dallo specchietto retrovisore, rimane lì in piedi e mi osserva mentre esco dal parcheggio. La tentazione di tornare indietro è fortissima, ma continuo a guidare verso il mio albergo. Una volta arrivata, prendo il telefono e compongo un numero.

«Tatum, ciao. Mi stavo proprio chiedendo se ti avrei sentita questa sera.»

«Ciao, Blaine» sospiro, incerta di come affrontare la conversazione.

«Come è andata oggi? Ti sei divertita?» chiede.

«Blaine, ti sarò sempre grata per tutto quello che hai fatto per me. Mi hai aiutata a superare i miei problemi quando ero spaventata, sola in una città che mi era estranea. Mi hai aiutata a fare i conti con la perdita di Hope e mi hai insegnato ad amare di nuovo me stessa o, per lo meno, a muovere i primi passi verso il difficile compito di perdonare me stessa. Non potrò mai ripagarti per questo.»

«Tatum…»

«No, ti prego, fammi finire. Credo che tu sia piombato nella mia vita esattamente quando avevo bisogno di te. Non so e non riesco a immaginare cosa avrei fatto se non avessi avuto la tua guida, la tua accettazione e la tua forza nel corso degli ultimi anni. Ma, Blaine, sono pronta per andare avanti ora. Trovarmi qui mi ha fatto rendere conto che il mio cuore e la mia anima non sono pronti per essere donati a te, forse non sarò in grado di donarli di nuovo a nessun altro, non lo so, ma non è giusto che io continui questa relazione.»

«Tatum» sospira «possiamo discuterne quando torni a casa? Ora sei circondata dai ricordi, stai rivivendo una storia che suscita in te dei sentimenti profondi e che probabilmente ti sta travolgendo e confondendo. Ha senso che tu stia provando tutta questa confusione verso il futuro, visto che stai rivivendo una parte importante del tuo passato. È la prima volta che torni in Arizona dopo la tua perdita e, onestamente, mi aspettavo una reazione simile» conclude.

«No, Blaine, ti sbagli. Stare lontana da qui non cambierà quello che provo» ribatto decisa.

«Penso che sia così, invece, ed è meglio se ne parliamo quando torni, come ho già detto. Ti aiuterò a valutare le emozioni che stai provando e tenteremo di capire come elaborarle. Ci vediamo quando torni, okay?»

«Addio, Blaine. Grazie… di tutto» mormoro.

«Tatum, io credo...» inizia.

Premo il pulsante per terminare la chiamata e poi spengo il telefono. Mi infilo il pigiama e mi lavo il viso, sentendomi leggera come non mi succedeva da tanto tempo.

Blaine potrebbe avere ragione, probabilmente i sentimenti che sto provando svaniranno quando me ne andrò. Forse Cole mi attrae solo in funzione dei ricordi che condividiamo.

Quello che so per certo è che voglio essere libera di scoprire la verità.

Capitolo 11

Cole

Sono nervoso per il combattimento di oggi e non so perché. Non riesco a scrollarmi di dosso la sensazione che stia per succedere qualcosa di brutto e non mi aiuta ripensare a ieri sera, alla scenata di Jerry. Era ubriaco e rabbioso e, come al solito, mi sono bloccato invece di reagire. Sentivo il panico crescere dentro di me e avevo solo voglia di scappare a nascondermi. Odio permettergli di farmi sentire debole e inutile, ma purtroppo mi tiene in pugno. In passato ho provato a ribellarmi, a riconquistare i miei diritti, ma senza successo. Alla fine ho smesso di provarci, mi sono arreso e ho finito per accettare il fatto che fosse una battaglia persa.

Apparentemente ieri sera è bastata la minaccia da parte di Jax di chiamare la polizia e farlo arrestare per ubriachezza molesta per riportare Jerry alla calma. Solo che Jax non aveva idea del perché fosse lì a fare casino, ma io so bene che cosa voleva ottenere. È stata tutta una commedia a mio esclusivo beneficio, voleva che mi ricordassi che è sempre lì, che mi osserva per assicurarsi che io rispetti la mia parte di accordo. Il fatto è che io non lo sto facendo, non sto affatto rispettando il patto, non da quando Tatum è tornata. Per fortuna l'abbiamo portato via prima che facesse danni, ma so che darà la colpa a me per le parole di Jax.

Un altro motivo per cui mi sento nervoso è Tatum, ovviamente. Per tutto il giorno ho provato sentimenti ambivalenti all'idea di rivederla. Felicità, certo, ma anche tristezza perché so che tra una manciata di ore se ne andrà per tornare alla sua vita e di nuovo lontano dalla mia. Magari questa volta riuscirò ad avere il suo numero per mantenerci in contatto, anche se l'idea di restare buoni amici è puro delirio. Io e lei non potremmo mai essere *solo* amici.

Afferro le chiavi dal tavolino vicino alla porta e mi appresto a uscire per andare a prendere Tatum e portarla a pranzo, quando qualcuno bussa alla porta. Faccio una smorfia di disappunto e spero non sia qualche contrattempo che mi faccia ritardare.

Apro la porta e la mia espressione cambia rapidamente quando mi ritrovo davanti Tatum.

«Ehi, stavo per venirti a prendere. Che ci fai qui? Ho forse capito male?» le domando.

«Volevo solo… posso entrare?» sussurra.

«Certo» rispondo.

Mi sposto e le faccio cenno di accomodarsi, mentre osservo la strana espressione sul suo viso.

Quando entra, chiudo la porta e mi volto immediatamente verso di lei. Ha gli occhi fissi sul pavimento e il respiro affannato, come se avesse corso.

«Tatum, che c'è che non va? È successo qualcosa?» le chiedo preoccupato.

«Sì, è successo qualcosa. Domani parto» dice, poi si ferma e mi guarda, chiude gli occhi e deglutisce a fatica.

Non sono sicuro di cosa le stia passando per la testa, ma qualunque cosa sia smuove qualcosa dentro il mio petto.

«Mi sento come spaccata in due, Cole. Questa settimana è stata triste ed estenuante, eppure anche eccitante e divertente. Una parte di me è pronta a tornare a casa, un'altra parte, forse più importante, soffre al pensiero di partire: pensare di tornare a casa mi fa venire voglia di piangere.»

Si porta una mano al petto mentre lo dice, come se provasse dolore.

Rimango fermo e in silenzio, perché anche il mio cuore brucia dal desiderio che lei resti. Lei può sentirlo come lo sento io? Sanguina e mi sta pregando di parlare, di dare voce ai sentimenti che custodisce. Vuole che io la preghi di perdonarmi, vuole che le spieghi che da quando è andata via sono stato solo l'ombra dell'uomo che ero quando potevo amarla. Da quando l'ho persa non sorrido più e il mondo non ha più niente di buono per me. Questi giorni con lei mi hanno ricordato come ero, mi hanno fatto di nuovo *provare* qualcosa. Non voglio che se ne vada, ma non posso nemmeno chiederle di restare. Non posso...

«Ieri sera avrei voluto baciarti» mormora toccandosi le labbra. Lancia un'occhiata dietro di sé e poi comincia a indietreggiare. Io la seguo, come ipnotizzato. «Volevo abbracciarti e perdermi di nuovo nella passione. Il tipo di passione che avevamo prima…»

Non finisce quel pensiero, ma so cosa stava per dire. Prima di perdere Hope non ci bastavamo mai.

«Ho rotto con Blaine» sputa fuori e io smetto di camminare, la osservo e aspetto. «Non posso stare con lui quando il mio cuore ancora appartiene a qualcun altro» conclude.

Apre la porta del mio bagno, guarda dentro la stanza e poi la chiude. Si muove verso la porta successiva e sono talmente scioccato dalle sue parole che mi ci vuole un momento per capire le sue intenzioni.

«Voglio ricordare, Cole» sussurra, poi apre la porta della mia camera da letto.

«Tatum!» dico, «aspetta!.»

Ma lei non sta ascoltando.

«Non so quando avrò di nuovo l'opportunità di farlo e stamattina, quando mi sono svegliata, ho pensato tra me e me, cosa ho da perdere? Voglio stare con te.»

Pronuncia le ultime parole a bassa voce perché i suoi occhi stanno già osservando la stanza.

Mi sento barcollare, perché non so come farò a spiegare il fatto che ogni centimetro delle pareti della mia stanza è ricoperto dalle sue opere d'arte. Come posso spiegarle che non è mai stata davvero lontana per me, che mi sono sempre informato su dove fosse, su cosa stesse facendo. Quando potevo, mi facevo spedire i suoi lavori attraverso un contatto che avevo nella sua scuola. Tutti le opere scartate o incompiute, foto delle mostre a cui partecipava e lavori che metteva in vendita. Ho persino acquistato alcuni suoi quadri da una galleria. Qualsiasi cosa potessi avere è dentro questa stanza.

«Non… non capisco» dice guardandomi con il viso arrossato e gli occhi lucidi. «Come li hai avuti?»

«Tatum…» inizio.

Mi avvicino a lei con le mani avanti come se fosse un cerbiatto che sto cercando di non spaventare.

«Cole?» scandisce con voce tremante, mentre una lacrima le scivola lungo la guancia. «Non capisco.»

Continua a guardarsi intorno, incredula.

«Lo so che sei sorpresa, ma non chiedere ti prego.»

Che altro potrei dire?

«No. Non è abbastanza» ribatte. Si ferma e mi fissa con gli occhi spalancati e io mi sento come annegare. «Come li hai avuti?» ripete.

«Non posso...»

«*No!*» urla. «*Non ci pensare neanche!* Come cazzo fai ad avere questi quadri? Questo» dice indicando un dipinto che rappresenta un vaso con delle rose rosse «l'ho dipinto poco tempo dopo aver iniziato l'accademia.»

Poi punta il dito su un altro quadro astratto che ha chiamato *Caos*. Esprime tutto il suo dolore e io l'ho immaginata mentre lo dipingeva, con i capelli raccolti in cima alla testa, le sopracciglia aggrottate, la pittura su viso e braccia, ignara del mondo attorno a lei. «Questo l'ho dipinto un paio di anni fa. È stato scelto da una galleria d'arte per essere esposto e messo in vendita. È stato venduto velocemente e...»

La sua voce si ferma. Gira su se stessa e mi guarda di nuovo, scuotendo la testa. L'espressione sul suo viso esprime tradimento, confusione e rabbia. E mi fa a pezzi.

«Spiegamelo, Cole! Adesso!» urla.

«Lo so che non capisci, ma non posso spiegartelo e ti chiedo scusa per questo.»

Lei si precipita verso di me e inizia a tempestarmi con i pugni il petto.

«No! Non puoi farlo. Non puoi nascondermi una cosa del genere. Non capisci che mi confondi ancora di più?»

Continua a colpirmi, gridando e piangendo. La lascio fare, con le mani sulle sue spalle. Lascio che sfoghi la sua rabbia, la sua amarezza e la sensazione di essere stata tradita, come è giusto che sia. Attendevo questo momento da tanto tempo.

«Va tutto bene» le sussurro come un mantra, finché non appoggia la fronte sul mio petto. Mentre si aggrappa alla mia maglietta, le sue ginocchia cedono. Scivolo a terra con lei, tenendola tra le braccia, stringendola forte e cullandola.

Diversi minuti dopo, il suo pianto si ferma e lei si scosta da me. Il suo viso è rigato dalle lacrime e i suoi occhi parlano di perdita e confusione. Le asciugo con il pollice e ci fissiamo, senza che ci siano parole tra noi, eppure ci diciamo tutto. Le sistemo i capelli dietro l'orecchio e la bacio sulla guancia, chiudo gli occhi quando la mia guancia sfiora la sua. Quando mi scosto, non so chi sia a fare la prima mossa e non mi interessa, so solo che, all'improvviso, ci stiamo baciando.

Muove le labbra sulle mie, con rabbia e desiderio. Piange silenziosamente mentre mi bacia e io sento il sapore delle sue lacrime, mentre preme il corpo contro il mio.

Si arrampica sul mio grembo e le sue mani individuano l'orlo della mia maglietta. Io mi scosto e la fisso negli occhi mentre mi solleva la maglia sopra la testa. I suoi occhi mi studiano e si incendiano quando nota il tatuaggio che ho sul fianco sinistro, lungo il costato. Poi suoi occhi si riempiono di nuovo di lacrime.

«Non l'avevo visto l'altra sera» dice.

«Era buio e non avevo la maglia abbastanza sollevata» mormoro.

Lei traccia con il dito ogni lettera del nome di Hope, poi si china a baciarle. Quando si raddrizza, mi sfila lentamente la maglia. Quando faccio lo stesso, il suo respiro diventa più veloce e il suo seno si gonfia contro il pizzo bianco del reggiseno che indossa. Lei mi fissa mentre porto le mani dietro la sua schiena e glielo slaccio. Con deliberata lentezza, lascia scivolare una spallina e poi l'altra, prima di toglierselo del tutto.

Non c'è bisogno che dica altro: quello che vuole, quello di cui ha bisogno, è evidente. Mi prende il volto tra le mani, mi bacia sulle labbra e preme il corpo contro il mio. Inspiro a fondo e gemo quando percepisco la sua pelle. La mia mente, il mio cuore, la mia anima e le mie mani si riempiono di lei.

Il resto dei nostri vestiti segue rapidamente gli altri e restiamo nudi, l'uno di fronte all'altra. Prima che possa sbattere le palpebre, lei è a cavalcioni su di me, mi afferra il sesso e mi guida dentro di lei. Per un attimo restiamo fermi, assaporando il momento.

Questa volta sono io a prenderle il viso tra le mani e le dico cosa provo: «Sei sempre stata con me, Tatum, nella mia mente e nel mio cuore. Sempre.»

Un'altra lacrima cade lungo la sua guancia e io mi chino per scacciarla con un bacio. Quando cominciamo a muoverci, ogni tocco è paradiso, ogni spinta ci accende sempre più. Sento tutto: la sua pelle come seta, i suoi capelli che mi solleticano il petto, le sue unghie che mi graffiano, il sudore tra i nostri corpi. Voglio conservare nella memoria questo momento, portarlo per sempre con me.

Alla fine veniamo insieme, mentre catturo i suoi gemiti con la bocca e le dono i miei. Dopo la tengo stretta a me, senza nessuna intenzione di lasciarla andare. Quando si scosta da me e posso vederla in viso, sono sollevato perché non c'è pentimento nei suoi occhi, solo felicità.

Restiamo nudi sul pavimento, avvinghiati fino a quando non ci viene fame. Prendiamo del cibo dal frigo e lo portiamo in camera, per fare una sorta di pic-nic. So che ha delle domande, ma non le fa. Invece mi racconta la storia di ciascuno dei dipinti appesi alle pareti. Cosa l'ha ispirata, perché ha scelto quei colori, il voto che ha avuto per quel compito e qualsiasi altra cosa le passi per la mente. Io ascolto tutto, godendomi il semplice fatto che sia qui con me.

Quando la luce nella stanza comincia a diminuire, do un'occhiata all'orologio e mi rendo conto che non c'è più tempo.

«Tatum, mi spiace ma devo andare. Ho delle cose da fare che non posso rimandare, ma hai detto che il tuo aereo non parte fino a domattina tardi, giusto?» domando.

«Sì, esatto» dice con voce roca.

«Posso portarti all'aeroporto? Magari facciamo colazione insieme prima?»

Lei deglutisce e annuisce. «Sì» sussurra e io percepisco il dolore che avvolge ogni parola.

Ci vestiamo in silenzio con sul cuore il peso della sua partenza imminente. La accompagno alla porta, la attiro tra le braccia e la bacio.

«Ci vediamo domattina.»

«Ci vediamo» ripete facendomi l'occhiolino, poi se ne va.

Mi prendo un momento per ricompormi, prima di afferrare la mia borsa della palestra e le cose che mi servono e uscire. Mentre guido verso l'arena in cui si terrà il mio incontro, cerco di spostare i miei pensieri da Tatum al combattimento che mi aspetta. Metto su della musica e la uso per liberare la mente.

Sono a malapena entrato negli spogliatoi quando Jerry mi è già addosso.

«Cazzo! Era ora che ti facessi vedere, ragazzo. Dovevi essere qui un quarto d'ora fa. Stavo per mandare qualcuno a cercarti.»

«Dopo un quarto d'ora? È ridicolo» gli dico, anche se so che è inutile.

«Vestiti, coglione. Devi riscaldarti» ordina.

Abbasso la testa, mi sposto in bagno e mi cambio i vestiti velocemente. Quando esco le mie mani sono avvolte dalle fasce e io inizio a saltellare qua e là e a mimare dei colpi per far andare il sangue in circolo.

«Non c'è ragione per cui non dovresti vincere questa gara. Sarà anche più grosso e più forte di te, ma tu sei più intelligente. La tua vincita comporterà una bella somma e serve a entrambi» dice Jerry allegro.

E questo è il motivo per cui lui ha combinato il combattimento con Bruce "Bulldozer" Jennings, tanto per cominciare. Non avrebbe mai dovuto farlo, combatte da molto più tempo di me e i suoi avversari finora sono stati di un livello superiore al mio; inoltre, lui è anche in una fascia di peso più alta. Io sono bravo, ma non sono ancora pronto. L'ha organizzato perché le regole dicono che se batti qualcuno di una fascia di peso più alta della tua il compenso è doppio rispetto a quello solito. Non saprò mai come abbia fatto a farli accettare, tuttavia non sono un idiota e so che gli accordi che Jerry fa non sono sempre trasparenti. Io, ovviamente, non ho voce in capitolo: lui si è assicurato che sia così e io ho accettato.

Qualcuno infila la testa dentro lo spogliatoio per dirmi che è ora che salga sul ring. Ci sono altre competizioni prima della mia, ma non sono combattimenti importanti visto che Jax e i ragazzi stasera non gareggiano. In realtà sono contento perché altrimenti me li sarei persi. Poi quando combatte Jax è sempre lui il pezzo forte, il che fa impazzire Jerry. Una cosa che mi rende sempre felice.

Comincio a camminare lungo il corridoio, diretto verso l'arena a me designata, e sorrido quando vedo Jax, Levi e Ryder di fronte a me. Mi osservano con attenzione, senza dubbio preoccupati per quello che succederà. Ognuno di loro ha cercato di farmi delle domande su questo combattimento quando lo hanno annunciato, disapprovando l'accoppiata. Faccio un cenno con la testa a ciascuno di loro, cercando di fare del mio meglio per trasmettere sicurezza, ma non credo di essere molto bravo.

Proprio mentre li oltrepasso, vedo Tatum davanti a Ryder e mi blocco all'istante. Il panico scorre in me come fuoco e il mio cuore inizia a battere due volte più veloce.

«Tatum? Che ci fai qui?» domando.

«Levi mi ha detto che avresti combattuto stasera» dice.

Io lancio un'occhiataccia al nominato che sembra cascare dalle nuvole.

Alza le mani. «Amico, ho parlato della cosa a cena, credevo lo sapesse. Mi hai fregato» dice rivolto a Tatum, ma lei lo ignora.

«Non puoi rimanere qui» le dico. «Ti prego, vattene. Ti chiamo quando è finita, okay? Te lo prometto, ma ora devi andartene.»

«Cosa? No! Voglio vederti combattere, Cole» ribatte decisa.

Il terrore mi scorre nelle vene e guardo verso Jerry. Sta camminando di fronte a me e sono grato alla sorte per il fatto che sta parlando con qualcuno e non si è accorto che io mi sono fermato.

«Tatum, ti prego» la imploro. Jerry non deve vederla. Non può.

Poi il mio sangue si gela quando sento: «Che cavolo sta succedendo?»

«Tatum» sussurro. «Vai ti prego.»

Poi guardo Jax, in preda al panico. «Jax?»

Lui annuisce, ma prima che possa farsi venire in mente qualcosa, Jerry chiede di nuovo: «Con chi cavolo stai parlando? È una donna?»

Mi giro e mi assicuro che Tatum sia alle mie spalle, celandola alla sua vista.

«Non è nessuno» gli dico e cerco di mentire bene. Lei è tutto per me. È tutto, cazzo. Le chiedo silenziosamente scusa nella mia testa.

«Ti sei sul serio portato una delle tue scopate qui, ragazzo? Sai cosa ne penso. Devi mantenere la concentrazione sulla gara, non sul tuo cazzo» sbraita Jerry.

«La mia testa è dove deve essere, non preoccuparti» gli rispondo.

Mi giro e do un'ultima occhiata a Tatum, poi sposto lo sguardo verso Ryder e Jax: «Vi prego» dico a voce abbastanza bassa per non farmi sentire da Jerry, ma sufficientemente alta da giungere alle loro orecchie. «Tenetela lontana da lui.»

Ryder e Jax mi fissano con intensità e so che hanno entrambi delle domande alle quali dovrò rispondere. Però sono consapevoli che non è il momento e sono miei amici, per cui non esiteranno un secondo a fare quello che ho chiesto. Voglio tenere Tatum lontana dagli occhi di Jerry, a tutti i costi.

«Vi prego» dico di nuovo e loro annuiscono immediatamente.

«Ci pensiamo noi» risponde Jax.

«Non preoccuparti» aggiunge Ryder. «Va'.»

Io annuisco ed evito di guardarla di nuovo, prima di allontanarmi. Non posso. Dio, non dovrebbe essere qui e lui non deve vederla.

Continuo a camminare lungo il corridoio e, quando vengo annunciato, faccio a malapena caso alla musica che Jerry ha selezionato per il mio ingresso o ai cori attorno a me. Il rumore della folla di solito mi da la carica, ma ora niente potrebbe riuscirci. Voglio solo che finisca tutto al più presto.

Quando alla fine arrivo all'ottagono, annunciano immediatamente i nostri nomi e le nostre statistiche. Io quasi sussulto quando viene messa in evidenza la differenza di cinque chili tra il Bulldozer e me. Ho dovuto accettare di combattere contro qualcuno che appartiene a una fascia di peso più alta della mia e, osservandolo da vicino, mi sto pentendo della mia decisione: è davvero grosso. Il punto è che di solito lascio che Jerry faccia quello che vuole, ma stavolta avrei dovuto impormi. Adesso è troppo tardi per tirarsi indietro.

Saltello nel mio angolo e cerco di concentrarmi. A un tratto sento Ryder che urla: «Okay, dacci dentro. Concentrati sul match. Stendilo, Cole.»

Lancio un'occhiata verso di lui e lo vedo in piedi insieme agli altri. Sono tutti lì e hanno le braccia incrociate sul petto. Proprio in mezzo a quella barriera umana che intimidirebbe chiunque, c'è Tatum. Quella vista mi fa vacillare e sento Jerry imprecare dietro alle mie spalle. Lo ignoro perché i miei pensieri non riescono a spostarsi da lei, mentre io e Bulldozer ci incontriamo a metà strada e ci battiamo il pugno, augurandoci a vicenda buona fortuna.

Sono distratto dalla sua presenza, conoscendola avrà rifiutato di andarsene. I ragazzi avranno fatto di tutto per convincerla a farlo, ma temo che l'unica alternativa fosse caricarsela di peso sulle spalle. L'espressione sul suo volto è pura furia. Io serro le palpebre e faccio del mio meglio per chiuderla fuori dalla mia mente, almeno per ora. Jerry non guarderà nella loro direzione per via di Jax, perciò per adesso è al sicuro.

La campanella suona e io e Bulldozer iniziamo a muoverci in cerchio, studiandoci, finché non facciamo entrambi la prima mossa, in contemporanea. Iniziamo entrambi con una serie di colpi, ma nessuno davvero efficace. Quando ci allontaniamo l'uno dall'altro, sono riuscito a recuperare la concentrazione.

La mia strategia di attacco era metterlo al tappeto non appena possibile, perché esaminando uno dei suoi combattimenti, avevo notato che il suo punto debole era la difesa. Però mi rendo subito conto che è migliorato e non riesco a trovare il modo di stenderlo. Dopo aver cercato di buttarlo a terra diverse volte, ci avvinghiamo contro il muro, finché l'arbitro non ci separa. Lui mi incalza con una raffica di pugni e uno mi prende di striscio. Sento qualcosa scivolare sul viso, ma non so giudicare se sia sudore o sangue. Anche io rispondo con una serie di colpi, mettendone a segno un paio, ma non penso di avergli fatto un gran danno. Questo primo round sembra durare un'eternità. Cerco di nuovo di metterlo al tappeto, perché sono molto più bravo con il grappling[1] che a tirare pugni. Non funziona, perciò punto al ginocchio ma lui mi piazza un gancio sul viso e finisco a terra, con il mio sangue che schizza sul tappeto. Sono abbastanza sicuro che mi abbia rotto il naso. Tiro su dalle narici e cerco di ignorare la cosa, poi mi rialzo, proprio quando suona la campanella.

Non appena arrivo al mio angolo, Jerry comincia a tartassarmi.

«Quella merda la chiami combattere? Così ti farà il culo. Smettila di fare la femminuccia per una volta nella tua miserabile vita e datti da fare. Questo non è il tipo di combattimento che ci fa vincere soldi, figliolo.»

Dio quanto lo odio.

«Stiamo guardando lo stesso combattimento? Ho cercato di buttarlo a terra e non ci sono riuscito» replico.

«Ho visto solo tentativi penosi» replica e inizia a dirmi cosa devo fare, mischiando come al solito gli ordini agli insulti, mentre allo

1 Il Grappling è uno stile di lotta in cui lo scopo è portare a terra l'avversario e costringerlo alla resa con una tecnica di sottomissione (strangolamenti, leve articolari o pressioni dolorose). Il Grappling è uno stile di lotta in cui lo scopo è portare a terra l'avversario e costringerlo alla resa con una tecnica di sottomissione (strangolamenti, leve articolari o pressioni dolorose).

stesso tempo mi pulisce via il sangue dal viso e applica del ghiaccio per ridurre il gonfiore. Grugnisco quando mi infila della garza nel naso per cercare di arrestare il flusso di sangue. Non appena la sfila per permettermi di continuare il combattimento, sento un paio di gocce scivolare sul labbro superiore e capisco immediatamente che i suoi tentativi non hanno funzionato. Sento i ragazzi urlare incoraggiamenti dal bordo del ring e una voce femminile che spicca su tutte e urla: «Dai, Cole, puoi farcela!»

Quasi sorrido, quasi.

Quando suona la campanella mi alzo, pronto per affrontare il secondo round. Inizio cercando di colpire Bulldozer alle gambe più volte, sperando di indebolirlo abbastanza perché possa metterlo al tappeto. Lui continua ad avanzare, schiacciando i miei colpi come mosche e mi attacca con un'altra serie di pugni che mi stordiscono. Per un momento vedo doppio.

«Che cazzo era quello, Cole? Riprenditi bastardo! Pensavo che fossi migliore di così, forse mi sbagliavo» urla Jerry.

Le sue parole non mi aiutano per niente. Provo un dolore cane, il mio occhio destro comincia a gonfiarsi e tutto nel mio cazzo di corpo pulsa a ritmo del mio battito. Cerco di non lasciare che questo mi deconcentri e tiro un altro paio di pugni che però non sembrano avere un grande impatto su Bulldozer. Poi lui mi scarica addosso una serie di colpi ben assestati e mi rendo conto che mi sta letteralmente rompendo il culo.

Mi esce sangue dal sopracciglio, ho il naso rotto e non vedo più bene dall'occhio destro che diventa sempre più gonfio. Niente di quello che faccio sembra funzionare, perché lui continua a colpirmi ripetutamente, puntando alla mia faccia. Ecco un altro round che sembra eterno. Non mentirò: voglio solo che finisca e che finisca presto. Voglio parlare con Tatum. Se potessi riavere indietro il tempo perso in questo stupido combattimento, sceglierei di passarlo con lei. Per un folle attimo, contemplo persino l'idea di smettere di combattere e andarmene. All'improvviso, mi sento stanco, incapace di portare sulle spalle questo cazzo di fardello. Voglio mollare, anche se significa che dovranno portarmi fuori di peso.

Bulldozer arriva proprio in questo momento e inizia a colpirmi. Jerry sta urlando, i ragazzi stanno urlando, ma non importa. Non riesco a difendermi dai suoi pugni: arrivano rapidi e furiosi. Mi copro la testa per cercare di parare i peggiori e poi mi rannicchio a palla.

È finita.

L'arbitro si intromette tra noi e ferma il combattimento proprio mentre suona la campanella. È chiaro per tutti che non sono più in grado di combattere questa sera e, forse, nessun'altra sera. È un lottatore migliore di me e si è meritato di vincere. Sono felice che l'arbitro ci abbia fermati.

«Che cazzo era quello? Sei una patetica imitazione di un lottatore. Sai quanti soldi mi hai fatto perdere?» sibila Jerry.

È incazzato e imbarazzato, ma non me ne frega un cazzo. Non mi importa più di niente. Dopo che Bulldozer viene dichiarato vincitore, lascio l'ottagono per tornare nello spogliatoio, così posso vedere un medico e fare una doccia bollente. L'adrenalina mi pompa ancora nelle vene, ma quando scemerà proverò un sacco di dolore. Proprio mentre imbocco il corridoio, vedo Tatum.

«Cole! Oh, mio Dio, stai bene?» esclama.

«Tatum» dico fissandola con l'occhio buono. Sono arrabbiato, esausto e imbarazzato che mi abbia visto perdere. «Perché sei qui?»

«Ho detto che volevo vederti combattere» dice risoluta.

Rido con amarezza, prima di ricordarmi di Jerry e mi guardo intorno velocemente per assicurarmi che non sia nei paraggi.

«Non ti voglio qui» le dico con rabbia, quasi trasalendo per le mie stesse parole. «Pensavo di averlo messo in chiaro, prima. Vattene e basta, cazzo.»

Lei mi fissa con la bocca aperta e mi sento uno stronzo, ma so che mi seguirebbe nello spogliatoio se non le parlassi in quel modo. E questo non può succedere.

«Sei uno stronzo, lo sai?» I suoi occhi si riempiono di lacrime. «Non riesco a credere di aver pensato che...»

«Cole! Va' nel cazzo di spogliatoio» dice Jerry, cogliendomi di sorpresa. Mi giro e mi affretto ad obbedire, nauseato da quello che ho fatto a Tatum.

Non appena entro nello spogliatoio, Jerry riprende ad attaccarmi, ma io mi dirigo nella doccia e uso l'acqua calda per cancellare le sue parole, felice quando si decide a togliersi dalle palle. Sussulto alla sensazione dolorosa che mi provoca il getto e vedo l'acqua tingersi di rosa mentre scorre via nello scarico. L'espressione ferita sul viso di Tatum continua a balenarmi in testa. Mi odio per questo.

Dopo essermi rivestito, incontro il medico sportivo che si occupa delle mie ferite. Lavora velocemente e mi dà anche degli antidolorifici da prendere nel caso dovessero servirmi. Butto giù dell'ibuprofene poi mi siedo sulla panca e mi prendo la testa tra le mani.

«Ti fa un male cane, vero? E scommetto che stai rivivendo il combattimento nella tua testa, eh?»

Alzo lo sguardo e vedo Ryder in piedi davanti a me.

«Che ci fai qui?» chiedo sorpreso. Cercano sempre di evitare Jerry quando possono.

«Sono tuo amico, ricordi?»

Non dico niente e mi limito a sospirare.

«Che cavolo succede, Cole?» domanda.

«Sono abbastanza certo che hai visto quello che hanno visto tutti. Mi ha rotto il culo» ribatto.

«Non sto parlando di quello, cazzo, e lo sai. Che succede con Jerry? Perché lasci che ti tratti in quel modo? Jax ti allenerebbe mille volte meglio.»

«Sai che lo apprezzo come allenatore, non si tratta di quello» mormoro.

«E allora di che si tratta? E non dirmi di farmi gli affari miei, perché ne ho abbastanza. Dio, Cole, il tuo sguardo quando hai visto Tatum… avevi paura. Temevi che Jerry la vedesse. Perché?»

Lo fisso e non dico nulla, finché non sospira. «Ryder, ascolta, ho capito che ci tieni a me. E te lo direi se potessi, ma non posso.»

«Non puoi o non vuoi?» mi incalza.

«Non posso.»

«Sappiamo tutti che Jerry ti ha incastrato in qualche modo. È l'unica spiegazione e noi non siamo stupidi. Dimmi solo di cosa si tratta così possiamo aiutarti.»

«Ryder…»

«Ascolta, ti farò un favore perché quando mi è servito tu per me ci sei stato. Perciò sta' zitto e ascoltami. È ora che tu metta l'orgoglio da parte, cazzo!»

«Non è…» inizio.

«Sta' zitto, Cole. È esattamente così. Non ti fidi di noi? Siamo tuoi amici da una vita. Se c'è qualcuno che può aiutarti siamo noi.

L'unica ragione per cui non hai chiesto il nostro sostegno è perché il tuo orgoglio non te lo permette. Ma è arrivata l'ora di farlo, Cole. È arrivato il momento di ammettere che hai bisogno di aiuto.»

«Ryder...» dico di nuovo, ma lui mi rivolge un'occhiata che mi fa chiudere la bocca.

«C'ero anche io, Cole, te lo ricordi? C'ero anche io quando hai passato l'inferno con Tatum e avete perso vostra figlia. Ho visto quanto hai sofferto e sapevo che guarire sarebbe stato un lungo processo. Invece, se possibile, sei peggiorato e non ti riconosco più. Finora sono stato in disparte a guardare mentre toccavi il fondo e non sono intervenuto pur sapendo che in qualche modo c'entra Jerry. Ho sentito il modo in cui hai parlato a Tatum. So che la ami, lo vedo chiaramente, forse perché adesso capisco come ci si sente. Se sei arrivato a trattare così la donna che ami io due domande me le farei.»

Sospira e scuote la testa. Si avvicina a me, mi posa una mano sulla spalla e mi costringe a guardarlo dritto in faccia.

«Voglio dirti un'ultima cosa e voglio che tu ci rifletta su, okay?»

Io annuisco.

«È il tuo orgoglio che ti impedisce di chiedere aiuto. Non sei stanco di sentirti in trappola? È ora che ti comporti da combattente, perché lo sei. Cresci e datti una mossa, hai raggiunto il capolinea.»

Io annuisco e non dico niente, perché non penso che ci riuscirei, anche provandoci. Ha ragione e avevo bisogno di sentirmelo dire da qualcuno.

Mi da una pacca sulla spalla e io sobbalzo dal dolore. Lui fa un passo indietro, probabilmente imbarazzato, uno come lui non è molto incline alle confidenze.

«Grazie per la chiacchierata, amichetta» lo canzono per stemperare la tensione.

«Sta' zitto, cazzo» risponde con un sorriso. «Ora se io fossi in te andrei a cercare Tatum. Un consiglio: inginocchiati e striscia. Capito?»

«Capito.»

«Bene. Adesso vai e, Cole, io e te dobbiamo riprendere il discorso, ci sono molte cose che mi devi spiegare.»

Annuisco di nuovo ed esco dallo spogliatoio con Ryder, mentre penso a come rimediare con Tatum. Incapace di aspettare fino a domattina, entro in macchina e mi dirigo al suo albergo, non sapendo ancora cosa dirle, ma con l'urgenza di vederla nonostante tutto.

Capitolo 12

Tatum

Mentre guido verso l'albergo, calde lacrime rigano le mie guance. Onestamente non capisco se piango perché sono più infelice o più arrabbiata. Ho passato con lui momenti stupendi, gli ho concesso di nuovo il mio cuore, perché in fondo non ho mai smesso di sentire qualcosa per lui, e l'idea che lui non ricambi mi rende, appunto, furiosa e triste.

Oggi, mentre giacevo tra le sue braccia, mi sono concessa il lusso di sognare a occhi aperti. Ho immaginato che lui venisse a casa con me o che mi implorasse di restare, che mi dicesse di amarmi e di volere un futuro per noi. Ho lasciato che il mio stupido cuore sperasse che questi giorni non fossero gli ultimi insieme. Ho sperato che la bellissima bambina che è ancora nei nostri cuori fosse riuscita a unirci di nuovo.

Ora mi sento così ridicola.

Non mi sarei mai aspettata quella reazione quando mi ha vista. So che non gli ho detto che sarei andata al suo combattimento, e lui non mi ha chiesto di partecipare, ma volevo fargli una sorpresa. Volevo vedere quanta strada aveva fatto, volevo vederlo muoversi in quel mondo che ha sempre amato. Volevo condividere parte della sua vita.

Sembrava così arrabbiato, così deciso a farmi andare via da lì. I ragazzi hanno cercato di convincermi che l'avrei reso nervoso, che per qualche strana ragione fosse preoccupato per la mia incolumità, ma ho capito che neanche loro credevano alle cazzate che mi stavano propinando e che erano preoccupati quanto lo ero io per lo strano comportamento di Cole. Perciò, mi sono rifiutata di andarmene e chiaramente, è stato un errore.

Quante altre donne c'erano state? Dalle parole di Jerry ho capito di essere solo una delle tante. È questo che ha fatto arrabbiare Cole? Non voleva che scoprissi la nuda verità in quel modo?

Parcheggio e mi precipito nella mia stanza d'albergo. Mi siedo nella poltroncina accanto alla finestra e mi rannicchio, strofinandomi gli occhi umidi di lacrime. I miei vestiti sono ancora impregnati del profumo di Cole e anche la mia pelle. Mi alzo di scatto e vado in bagno, mi spoglio e apro l'acqua, lasciando che raggiunga la giusta temperatura, prima di infilarmi e cercare conforto sotto il getto. Dopo un momento, afferro il sapone e mi strofino il corpo, ansiosa di rimuovere qualsiasi residuo del suo odore su di me. Mentre mi lavo ovunque, ripenso alle sue labbra che mi baciano, alle sue mani che mi accarezzano, e strofino più forte.

Le lacrime rincominciano a scorrermi lungo le guance, facendomi imprecare.

«No, porca miseria! Non lascerò che mi faccia di nuovo questo. Ho versato abbastanza lacrime per Cole Ryland Russell da bastarmi per una vita intera» dico a voce alta, come se potesse rendermi più determinata.

Mi sforzo di uscire dalla doccia, mi vesto velocemente e poi attacco il mio telefono al caricatore, decidendo di ascoltare della musica. Passo in rassegna la mia playlist, scelgo un album di Birdy. Amo questo tipo di musica, inoltre si adatta bene al mio umore del momento. Non riesco a rimanere seduta a causa dei pensieri, per cui comincio a radunare le mie cose per metterle in valigia. Ho passato una settimana in questa stanza e la mia roba è sparpagliata ovunque. Piego e sistemo tutto, concentrandomi sul mio ritorno a casa di domani. Tra una settimana sarò in viaggio verso la California per partecipare alla mia prossima mostra e mi sarò buttata questo posto alle spalle.

Cole mi aveva offerto un passaggio all'aeroporto, così avevo pianificato di farmi accompagnare all'autonoleggio per riconsegnare la mia macchina, ma vada al diavolo lo farò da me non appena mi sveglio, poi chiamerò un Uber. Se lo conosco bene, domattina sarà qui come se stasera non fosse successo niente, ma non mi troverà. Ho chiuso con lui una volta per tutte.

A quel pensiero, un singhiozzo mi sale lungo la gola. Ci provo davvero a mandarlo giù, ma fallisco miseramente. La diga cede e butto fuori tutto. Urlo la mia rabbia contro un mondo che mi ha offerto una seconda possibilità di essere felice, per poi sottrarmela; contro il mio cuore che si è permesso di innamorarsi di nuovo. Pensavo di essere più intelligente, ma evidentemente non sono in grado di tenere sotto controllo le mie emozioni. Odio questa situazione, ma sono anche grata di riuscire a provare qualcosa, dopo anni di indifferenza. Ho fatto tanti progressi verso la guarigione e di questo sono felice e se anche adesso non mi è di molto conforto so che lo sarà in seguito.

Per questo mi alzo, mi asciugo la faccia e decido di fare quello che faccio sempre: andare avanti.

All'improvviso un forte colpo alla porta mi fa sobbalzare. Rimango immobile per un momento, pensando che forse si tratti solo di uno dei bambini della stanza accanto che sta facendo uno scherzo, ma poi sento un secondo colpo. Guardo dallo spioncino e resto scioccata nel vedere Cole dall'altra parte, non soltanto perché è qui, ma anche per come è ridotta la sua faccia. La mia mano si muove immediatamente verso il pomello per farlo entrare, per sincerarmi che sia tutto a posto, per offrirgli conforto, ma mi fermo in tempo. Faccio un passo indietro, farlo entrare ci farebbe solo ripetere lo stesso ciclo e non voglio più prendere parte a questo gioco.

«Tatum, sono Cole, so che sei lì. Sento la musica» dice.

Rimango immobile, senza dire niente.

«Tatum, ti prego, fammi entrare. Vorrei avere la possibilità di spiegare» insiste.

Bussa di nuovo alla porta diverse volte, prima di lanciare una imprecazione.

«Tatum, non me ne vado. Rimarrò qui e continuerò a bussare ogni cinque minuti finché non apri. Rimarrò qui tutta la notte, se devo. Non ho nient'altro da fare. Non hai idea della voglia che ho di sfondare questa porta.»

Sobbalzo quando colpisce forte l'anta, poi sento il rumore del suo corpo che scivola contro di essa e lo immagino seduto sul pavimento.

«Tatum, ti prego.»

Appoggio entrambe le mani sulla porta e lotto contro me stessa. Posso davvero andarmene senza una spiegazione? Sono già partita una volta in preda alla disperazione e non voglio farlo di nuovo. Non voglio passare il resto della vita a chiedermi cosa sarebbe successo se solo avessi aperto questa porta. Questa volta voglio una chiusura definitiva, ne ho bisogno e me la merito, e al diavolo quello di cui ha bisogno lui. Io sono forte, non importa cosa dirà, prenderò la decisione migliore per me stessa.

Quando bussa di nuovo, spalanco la porta e lui cade lungo disteso. L'ho colto alla sprovvista, non si aspettava lo facessi, ma si rialza subito in piedi ed entra.

La sua presenza rende improvvisamente la stanza più piccola. Faccio un passo indietro e incrocio le braccia sul petto.

«Grazie» mormora.

«Stai di merda» sentenzio senza mezzi termini.

«Lo so» risponde con un sorriso che assomiglia più a una smorfia. Per qualche ragione, riesce solo a farmi incazzare di più.

«Cosa vuoi, Cole? Ti ho fatto entrare, perciò di' quello che devi dire e poi vattene» dico a denti stretti.

«Voglio… voglio solo scusarmi per prima.»

«Allora scusati. E poi vattene» ripeto.

«Ti prego, non fare così.»

«Non puoi dirmi cosa fare. Il modo in cui mi hai trattata... non mi sono mai sentita tanto umiliata in vita mia. Per dipiù dopo quello che era successo tra noi qualche ora prima.»

La mia voce si affievolisce, perché non voglio pensarci.

Lui china la testa e si stringe il setto del naso con le dita.

«Tatum, scusami per il modo in cui ti ho parlato prima, davvero. So che non capisci, ma mi stavo comportando il quel modo perché ero nervoso. Non volevo che Jerry ti vedesse.»

«Perché? Cosa ha a che fare lui con quello che è successo? È per via del modo in cui si comporta con te? I ragazzi a cena hanno detto che fa sempre così e che non sanno perché tu glielo permetta. Allora, mi vuoi spiegare?»

Dall'espressione sul suo viso so esattamente cosa sta per dire. È consolante scoprire che lo conosco ancora bene.

«No» gioco d'anticipo «non osare! Se è per dirmi di nuovo che non puoi rivelarmi niente, mi arrabbio sul serio. Perché cavolo sei venuto qui se non sei disposto a essere sincero? Non voglio più fare questo gioco con te, Cole, hai capito? Basta. Qualunque sia il segreto che nascondi, è chiaramente più importante di qualsiasi cosa per te, si è capito. Ma sai cosa? Sei un bugiardo.»

«Un bugiardo? Perché?» domanda sorpreso.

«Di fronte alla tomba di Hope mi hai detto che cinque anni fa mi stavi salvando, e io ti ho risposto che forse, allora, non volevo essere salvata. Ti ricordi quello che mi hai detto dopo?»

Lui fa un cenno affermativo con la testa, ma non dice nulla.

«Hai detto che la vita può essere tolta in un attimo, senza avvertimento e con facilità, e che essere vivi è un dono. Hai detto che andare avanti con la nostra vita è l'unico modo che abbiamo per continuare a mantenere viva Hope. Ma sai qual è la cosa divertente, Cole? Sono stata con te per breve tempo, ma ho notato che qualunque cosa tu stia facendo non stai vivendo davvero. Stai fingendo, non stai vivendo per te stesso o per lei, perciò non sei nient'altro che un ipocrita.»

«Tatum…»

«No, basta. Non ho altro da dirti. Prendi i tuoi segreti e vattene.»

«Tatum» sospira. «Non voglio lasciarti così.»

«Sai che ho seriamente pensato che forse avremmo potuto provare di nuovo a stare assieme? Riesci a credere quanto mi senta stupida?»

Scoppio a ridere così forte che mi vengono persino le lacrime agli occhi.

«Oh, Dio, è proprio divertente. Ho confuso una scopata con l'amore, non posso credere di essere stata così idiota.»

«Non dirlo, non è andata così» mormora.

«La verità è che non te ne frega un cazzo di me, Cole. *Vattene!*» gli urlo contro.

Lui si avvicina e mi afferra per le spalle, scuotendomi. «No! Non ti lascio così. Non hai capito niente.»

Mi scrollo le sue braccia di dosso e lo schiaffeggio. Forte.

«Basta, è finita. Ti importa solo di te stesso. Lo ammetto, ci ero quasi cascata, ho davvero creduto di essermi sbagliata in passato. Me lo ricordo quando mi hai detto che non potevi gestire la mia depressione, che non potevi reggere la mia infelicità, che non potevi vivere più in quel modo. Questi sono i ricordi che ho di te. Poi mi dici che avermi persa ti ha ucciso, che sei innamorato di me. Perché ti circondi dei miei quadri? Per ricordarti la pessima scelta fatta? Non rivivrò tutto, basta con i tuoi segreti e con le tue bugie» concludo.

«Le cose che ti ho detto sono vere. Sei tutto per me» dice a bassa voce e non sono sicura di aver capito bene, ma se è così il vaso è colmo.

«Okay, ho capito. Vattene, Cole, per amor del cielo, smettiamola con questa sceneggiata, è avvilente. Vattene e basta» sibilo.

«Ho fatto *tutto* per te» mormora di nuovo.

«Non voglio sentirlo! Ti ho detto di andartene!» gli grido contro.

Mi guarda dritto negli occhi. «Ho fatto tutto per te» urla anche lui, e la sofferenza nella sua voce mi lascia senza fiato.

«Di cosa stai parlando?» domando confusa.

«Ho fatto un accordo per salvarti» dice infine.

«Un accordo?»

«Dio, Tatum, eri a pezzi. Durante i mesi di lutto, dopo aver perso Hope, l'unica volta che ti ho vista sorridere è quando ti ho portato a casa dei libri di arte dalla biblioteca. Quando scorrevi le pagine ti si accendeva una luce negli occhi. È stata l'unica volta in cui ho rivisto la persona che eri prima...»

La sua voce si spegne, comincia a camminare su e giù, ma non credo si renda conto di farlo.

«Sai qual è la parte divertente? Odiavo quei cazzo di libri. Li ho portati a casa, ma li odiavo, perché non importa cosa facessi, non importa cosa dicessi, ma quei libri riuscivano a riportarti indietro e io no. Ero geloso di un libro, ridicolo lo so, ma era come se tu non mi vedessi più. Non sapevo cosa fare. Ogni giorno uscivo di casa e quando tornavo ti ritrovavo nella stessa identica posizione nella quale ti avevo lasciata. E una sera non ho retto più. Mi vergogno ad ammettere che non riuscivo a gestire la cosa. Sono andato in palestra a sfogare la mia frustrazione e il mio dolore allenandomi al sacco. L'ho colpito fino a essere totalmente esausto, tanto che mi hanno dovuto portare di peso nello spogliatoio. Ryder era incazzato, perché questo è il modo in cui reagisce quando tiene a qualcuno, poi ha preteso di sapere che cavolo mi stesse succedendo. Gli ho raccontato tutto. Non ne avevo parlato con nessuno da quando avevamo perso Hope. Cioè, i ragazzi avevano provato a parlarmi, ma io non riuscivo a confidarmi. L'ho fatto quella sera, gli ho raccontato tutto. Quello che provavo all'idea di averla persa e il fatto che sapevo di aver perso anche te e come gli unici momenti in cui sembravi in pace era quando ti immergevi nell'arte.»

Le lacrime mi scorrono sul viso. Niente di quello che dice è una novità, mi ricordo esattamente quei giorni, ma sentirlo dire da lui, così perso e addolorato, fa soffrire anche me. Vorrei scusarmi, ma non servirebbe a nulla, non posso tornare sui miei passi e allora non potevo controllare la situazione.

«Ma quello che non sapevo, Tatum, era che io e Ryder non eravamo soli quella sera nello spogliatoio» dice.

«C'era anche uno degli altri ragazzi?» domando.

«No, magari si fosse trattato di uno di loro. Se lo fosse stato, non avrebbe fatto altro che offrire il suo sostegno.»

«Allora non capisco.»

«C'era Jerry e ha sentito tutto. E ha cominciato a elaborare un piano.»

«Che vuoi dire?»

«Mi ha chiamato un paio di giorni dopo chiedendomi di incontrarlo. All'inizio gli ho detto di no. Lui e Jax avevano già iniziato ad avere problemi e io ero nervoso all'idea di finirci in mezzo, ma mi ha detto che non si trattava affatto di Jax, che si trattava di te. Gli ho chiesto di cosa cavolo stesse parlando, ma lui si è rifiutato di parlare al telefono. Perciò ci sono andato. Ho rivissuto quel momento nella mia testa diverse volte nel corso degli anni. Se solo gli avessi detto di farsi gli affari suoi. Se solo avessi usato il cazzo di cervello e avessi capito che niente di buono sarebbe potuto derivare da un incontro con Jerry.»

«Che cosa ha fatto, Cole?»

Lui ride con amarezza. «Mi ha detto che aveva origliato la mia conversazione con Ryder e che gli dispiaciuto sentire che tu non stavi bene. Mi ha detto che mi avrebbe potuto aiutare, che sapeva cosa ti avrebbe fatto stare meglio. Così mi ha offerto un accordo. Ma in cambio… ha voluto…»

La paura mi fa salire l'acido allo stomaco.

«In cambio di cosa? Che tipo di accordo?»

«Tatum, devi capire che ero disperato. Avrei fatto di tutto per aiutarti. Di tutto. E lui lo sapeva e mi ha teso una trappola e, te lo giuro, io mi sono sentito come se non avessi altre opzioni.»

Si avvicina a me e mi accarezza la guancia con il pollice. «Ti stavo perdendo, mi stavi scivolando via dalle dita ed ero preoccupato che tu potessi ...» non prosegue, incapace di dirlo, ma intuisco il resto della frase. «Ogni singolo giorno, mi sembrava che ti allontanassi sempre di più. Non potevo perdere anche te. Non volevo vivere in un mondo senza di te. È il motivo per cui mi sono organizzato con la nostra vicina, la signora Heath, affinché ti tenesse sott'occhio. Temevo di tornare a casa un giorno e...»

Faccio un cenno affermativo con la testa, perché so di cosa aveva paura e, cavolo, fa male. Fa tanto male sapere che per colpa mia ha passato una cosa del genere. Vorrei consolarlo, vorrei cancellare i segni del mio schiaffo sulla sua guancia. Vorrei stringerlo a me e ricordargli che sono qui, che possiamo affrontarlo, che staremo bene, ma non posso. Perché ho la brutta sensazione che non andrà così.

«Jerry aveva un amico all'Istituto d'Arte» dice infine.

Dopo la sua affermazione, ho l'impressione che il cerchio si stia chiudendo.

«Jerry ha chiesto un favore al suo amico Trevor e gli ha detto di dare un'occhiata alle tue opere: ancora non so come abbia fatto a ottenere quei pezzi. Ne sono rimasti impressionati hanno accettato di offrirti una borsa di studio.»

Grazie a Jerry. Ho ottenuto una borsa di studio all'Istituto d'Arte grazie a Jerry?

Oh, Dio.

«Tuttavia, la borsa di studio che ti avrebbero offerto copriva solamente parte dei costi. Jerry mi ha detto che si sarebbe occupato del resto dei soldi per farla diventare completa. Avresti avuto fondi per la tua istruzione, per i libri, per la stanza e per il vitto e, qualsiasi altra cosa ti fosse servita, sarebbe stata pagata. Vedi, Jerry ha ereditato una grande somma di denaro quando è morto suo padre. È parte del motivo per cui nessuno comprende la sua rabbia per non avere ottenuto la palestra che è stata lasciata a Jax, perché ha denaro più che in abbondanza per comprarne una tutta sua. A ogni modo, mi ha detto che l'accordo si poteva fare ma, ovviamente, non era qualcosa che faceva per bontà d'animo.»

Sono come paralizzata e non sono sicura di aver capito del tutto quello che mi sta dicendo. Sento la nausea che sale, così mi siedo.

«Ha preparato un contratto che stabiliva che cosa avrebbe fatto per te, e io in cambio ho accettato di consegnare la mia vita nelle sue mani.»

Sto davvero per vomitare, ma riesco a chiedere: «Che significa?»

«Significa che per cinque anni avrei combattuto esclusivamente per lui. Quando mi ha dato il contratto ha detto che se avessi accettato l'accordo non avrei avuto alcun potere decisionale sulla mia carriera. Sarebbe stato lui a stabilire contro chi avrei combattuto, quando e dove. La mia opinione non importava più: tutte le decisioni sarebbero state prese da Jerry, dagli orari di allenamento alla mia dieta. Se avessi vinto una gara, metà della mia vincita sarebbe stata destinata a me, per vivere, e l'altra sarebbe andata a Jerry, finché non l'avessi ripagato per ogni dollaro che aveva anticipato per la tua borsa di studio. Il contratto sarebbe stato valido finché non lo avessi ripagato di tutta la cifra. Per cinque anni, ho lavorato solo per ripagarlo.»

«Aspetta, fermati» gli dico alzando una mano per farlo smettere di parlare. Mi gira la testa per tutto quello che mi ha appena rivelato e mi ci vuole un minuto per radunare i pensieri. «Hai preso delle decisioni per me, per noi, senza parlarmene? Mi hai praticamente costretta a farlo dicendomi che non mi volevi più?»

«Era una bugia. Ovviamente ti volevo, ti ho sempre voluta, ti voglio ancora. Non potevo…» inizia.

«No. Sta' zitto» lo blocco. Cerco di calmarmi, ma il mio respiro è accelerato. «Jerry ti ha fatto quell'offerta e tu hai preso una decisione per entrambi?» chiedo di nuovo, perché sto cercando di capire.

«Era l'unico modo per farti stare meglio, Tatum. La tua arte era la sola cosa che ti facesse affrontare il dolore, mi sembrava l'unica soluzione per farti guarire. Mi sono sacrificato per te perché non c'era altro modo per salvarti!»

«Non ti ho chiesto di salvarmi! Non ti ho chiesto di sacrificarti! Cavolo, Cole. Non ti chiederei mai nulla del genere.» Scuoto la testa, incredula, poi mi alzo e sento tutto il corpo tremare. «Non ne avevi il diritto, cazzo!»

«Ne avevo ogni diritto! Ti amavo e avrei fatto ogni cosa per te. Ho odiato ogni minuto dell'accordo con Jerry, non è stata una passeggiata, ma se dovessi rifare tutto da capo lo farei. Era peggio vederti soffrire e non potere fare nulla per evitarlo. Mi è stato offerto un modo per aiutarti e io l'ho fatto!»

Viene verso di me e cerca di prendermi le mani, ma non glielo lascio fare.

«Mi ricordo ancora l'espressione sul tuo viso quando pensavi che non ti volessi più. Mi ha perseguitato per anni. Ho digrignato i denti con una tale intensità quel giorno da scheggiarli. Sono morto dentro il giorno in cui te ne sei andata.» Deglutisce a fatica e i suoi occhi diventano inespressivi. «Dio, ci sono state volte in cui mi mancavi così tanto che mi sembrava di non riuscire a respirare. Mi ci sono voluti mesi per lavare le lenzuola che avevamo sul nostro letto. Le tenevo in una busta e, quando il dolore diventava insostenibile, la aprivo per sentire il tuo profumo. La notte in cui mi sono reso conto che non c'era più, che non potevo più sentirlo, mi sono ubriacato per tentare di cancellare il dolore. Ti ho tenuta d'occhio come potevo grazie a Trevor, perché l'avevo richiesto nella mia parte di accordo. È così che ho ottenuto le tue opere.»

«Se ti mancavo così tanto, perché non mi hai mai chiamata? Se era così difficile, perché non hai fatto niente al riguardo? Perché non sei venuto a trovarmi?» domando.

«Non potevo, l'accordo prevedeva di non avere più contatti. Non potevo chiamarti o venirti a trovare e non potevo parlare con nessuno del nostro patto. Se l'avessi detto a qualcuno, o ti avessi vista, lui avrebbe tagliato i fondi e io avrei dovuto automaticamente aggiungere altri cinque anni all'accordo. Sto rischiando anche adesso raccontandoti tutto.»

«E una volta che ho terminato gli studi e non dovevi più preoccuparti che lui tagliasse i fondi? Dopo che mi sono laureata non riuscivi comunque a fidarti abbastanza di me da dirmelo?» chiedo arrabbiata.

«Perché sta andando così bene, no?» dice tentando di essere ironico, senza riuscirci.

Io non riesco a vederci niente su cui scherzare, sto ancora cercando di farmene una ragione.

«Be', sono ancora vincolato dal contratto perciò non posso dire niente, inoltre avrebbe potuto annullare i miei combattimenti e a me servivano. E non solo per i soldi, anche se non avrei potuto guadagnare abbastanza per poterlo ripagare senza le vincite, ma anche perché combattere è tutto quello che ho. E poi è passato tanto tempo, Tatum. Pensavo di poter resistere un po' più a lungo, finché non avessi ripagato i debiti. Poi forse la vita mi avrebbe offerto un'opportunità; forse il destino ci avrebbe fatti tornare insieme. Era tutto quello a cui mi aggrappavo, era la mia speranza. E se tu fossi andata avanti, be', essere nient'altro che un ricordo del tuo passato era un rischio che dovevo correre. Mentre passavo ogni giorno vivendo per te, speravo e pregavo che tu facessi il contrario, perché andare avanti senza di me è quello che ti meritavi» conclude.

«No, Cole. Dici che non potevi fare niente al riguardo, ma non è vero. Pensi che se l'avessi detto a Jax, lui non ti avrebbe aiutato? In tutto questo tempo non ti è mai venuto in mente che Jerry si stesse approfittando di te? Hai verificato la somma di denaro che ancora gli devi? Ti dà delle ricevute? Perché, indovina un po', Cole? Dopo aver terminato i miei ultimi due anni all'Istituto d'Arte, l'ho lasciato e mi sono iscritta per altri due anni a un corso specialistico in Belle Arti. Mi hanno offerto una borsa di studio completa per frequentare un programma speciale interamente dedicato alla pittura, perciò ho cambiato scuola. Lo sapevi?»

Dall'espressione del suo viso e dall'improvviso pallore, sono certa che non ne avesse idea.

«Cosa?» mi chiede e lo dice a voce talmente bassa che se non lo avessi guardato, non lo avrei udito.

«Sì, ho frequentato solamente due anni lì. Non posso credere che dopo cinque anni tu debba ancora ripagare il tuo debito, anche se non ho idea di quanto guadagni con le tue gare, ma ho l'impressione che Jerry non sia stato onesto con te. Ti ha manipolato in ogni aspetto dell'accordo e tu glielo hai lasciato fare. Perché non sei riuscito a mettere da parte il tuo orgoglio e a chiedere aiuto? Ammettere che fosse stato uno sbaglio? Dire a qualcuno cosa stava succedendo?»

La sua mascella si contrae. «Di questo ne parlo con Jerry, stanne certa, ma rimane comunque la cosa giusta da fare, Tatum. Quattro anni, due anni, non importa, ho contribuito lo stesso ad aiutarti nell'unico modo che conoscevo. Ti ho aiutato ad avere un tetto sopra la testa, vestiti addosso, cibo nella pancia e tu sei stata meglio. Ho versato sudore e lacrime perché fosse così.»

Ora è arrabbiato, ma porca miseria, lo sono anche io. «Cosa vuoi che ti dica, Cole? Grazie? Vuoi che ti ringrazi, cazzo? *Mi hai strappato il cuore, cazzo!* Mi hai respinta e tutto quello che volevo, tutto quello di cui avevo bisogno eri tu» sibilo.

«Questo non è vero! Niente di quello che dicevo o facevo ti stava aiutando. Non riuscivo a comunicare con te e l'unica scelta che mi restava era quella di forzarti a prendere una decisione.»

«No, Cole. Tu mi hai tolto la possibilità di prendere le mie decisioni. Avevo appena perso una bambina, non ero riuscita a fare la cosa più naturale di tutte, diventare madre. Anche quella era una scelta che non è stata mia, lei mi è stata tolta e tu ti sei voltato dall'altra parte e hai scelto al posto mio. Per cosa? In nome dell'amore? È stato perché dopo che ho perso Hope pensavi che io fossi debole? Incapace di prendere delle decisioni che riguardavano la mia stessa vita?»

«No, sai che non è così. Ti ho detto perché ho fatto quello che ho fatto.»

«Sì, è vero. E ora ho il diritto di metabolizzare questa informazione e scegliere come sentirmi al riguardo. Questa è una *scelta* che non mi impedirai di fare. Non puoi.»

«Tatum…»

«Cole. Vattene. Mi serve del tempo» ribatto.

«Ma non abbiamo molto tempo, domani parti» mormora.

«Lo so» dico fredda.

«Non voglio perderti di nuovo.»

«Non hai il diritto di decidere come andrà per entrambi, Cole. Non questa volta. Ti prego, vattene» ripeto per l'ennesima volta.

«Tatum, io ti amo, non ho mai smesso di amarti. Non voglio che mi lasci, stare con te in questi giorni mi ha fatto intravedere un possibile futuro assieme. Voglio amarti, scoprire se possiamo ricominciare, riprenderci quello che ci è stato tolto.»

«Quello che *tu* ci hai tolto, Cole» preciso.

«Tatum, ti prego» mormora di nuovo.

Lo oltrepasso, avvicinandomi alla porta e, con le lacrime che mi scorrono sul viso, la tengo aperta per lui. Provo del dolore fisico nel farlo, ma mi conosco e so che ho bisogno di tempo per pensare. Una parte di me è arrabbiata, un'altra è commossa per il suo gesto. L'unica cosa di cui sono sicura è che in questo momento sono confusa e non riesco a fare ordine dentro di me se lui è qui.

Si dirige verso la porta e poi si gira verso di me. Allunga una mano, mi sfiora la guancia con il pollice, come fa sempre, e prima che possa fermarlo mi bacia velocemente sulle labbra.

«Hai ragione, sai, sono stato un ipocrita. Questi ultimi cinque anni non ho davvero vissuto, ma durante questi giorni con te mi sono sentito più vivo di quanto non sia stato per molto tempo. Qualunque cosa tu decida, andrà bene. Grazie per avermi ricordato cosa significhi vivere e amare di nuovo. So solo che ti amo, ti amerò sempre.»

Prima che possa rispondergli, esce e si allontana. Chiudo la porta, cammino verso il letto e crollo su di esso. Rannicchiata con le ginocchia al petto, scoppio a piangere. Piango per la donna che ero cinque anni fa, persa e distrutta. Piango per la sofferenza che ha provato Cole nel prendere quella decisione. Forse non mi piace quello che ha fatto, ma riesco a comprendere la sua motivazione. Piango per entrambi. Amo Cole con ogni fibra del mio essere, ma capisco che a volte il dolore è troppo grande, impossibile da superare. Qualche volta, l'amore non è abbastanza.

Capitolo 13

Cole

Ieri sera ho dovuto fare violenza su me stesso per lasciare Tatum, per non tornare sui miei passi e implorarla di ascoltarmi. Ho persino preso in considerazione l'idea di dormire davanti alla sua porta per poterle stare vicino finché non fosse stata pronta a parlarmi di nuovo, ma poi ho pensato che dovevo lasciarle lo spazio che ha chiesto.

Ho tenuto segreto l'accordo con Jerry per così tanto tempo che, alla fine, rivelarlo mi ha fatto provare un misto di terrore e libertà. Il suo peso era diventato più grande di quello che potessi reggere ed era solo una questione di tempo prima che esplodessi. Quello che non mi aspettavo era che sarebbe stata Tatum la prima a conoscere la verità. Continuo a rivedere nella mia mente la sua espressione e ho paura di averla persa di nuovo. Era sotto shock, incredula, i suoi occhi erano pieni di rabbia e dolore e una parte di me vorrebbe non aver mai detto niente. Ho paura che aver taciuto per così tanto tempo porterà a delle conseguenze che non mi piaceranno per niente. Purtroppo le bugie prima o poi ti si ritorcono contro.

Ho fissato la sveglia per tutta la notte, visto che dormire era impossibile. Ho camminato su e giù per l'appartamento così tante volte da diventare matto. Ho bussato alla porta di Ryder ma, ironia della sorte, quando ero finalmente pronto a confidarmi, lui non c'era. Un amico mi avrebbe fatto comodo, ma me lo merito per non avere mai avuto fiducia. Ho paura di quello che i ragazzi penseranno quando sapranno la verità. Vedo la confusione e la rabbia sui loro volti quando Jerry mi comanda a bacchetta. Lo odiano e odiano anche il mio comportamento. Ormai si saranno arresi con me, perché dovrei aspettarmi che a loro importi qualcosa a questo punto? Mi sono messo io in questa situazione e posso biasimare solo me stesso.

Alla fine, mi ritrovo in camera da letto, steso sul pavimento nello stesso punto esatto in cui io e Tatum abbiamo fatto l'amore solo qualche ora prima. In questo modo mi sento vicino a lei e la sensazione di inquietudine dalla quale non riesco a liberarmi un po' si allenta. I ricordi di lei mi scorrono nella testa, la sua pelle morbida, l'espressione nei suoi occhi, i suoi gemiti di piacere, il modo in cui mi ha fatto sentire. Mi è mancata più di quanto mi fossi reso conto.

Diverse ore dopo, ancora disteso, quelle immagini scompaiono dalla mia mente e vengono rimpiazzate dai ricordi della prima volta in cui le ho spezzato il cuore. Ricordi che ho tenuto sepolti per anni prima di questa settimana. Si ripetono in continuazione, come un disco rotto, con colori vividi e traboccanti di dolore. E per la prima volta dopo tanto tempo, comincio a dubitare della decisione che ho preso anni fa. Stava davvero così male come sembrava? Forse avrei potuto aiutarla in un altro modo? L'accordo con Jerry era davvero l'ultima spiaggia? Perché non gli ho detto di infilarsi il contratto su per il culo?

E poi tento di capire se la mia decisione fosse in realtà legata al fatto che non riuscivo a gestire la relazione con Tatum o piuttosto al dolore per aver perso Hope. Farla partire è stata una scappatoia anche per me? Allontano con rabbia quei pensieri perché non è stata una decisione facile la mia, niente durante gli ultimi cinque anni è stato facile. Ho valutato tutto e ho creduto veramente che fosse la scelta migliore e la più giusta all'epoca. Non l'ho presa subito, ho valutato altre opzioni. Ora mi domando, con il senno di poi, se sapendo quello che so adesso avrei fatto comunque quella scelta. Non è possibile rispondere a una domanda del genere, è passato troppo tempo e troppe cose sono cambiate negli anni. Io non sono lo stesso di allora, non mi trovo nella stessa situazione e provo le stesse emozioni. È inutile torturarmi, tutto quello che so è che amo Tatum e ho fatto tutto per lei, perché potesse salvarsi e avere una vita migliore. Ho sacrificato i miei bisogni, i miei desideri e i miei sogni per assicurarmi che lei avesse l'opportunità di realizzare i suoi. Le mie intenzioni erano quelle giuste e credo che sia l'unica cosa che conti.

Guardo l'orologio e sospiro quando valuto che non posso ancora andare a bussare alla porta di Tatum. Non mi ha mai detto l'ora del suo volo, ma visto che avremmo dovuto fare colazione insieme immagino sia in tarda mattinata o nel primo pomeriggio: c'è un sacco di tempo per parlarle. Ho così tante cose da dirle, così tante cose da spiegarle. Voglio farle capire cosa hanno significato per me questi giorni passati assieme. Voglio confermarle che anche io spero in un futuro assieme. Voglio che sappia che la mia vita è stata insignificante e vuota senza di lei e che farò di tutto per averla di nuovo con me. Mi metterò in ginocchio, se devo, la seguirò ovunque voglia, farò qualsiasi cosa sia necessaria. Non solo mi manca lei, ma mi manca l'uomo che ero, felice e senza pensieri, allegro e sarcastico. Farò qualsiasi cosa serva per fare ammenda degli errori, la voglio con me e basta. So che l'amore che provavamo una volta l'uno per l'altra è ancora vivo, l'ho percepito, così tangibile e travolgente. Questo deve significare qualcosa e spero solo che lei provi gli stessi sentimenti. Mi *rifiuto* di lasciarla andare senza combattere.

Non appena l'orologio segna un'ora decente, entro in doccia e in tempo record sono pronto per uscire. Quando arrivo nell'atrio del suo albergo, mi precipito agli ascensori e premo il tasto diverse volte, finché quella stupida porta non si apre. Premo il pulsante e aspetto con impazienza. Quando alla fine arrivo al quinto piano, schizzo lungo il corridoio e busso alla porta di Tatum.

«Tatum» urlo.

All'improvviso l'urgenza di parlarle diventa quasi insopportabile. Aspetto in attesa di sentire i suoi passi.

«Tatum, ti prego, apri la porta. Ho bisogno di parlarti!» Poso la fronte contro l'uscio, impaziente di sentirla, non importa se sarà solo per urlarmi contro.

Tutto quello che sento è... silenzio.

Dopo aver bussato diverse volte senza ottenere nessuna risposta, mi guardo intorno frustrato e noto nel corridoio un carrello per le pulizie fermo davanti alla porta di un'altra stanza. Mi viene un'idea. Raggiungo il carrello e prendo una cosa che mi aiuterà. Sbircio dentro la stanza che ha la porta accostata e intravedo due addette delle pulizie che chiacchierano e ridono mentre rifanno il letto.

«Salve» dico e loro si girano entrambe verso di me, sorprese. Sorrido mentre incrocio le braccia al petto per fare risaltare i muscoli, poi domando: «Mi stavo chiedendo se una di voi due potesse aiutarmi?»

Sorridono timidamente ed escono in corridoio. Fortunatamente le ferite sul mio viso non sembrano spaventarle.

Punto un dito verso l'atrio. «Ero già alla mia macchina e stavo mettendo la valigia nel bagagliaio, prima di fare il check-out, quando mi sono reso conto di non avere il telefono» dico toccandomi le tasche con fare assente. «Temo di averlo lasciato nella mia camera, tre porte sulla sinistra. Vi dispiacerebbe farmi un attimo rientrare per controllare?»

Si guardano, esitando, e io sorrido ancora.

«Per piacere. Prometto che farò subito. Purtroppo, la mia tessera magnetica non funziona più, probabilmente l'hanno già disattivata visto che ho detto che avrei fatto il check-out stamattina.»

Mostro la tessera che ho preso dal loro carrello e sorrido. Le due addette annuiscono e si avviano verso la stanza di Tatum. Le seguo e rimetto a posto il mal tolto senza essere visto. Il piano iniziale era di usare la tessera io stesso, invece di chiedere aiuto, ma non ero sicuro che fosse un passe-partout. Quando vedo che non la cercano, ma che ne tirano fuori un'altra, deduco di aver avuto ragione.

Una di loro fa scivolare la carta nella fessura apposita e l'indicatore fa un click. Io spingo la maniglia e le ignoro, scrutando lo scorcio di stanza che riesco a vedere, poi mormoro un "grazie".

Una volta entrato, mi guardo velocemente alle spalle, sorrido e poi dico: «Faccio subito!» poi chiudo la porta in faccia a una delle addette. Mi volto verso la camera con lo stomaco contratto e socchiudo le palpebre. Senza dover guardarmi intorno, so già che se n'è andata. La stanza è vuota e non c'è nessun segno delle sue cose.

All'improvviso mi gira la testa e sento la nausea che sale.

Se n'è andata.

L'ho persa.

Di nuovo.

Mi volto e afferro la maniglia, intenzionato a correrle dietro. Poi mi fermo perché non ha senso. Potrei guidare fino all'aeroporto, ma non ho idea di quando parta il suo volo o con quale compagnia viaggi, perciò dovrei tirare a indovinare in quale terminal parcheggiare, precipitarmi dentro e fare… cosa? Non posso oltrepassare i controlli di sicurezza e raggiungerla.

Merda! Non ho nemmeno il suo numero di telefono, non ce li siamo mai scambiati. Sono stato uno stupido, cazzo! Non ho niente, non posso fare niente, se non perdermi nel vuoto che si è lasciata alle spalle.

Mi giro e comincio a setacciare la stanza come un folle. Apro i cassetti, l'armadio, tolgo le lenzuola dal letto, controllo il telefono fisso, faccio persino quella cosa che si vede nei film: uso una matita sul taccuino nel caso ci avesse scritto qualcosa, ma tutto quello che ottengo è una macchia. Non si è lasciata niente dietro, nessun indizio che mi possa suggerire o quale sia il suo itinerario.

Sconfitto, mi passo le mani sul viso, sospiro e mi siedo sconfitto sul letto. Poso i gomiti sulle ginocchia e abbasso la testa. Con gli occhi che bruciano, afferro il cuscino abbandonato ai miei piedi sul pavimento e lo porto al viso, inspirando. Si sente ancora il suo profumo, floreale e dolce. Ho la sensazione che il mio cuore si spacchi e la sua assenza è, ancora una volta, quasi impossibile da tollerare. Proprio come tanti anni fa, tutto quello che mi rimane è il suo profumo come ricordo: una macabra ironia che confonde passato e presente. Esco dall'albergo e porto via con me quel dannato cuscino, incapace di lasciarlo.

Diverse ore dopo prendo a pugni la sacca in palestra. Per tutto il giorno ho cercato di distrarmi facendo delle commissioni che avevo rimandato durante la settimana, ma poi sono andato in aeroporto. Ho fatto un paio di giri lungo il perimetro di ogni terminal, sperando di vedere Tatum seduta su una panchina. Una cosa stupida, dettata dalla disperazione, e non è stata neanche la sola. Prima di andare in aeroporto sono stato in galleria, nel caso si fosse fermata lì, ma la parte peggiore è stata quando sono tornato a casa. Mentre mi avvicinavo al mio condominio, un pensiero folle si è fatto strada nella mia testa: e se fosse lì, che mi aspetta? Non appena ho parcheggiato, sono schizzato fuori dalla macchina e sono corso alla porta del mio appartamento, ma ovviamente lei non c'era.

Sono entrato e ho cercato di riposare, dopo la notte precedente passata quasi in bianco ero stanco. Mi sono addormentato abbracciato al mio nuovo cuscino e ho chiuso gli occhi, intenzionato a tagliare fuori l'incubo che sto vivendo, almeno per un po'. La cosa contorta dei sogni, però, è che consentono comunque alla realtà di raggiungerti. Nel mio sogno io e Tatum stavamo scalando una montagna. Lei amava andare a scalare il monte Camelback nei fine settimana quando eravamo al college. Nel mio sogno lei mi precedeva lungo il percorso e io, nonostante mi sforzassi con tutte le mie forze, non riuscivo a raggiungerla. Aumentavo il ritmo, correvo più veloce, ma ogni volta che stavo per prenderla, lei in qualche modo scivolava via dalle mie dita, finché, gran finale, non precipitava in un dirupo.

Mi sono svegliato in un bagno di sudore ed è lì che ho deciso di andare a sfogarmi in palestra. Non c'è quasi nessuno oltre me, è tardi e siamo nel fine settimana, perciò immagino che la maggior parte della gente sia a casa con la propria famiglia o in giro con gli amici. Ci sono solo un paio di impiegati al banco ricezione.

Mentre colpisco la sacca, ira e disperazione si scontrano dentro di me, mentre rivivo i momenti passati insieme a lei, ancora e ancora. All'improvviso, come se si squarciasse un velo, un altro pensiero si fa strada attraverso le pieghe della memoria. Sono stato talmente preso dalla sua partenza che non ho più pensato a quello che ha detto Tatum. Jerry mi ha preso in giro per tutto questo tempo. La cosa non mi sorprende molto, a dire la verità. Non avevo idea che Tatum avesse cambiato scuola e non posso prendermela con nessun altro, se non con me stesso, per essermi fatto prendere in giro. Ogni tanto Jerry mi dava degli aggiornamenti sulla vita di Tatum e io mi fidavo e basta. Non mi piaceva sentire parlare della sua vita senza di me per cui non ho mai indagato più a fondo, non gli ho mai chiesto di fornire altri dettagli, non ho mai guardato attentamente le ricevute che mi dava. Mi limitavo ad annuire e continuavo a lavorare per rispettare il nostro accordo. Cercavo di diventare un lottatore più forte, più veloce, più intelligente per poter pagare il mio debito con quell'uomo.

Più penso al fatto di come mi abbia mentito, si sia approfittato di me e mi abbia manipolato, oltre alla somma di denaro che mi ha rubato negli anni, più divento furioso. I miei ganci si fanno più rapidi, più forti e il mio respiro accelera, mentre il sudore scorre sul mio visto e sul mio petto.

Sono così assorto nei miei sforzi che non mi accorgo che qualcuno si è avvicinato finché non sento la voce di Jerry nell'orecchio.

«Dov'era questa motivazione ieri sera, bastardo? Forse se ci avessi messo lo stesso impegno, non ti saresti fatto rompere il culo.

Invece hai fatto la figura della femminuccia che riusciva a malapena a stare in piedi e a schivare un colpo. Il minimo che avresti potuto fare era cercare di sembrare degno di stare sul ring mentre le prendevi.»

Scoppia a ridere e il mio intero corpo si irrigidisce a quel suono. Abbasso le braccia, mi giro lentamente per guardarlo e il mio respiro diventa affannoso. Lui continua a ridere, ignaro del fatto che sta stuzzicando un orso ferito.

«Cos'hai da guardare?» biascica, chiaramente ubriaco. Non cambia mai. «Torna al lavoro. È ovvio che tu debba ancora allenarti, quindi continua.»

«Sta' zitto! Non osare parlarmi così» gli dico.

«Cos'hai detto?» mi chiede.

«Non sono la tua sacca da boxe, quindi sta' zitto» scandisco con tono fermo.

«Cos'hai mi hai detto, ragazzo?» domanda minaccioso.

«Ho detto sta' zitto, cazzo!» sto praticamente urlando, sillabando ogni parola. Con la coda dell'occhio vedo uno degli addetti alla ricezione che ci guarda.

«Come ti salta in testa di parlarmi così? Ho ragione invece e i lividi sulla tua faccia lo dimostrano. Devi allenarti di più, non solo sul tuo modo di combattere, ma anche a portarmi rispetto perché non devi dimenticarti chi è che decide qui.»

Questa volta, sono io che scoppio a ridere e gli occhi di Jerry escono fuori dalle orbite. Non gli ho mai risposto, nemmeno una volta, in cinque anni. Non ho mai potuto per non mettere a rischio il futuro di Tatum. Quando sono venuto a sapere che si era laureata, ho continuato a rispettare il nostro accordo per ripagare il debito. Perciò ho tenuto la bocca chiusa e la testa bassa, un patto è un patto. Non sarò perfetto in molte cose, ma sono sempre stato fiero di essere un uomo di parola. Nella mia mente stavo continuando a proteggere la mia ragazza e contavo i giorni che mi separavano dalla fine del contratto. Adesso, la sensazione di poter decidere per me stesso, dopo cinque lunghi anni, è bellissima, paragonabile solo al sollievo che ho provato quando ho finalmente confessato tutto a Tatum.

Scoppio in una risata liberatoria.

«Che cavolo hai che non va?» chiede Jerry con un'espressione confusa che mi riempio di soddisfazione.

«Basta» ripeto.
«Come, prego?»
«Mi hai sentito. È finita. Non combatterò mai più per te» gli sputo in faccia.
Improvvisamente Jerry sembra tornare sobrio.
«Ho un contratto che dice una cosa diversa» sbraita.
«Puoi prendere il tuo contratto e infilartelo nel culo, Jerry.» Mi avvicino fino a quando sono a pochi centimetri dal suo viso e ghigno. «Non hai più niente con cui incastrarmi. *Lo so*.»
«Sai… cosa? Di cosa cavolo stai parlando?»
«So di aver pagato tutto molto tempo fa e per tutti questi anni mi hai spremuto e ti sei approfittato di me. Il mio debito è stato estinto, è finita.»
«Io ti porto in tribunale. Ho un contratto che dice che dovrai ripagarmi di ogni centesimo che ho speso per mandare quella stronza a scuola» sibila.
«E io ti dico di nuovo che puoi prendere il tuo contratto e infilartelo nel culo, perché sai bene quanto me che tutto ciò che serve è una chiamata all'Istituto d'Arte per scoprire che Tatum ha lasciato la scuola dopo due anni, non quattro. Ti ho pagato per cinque lunghi anni. I miei pagamenti ammontano a migliaia di migliaia di dollari. Ti ho ripagato parecchio tempo fa. Perciò, dai, *ti sfido* denunciami. Ti prego, ti imploro. Dammi una ragione per provare quello che hai fatto e poi sarai *tu* a dover ripagare *me*. Dai, portami in tribunale e vediamo che succede.»
Lui sostiene il mio sguardo per un attimo, prima di fare qualcosa che non mi aspettavo. Credevo che avrebbe negato, inveito e insultato come sempre, ma invece si mette a ridere.
Ride fino a quando le lacrime non gli scorrono sul viso, piegato in due con le mani sulle ginocchia. Dovrei andarmene, finirla qui, ma, al contrario, lo fisso, in totale confusione e curiosità. Non ho idea di cosa ci sia di così divertente.
«Oh, Dio, mi manca il fiato» dice mentre si asciuga le guance con il dorso della mano. «Hai ragione. Il contratto che comunque non ho mai fatto redigere da un notaio, non avrebbe alcuna valenza da un punto di vista legale. Non hai mai guardato la copia che hai ricevuto, vero? Sei proprio stupido, cazzo, davvero ingenuo, talmente idiota e così distrutto per colpa di quella troia imbecille che ti ho sfruttato

fintanto che ho potuto. Di sicuro, l'ho passata liscia per un sacco di tempo. Ero certo che ci sarei riuscito per un altro paio di anni.»

Sono senza parole, e non sapendo cosa dire do voce alla prima cosa che mi viene in mente. «Perché? Perché l'hai fatto?»

«Perché no? Non dimenticherò mai il giorno in cui ti ho sentito parlare nello spogliatoio della palestra con Ryder. Stavi piangendo come una ragazzina e ti disperavi come il cazzo di coglione che sei. E per cosa? Per una scopata? Dicevi che eri triste perché non la riconoscevi più, che non era mai felice e niente di quello che dicevi o facevi era abbastanza, che eri preoccupato per la sua salute. Eri un pezzo di merda depresso. Patetico. Più ti ascoltavo, più sapevo che eri l'opportunità che stavo aspettando. Voglio dire, mio Dio, che fortuna! Finalmente!»

«Non voglio più ascoltarti!» esclamo.

«Che peccato, perché non ho finito.»

«Invece sì» gli dico, poi mi giro verso l'uscita, pronto ad andarmene e a stare ben lontano da lui e da questo maledetto posto.

«*No!*», urla lui, ma io lo ignoro e continuo a camminare.

«Nessuno dei miei figli se ne andrà di nuovo da me! Riporta qui il tuo culo!» urla.

A quelle parole, mi fermo. Non sono certo di aver capito bene, ma sento una improvvisa stretta allo stomaco.

«Esatto, mi hai sentito bene. *Figlio*. Lo sbaglio peggiore che abbia mai fatto è stato mettere incinta quella stronza di tua madre. Ma va bene così alla fine ho ottenuto quello che volevo.»

Mi giro lentamente e lo fisso; la testa mi gira e sono come paralizzato.

«Sei scioccato, vero? Sai, non ero sicuro se lo sapessi. Ho pensato che forse era la ragione per cui sei rimasto e ti sei fatto andare bene le mie cazzate per così tanto tempo. Pensavo che tua madre non avesse tenuto fede alla sua promessa e, alla fine, te l'avesse detto, ma a giudicare dall'espressione sulla tua faccia, direi che non è così. Allora è capace di fare qualcosa bene perché, lasciatelo dire, di certo non valeva il rischio che ho corso. Era ingenua, proprio come te, immagino che sia una cosa di famiglia.»

Lui e mia madre. Mia madre e Jerry. Non riesco a trovare un senso a tutto ciò. La testa continua a girarmi incessantemente e deglutisco in continuazione perché sono certo di star per vomitare.

«Ho mandato a tua madre dei soldi. Ogni mese, puntuale. Le ho detto che l'avrei aiutata a sostenerti e ti avrei tenuto d'occhio se lei avesse chiuso la bocca. Non volevo che corresse da mia moglie e complicasse la mia vita, rendendo le cose impossibili con lei e con mio padre. Lei ha accettato, più preoccupata di occuparsi di te che di qualsiasi cosa provasse per me, così ho tenuto fede alla mia parte di accordo. Il giorno che ho origliato la tua conversazione nello spogliatoio, l'occasione mi è sembrata così perfetta che quasi non ci credevo. Far ripagare a mio figlio tutti i soldi che ero stato obbligato a spendere per farlo crescere? Una cazzo di giustizia.»

Ha trattato mia madre come un rifiuto...

Dovrei essere arrabbiato con lei per non avermi mai detto la verità, ma invece penso solo che è stata un'ottima madre. Mi ha cresciuto da sola ed è stato difficile. Ha cercato sempre di compensare il fatto che non avessi un padre che mi insegnasse tutte le cose tipiche dei maschi, come cambiare una ruota, lanciare una palla o persino fare a pugni, quando ho sviluppato l'amore per la lotta. Mia madre ha fatto quello che ha potuto e mi ha incoraggiato a fare tutto quello che desideravo, non importa quanto costasse o quanto tempo ci volesse. È stata il mio *tutto*, tutto quello di cui avevo bisogno. È difficile che ti manchi qualcosa che non hai mai avuto, perciò a me non è successo di desiderare un padre. Ho attraversato una fase durante la quale facevo delle domande su chi mi avesse generato, è vero, ma lei si è sempre rifiutata di rispondere, perciò alla fine ho smesso di chiedere.

Non ho mai sospettato, nemmeno una volta, che questa sottospecie schifosa di essere umano di fronte a me potesse essere mio padre. Lo guardo negli occhi e non riesco a trovare un minimo di decenza, né umanità. Il pensiero che io sia al mondo grazie a lui… non riesco nemmeno a pensarci.

Lui ricomincia a ridere. Non so se l'espressione sul mio viso lo diverta o cosa, ma prima di rendermene conto stringo il davanti della sua maglietta nel mio pugno sinistro, mentre con quello destro lo colpisco dritto in faccia. Lui cade e io mi metto a cavalcioni su di lui. Provo una profonda soddisfazione alla vista del sangue sulla sua bocca, poi risollevo il pugno per colpirlo di nuovo. Voglio pestarlo senza pietà. Non ha cuore, perciò l'unico modo in cui posso restituirgli parte del dolore che mi ha causato negli anni è fargli male.

Qualcosa però mi ferma e non sono sicuro di sapere cosa sia. Quando lo guardo in faccia, mi sento improvvisamente spossato. Non so come, riesco a lasciarlo andare e ad alzarmi in piedi.

«Tutto qui? È tutto quello che riesci a fare?» inizia a provocarmi, ma io lo ignoro. Mi giro e mentre lui mi grida di tornare, esco dalla palestra.

Vado con calma verso la macchina, salgo e so esattamente dove devo andare. Dopo qualche minuto, parcheggio ed entro dentro l'X-Treme Fitness Center. Mi fermo sulla soglia e mi guardo intorno, pregando che ci sia qualcuno.

Qualcuno dei ragazzi sta combattendo nell'ottagono e altri stanno usando i pesi. Io mi calmo immediatamente quando li vedo. Voglio raccontare la verità a tutti, credo di doverglielo. Si sono sempre preoccupati, mi hanno sempre chiesto cosa stesse succedendo, ma c'è una persona che si merita di saperlo prima degli altri.

Mi dirigo verso l'ufficio di Jax e faccio diversi respiri profondi. Spero che ci sia, ma, allo stesso tempo, ho paura. La porta è aperta e lui è dietro la scrivania, sepolto dalle carte.

«Non ero sicuro di trovarti ancora qui così tardi» dico per salutarlo.

«Cole» risponde lui quando drizza la testa al suono della mia voce. «Sono sorpreso anch'io di vederti qui, di venerdì, poi. È insolito.»

Io annuisco, deglutendo a fatica e cercando di decidere da dove iniziare.

«Ho detto a Rowan che avrei fatto tardi stasera perché ho delle scartoffie da riempire, altrimenti hai ragione sarei a casa a quest'ora» conferma sorridendo.

«Mi spiace interromperti, possiamo parlare più tardi» gli dico indietreggiando. So che mi ascolterà perché è troppo gentile, anche se una parte di me continua vigliaccamente a sperare il contrario.

«No, va bene. Che succede? Ci deve essere una ragione per la quale sei qui a quest'ora. Dai, siediti.»

«C'è qualcosa che devo dirti, ma amico non so come farlo. Io stesso sto ancora cercando di capirci qualcosa. Sono solo salito in macchina e mi sono ritrovato qui» mormoro mentre mi accomodo sulla sedia davanti alla scrivania.

«Okay. Ha a che fare con Tatum? Il motivo per cui è qui?» domanda.

«Sì, e no. Credo» deglutisco e prima che possa trasformare i miei pensieri in parole, veniamo interrotti.

«Jax, devi effettuare un ordine per altri…» comincia a dire Ryder, ma si ferma quando mi vede seduto lì. «Cole, che ci fai qui?»

Le loro reazioni mi fanno sentire in colpa perché so di non essermi fatto vedere molto ultimamente. E, quando l'ho fatto, è sempre stato un mordi e fuggi, soprattutto negli ultimi mesi.

«Devo parlare con Jax» dico piano.

Ryder aggrotta le sopracciglia, incrocia le braccia sul petto e so che non se ne andrà per nessuna ragione al mondo perché è preoccupato per me.

«Che succede?» chiede.

Lancio un'occhiata a Jax ed esito, incerto su come procedere. Così sbotto.

«Ho dato un pugno a Jerry.»

E non è affatto quello che volevo dire.

Ryder sorride e Jax sembra preoccupato, ma non certo per suo padre.

«Che ha fatto?» domanda con un'espressione incazzata.

Io mi massaggio le tempie e sospiro.

«Ryder?»

«Sì?»

«Chiudi la porta e sarà meglio se ti siedi» suggerisco.

Ryder obbedisce senza obiettare e fissandomi.

Faccio un respiro profondo e inizio. «Cinque anni fa, Jerry mi ha proposto un accordo.»

Racconto loro tutto della proposta di Jerry, di come abbia sentito me e Ryder parlare negli spogliatoi e di come ho distrutto la mia relazione con Tatum prendendo una decisione che ritenevo giusta. Dico loro che ho dovuto sopportare le cazzate di Jerry, che ritenevo fosse l'unico modo per prendermi cura di Tatum e che non ho mai avuto voce in capitolo sugli incontri a causa del contratto che avevo firmato. Gli dico come in realtà mi abbia ingannato e come mi senta stupido per avergli creduto sulla parola.

Ryder comincia a camminare avanti e indietro per l'ufficio, incapace di rimanere seduto. L'espressione sul viso di Jax non cambia, rimane fermo e mi osserva attentamente mentre assimila le mie parole.

«Non riesco a credere che tu abbia avuto a che fare con quel bastardo per tutto questo tempo e non hai mai detto niente» commenta Jax. «Avrei potuto dirti che metà delle cose che dice e fa sono una bugia. Porca miseria, avrei potuto aiutarti. Se solo ti fossi confidato.»

«Non potevo. Pensavo che fosse la cosa giusta da fare all'epoca e, quando le cose sono peggiorate, non sono riuscito a trovare il coraggio di chiedere aiuto. Ammettere che avevo fatto un casino? Non è esattamente una cosa facile da fare.» Poi esito. «Ma c'è dell'altro, qualcosa che ha detto Jerry e, anche se so che è un bugiardo, non penso che stesse mentendo su quello.»

«Oh, Dio, non vedo l'ora di sentirlo» dice Ryder sarcastico.

«Lui...» Guardo Jax, lo guardo davvero e per la prima volta vedo le somiglianze. Abbiamo lo stesso taglio degli occhi e la stessa forma della mandibola. È ridicolo che, considerato quello che so di Jerry, non metta in dubbio le sue affermazioni. «... è mio padre» affermo, anzi sussurro, pronunciando una parola prima di oggi sconosciuta nella mia vita.

«È cosa?» chiede Jax. «Che vuoi dire?»

«Mi ha detto che sono suo figlio» gli dico e racconto la mia conversazione con Jerry.

Quando finisco, lo sguardo di Ryder si sposta veloce da me a Jax, completamente scioccato.

Jax tiene le mani poggiate sulla scrivania, non ha smesso di fissarle da quando ho iniziato a parlare.

«Jax, scusami. Non lo sapevo» concludo.

Jax si alza e si siede sulla sedia accanto alla mia. «Perché ti scusi?» chiede.

«Perché mi sento in colpa, ma ti giuro che non lo sapevo. Davvero, non ne avevo idea.»

«Non devi sentirti in colpa, perché non ne hai. Cazzo! Odio l'idea che tu abbia dovuto affrontare questa merda da solo per così tanto tempo. Ti abbiamo chiesto un sacco di volte il motivo per cui eri così leale nei confronti di Jerry e ora ho capito perché tu non ce l'abbia mai rivelato. Per il resto non mi sorprende che Jerry possa avere avuto un altro figlio. Non è mai stato fedele a mia madre. Lo sapevo io, lo sapeva mio nonno e, purtroppo, anche mia madre ne era a conoscenza.»

Rimango in silenzio, confuso dalla miriade di sensazioni che provo. Sono arrabbiato con Jerry e con mia madre, sono disperato per Tatum, contento che Jax sia il mio fratellastro. Fatico a trovare le parole, ma Jax mi batte di nuovo sul tempo.

«Cole, sei sempre stato mio fratello. Siamo tutti fratelli» dice facendo un gesto verso Ryder e so che include anche tutti gli altri ragazzi. «L'unica differenza è che io e te siamo anche fratelli di sangue.»

E poi si alza e si china ad abbracciarmi. E, cavoli, è proprio quello di cui avevo bisogno. Ricaccio indietro le lacrime e quando si discosta sorrido per la prima volta dopo un'infinità di tempo.

Ryder dice, sbattendo le palpebre: «Oh, che cosa adorabile»

Scoppiamo tutti a ridere e Jax borbotta: «E sta' zitto.»

Anche se ci sono tante cose da chiarire, so per certo che sono davvero fortunato ad avere questi ragazzi nella mia vita. So che posso superare tutto con loro accanto, forse persino il fatto di aver perso di nuovo Tatum.

Capitolo 14

Tatum

Qualcuno dovrebbe spiegarmi perché gli uomini sarebbero utili, intendo al di là della procreazione. Non mi serve un uomo. Se voglio un bambino posso entrare in una banca dello sperma, scegliere una serie di caratteristiche desiderate da un catalogo e risolvere la questione con estrema semplicità. Certo sarei una mamma single, ci sarebbero delle difficoltà, ma niente di insuperabile. Non mi serve neanche il sesso, bastano i sex toys e un po' di fantasia.

Pensieri stupidi e folli, senza una reale logica, che mi ronzano in testa da quando ho saputo la verità da Cole. Forse sto solo cercando di evitare di pensarci davvero e oscillo tra due poli, quello della rabbia e quello della tristezza. Un secondo prima sono pronta a fare fuori l'intero genere maschile, e quello dopo sono triste e perdutamente innamorata di Cole.

Ci siamo persi così tanti momenti e provo dolore all'idea di ogni singolo secondo passato lontano da lui. Quando ripenso a tutto quello che ha affrontato Cole per prendersi cura di me, sono sia furiosa, sia commossa. Vorrei schiaffeggiarlo, ma anche baciarlo. Ha rinunciato a tutto per me, ha sacrificato i suoi sogni e i suoi obiettivi, il college e probabilmente tanto altro di cui non verrò mai a conoscenza, solo per proteggermi e prendersi cura di me.

È stato il motivo per cui ho guidato fino all'aeroporto, ma non sono riuscita a partire, non sono riuscita a salire sull'aereo. Sono rimasta lì in piedi, con i documenti in mano, pronta a fare il check-in e ritirare la carta d'imbarco, ma non sono stata in grado di andare fino in fondo. Intorno a me le persone si muovevano, ma io non riuscivo a muovermi e vedevo solo il viso di Cole.

Non potevo partire. Non ancora.

Mi sono voltata, sono tornata all'autonoleggio, ho preso un'altra macchina e me ne sono andata. Non avevo una destinazione precisa in mente, ho guidato senza meta per molto tempo. Infine, non so come, mi sono ritrovata di nuovo seduta accanto alla tomba di Hope. Ho tracciato le lettere del suo nome e le ho detto che amavo suo padre, che avevo cercato di andare avanti con la mia vita a Chicago, ma che il pensiero di lui non mi aveva mai abbandonata. I ricordi arrivavano all'improvviso, evocati da persone o cose, e io li respingevo, determinata a lasciarmi il passato alle spalle. La terapia mi ha aiutata a guarire e a fare i conti con la perdita di Hope, ma non è riuscita a cancellare i sentimenti per Cole. Ho cercato di combatterli e per un po' ha funzionato. Li ho sepolti in profondità, ho finto che fosse tutto a posto e ho provato a ricominciare con Blaine. Ma i veri sentimenti trovano il modo di manifestarsi lo stesso, basta osservare la mia arte nel corso degli anni per capirlo. Cole è sempre stata una presenza costante.

Dico a Hope che le voglio bene e la ringrazio per aver ascoltato la sua pazza mamma. Vago ancora per la città, finché non mi ritrovo di fronte al mio vecchio dormitorio: inconsciamente sono tornata dove tutto è iniziato. Dove ho conosciuto Cole. Sorriso al ricordo di quando gli ho sbattuto la porta in faccia e visito il campus, ritrovando i posti nei quali studiavamo insieme e la panchina sulla quale ci sedevamo prima di andare a pranzo.

Passo da Porky's BBQ e prendo un panino, seduta al nostro solito posto, ricordando tutte le risate, i sogni e le speranze che abbiamo condiviso quel primo anno. C'era così tanto amore tra noi. Molti pensano che i ragazzi giovani non conoscano davvero il significato dell'amore, ma io non sono d'accordo. Credo che quando si incontra la persona con la quale si è destinati a stare non si tratta di trovare l'amore: è lui che trova te. Almeno è così che ci sentivamo. Le nostre anime erano unite, solo una tragedia, come nel nostro caso, avrebbe potuto dividerci. Ironia della sorte, credo che le radici del nostro amore siano ancora intrecciate; per tutto questo tempo hanno continuato a crescere e sono diventate più profonde, attendendo solo il momento per far rinascere il sentimento.

Quando riprendo il mio viaggio tra i ricordi, mi ritrovo di fronte al posto nel quale ho passato un sacco di tempo con Cole. Era la nostra seconda casa in pratica. Ho chiesto a Cole di sua madre, con cautela, perché lei è sempre stata un rimpianto per me. Quando ho lasciato Cole, ho lasciato anche lei. Darla era come una seconda madre per me. Quando non lavorava, ci viziava preparandoci piatti deliziosi, era una cuoca eccellente. È sempre stata affettuosa e amorevole con me, si è sempre interessata, con discrezione, alle nostre vite e mi trattava come una figlia.

Cole mi ha detto che vive ancora in Arizona, ma non ho idea se abiti ancora qui. Fisso la piccola casa cercando di capire cosa è rimasto uguale e cosa è cambiato. Mi ricordo i suoi amati vasi di fiori, la piccola panchina sulla quale si sedeva la sera a bere tè freddo, a guardare i bambini giocare e chiacchierare con i vicini. Indossava sempre un grembiule e teneva i capelli scuri fissati in cima alla testa. Sorrideva spesso e i suoi abbracci sapevano di casa.

Sono così presa dai ricordi che quando apro gli occhi e me la trovo davanti all'inizio non mi sembra neanche vera.

«Tatum?» dice lei.

Sbatto le palpebre e mormoro: «Signora Russell?»

«Tatum! Be', mi pareva fossi tu. Stavo lavando i piatti, ho guardato per caso fuori dalla finestra e ti ho vista. Quasi non credevo ai miei occhi. Cosa ci fai qui?»

Apro la bocca per dirle qualcosa, ma non esce nulla.

«Ah, lascia stare. Vieni qui e abbracciami.»

Con un sorrisone mi precipito da lei e faccio quanto mi ha detto. Quando mi avvolge tra le braccia, inizio immediatamente a piangere. Le madri hanno la capacità di far emergere le emozioni più forti. Un amico può chiederti fino alla nausea se stai bene e tu risponderai sempre sì, certo, anche se stai di merda. Invece quando te lo chiede una madre, inizi a singhiozzare senza riuscire a fingere. È come se sapessero sempre la verità, perciò mentire non ha senso, così le emozioni trovano la strada per liberarsi. Sono certa che abbia a che fare con il fatto che i genitori sono il nostro porto sicuro, se siamo abbastanza fortunati da avere quel tipo di rapporto con loro.

«Oh, tesoro, andrà tutto bene» mi dice accarezzandomi la schiena e portandomi dentro casa. Non appena attraversiamo la porta, i profumi e la vista di un ambiente così familiare mi fanno piangere ancora più forte. Ci sediamo sul divano e lei continua ad accarezzarmi la schiena e a mormorarmi parole di conforto finché non mi calmo.

«Mi scusi davvero tanto, signora Russell» riesco infine a dire.

«Tesoro, ti ho detto mille volte di chiamarmi Darla. Smettila con questa storia della signora Russell» mi ricorda, come se mi avesse rimproverata solamente ieri e non anni fa. «Allora, che succede? Ho la sensazione che abbia a che fare con mio figlio.»

«Suo figlio è meraviglioso e mi è mancato tanto» le dico in tutta onestà.

«Oh, tesoro, allora perché dirlo ti fa piangere?» domanda.

«Perché ero confusa e forse ho rovinato tutto, sono stata così egoista che forse non mi perdonerà. E perché ho paura.»

Lei sorride con dolcezza e mi sistema una ciocca di capelli dietro l'orecchio.

«Ah, tutto qui?» ride piano e mi strappa un sorriso. «Non è mai stato più lo stesso da quando sei partita, sai» mi informa. «Non voglio intromettermi, non sono affari miei. Dovresti parlare con lui, non con me.»

Lo dice con gentilezza ma con voce ferma, e io annuisco.

«Però posso dirti che mio figlio ti ha amata con ogni fibra del suo essere e so che non si è mai dimenticato di te, anche dopo tutto questo tempo. Se posso aiutarti in qualche modo, sono qui. Se hai bisogno di rimanere qui seduta, va bene. Qualunque cosa ti serva.»

Sospiro e mi strofino gli occhi. «Cole ha fatto una cosa per me, ma non me l'ha detto. Non le racconto i dettagli, ma suo figlio è un uomo fantastico. Ha preso la decisione di prendersi cura di me in un modo che gli è costato un grande sacrificio. Sono arrabbiata perché ha fatto una scelta senza consultarmi e, all'epoca, pensavo che l'avesse fatta perché non voleva stare più con me. Pensavo di averlo deluso quando ho perso nostra figlia. Invece, ho appena scoperto la verità su quello che è successo, ma non ho ancora capito bene come reagire a dire la verità.»

Mi segue come meglio può, ovviamente è confusa, ma mi dà una pacca sulla gamba.

«Ti ripeto, se c'è una cosa che so è che mio figlio ti ama e non ha mai smesso. Dopo la perdita della piccola Hope, era triste, disperato. Ma dopo aver perso te, quanto te ne sei andata, era devastato» dice sorridendo con tristezza.

Quando pronuncia quelle parole, il senso di colpa è come una stilettata nel cuore. Lei lo nota perché mi dà un'altra pacca sulla gamba.

«Non te lo sto dicendo per ferirti, te lo sto dicendo perché voglio che tu sappia che lui mi ha detto qualcosa di simile a quello che mi hai detto tu. Che ha fatto qualcosa per aiutarti e che, purtroppo, questo ha comportato che tu te ne dovessi andare. Però, tesoro, so che qualunque cosa fosse per lui non è stata facile e, da allora, il mio ragazzo non è più stato lo stesso. Ha cercato di nascondermelo, ma una madre conosce suo figlio e so che sta fingendo. Così come so che una parte di lui sarà sempre persa senza di te.»

Le lacrime mi scorrono copiose sul viso. «Anche io sono persa senza di lui. Abbiamo passato del tempo insieme questa settimana, sono venuta in città per una mostra ed è capitato di vederci. Mi è sembrato un segno del destino. Non mi ero resa conto di quanto fossi infelice, lui mi ha fatto sentire di nuovo completa e ho cominciato a sentirmi di nuovo me stessa.»

«Be', tesoro, chiamami matta, ma non capisco dove sia il problema. Perché sei qui e non con mio figlio?» domanda.

«Ci sono diverse ragioni. Prima di tutto, dovevo riordinare i miei pensieri dopo aver appreso alcune cose. La mia reazione iniziale è stata quella di respingerlo. Avevo bisogno di spazio per pensare» lei annuisce comprensiva «e avevo paura» sussurro.

«Paura? Che vuoi dire?»

«Ho paura di soffrire concedendo a me stessa di amarlo di nuovo.»

Non riesco a credere che sto dicendo certe cose a sua madre, eppure so che è la cosa giusta.

«Che succede se non ce la facciamo? E se avessi già rovinato le cose perché non ho capito subito il suo punto di vista? E se…»

Mi fermo perché quello che sto per dire è difficile, rievoca qualcosa che ho sepolto molto a fondo dentro di me. «E se ci riavviciniamo solo per tornare esattamente nella stessa situazione? E se un giorno cercassimo di avere di nuovo un bambino e io…io...»

Lei mi posa una mano sul viso e mi guarda dritta negli occhi. «Allora affronterai la cosa. Di certo sai che quanto successo non è stata colpa tua» mi dice con dolcezza.

«Sì e no. Ho giorni belli e giorni brutti» mormoro.

«Mi sembra giusto, ma fidati di me, ognuno di noi ha la propria dose di cose belle e di cose brutte. Su alcune di esse non abbiamo alcun controllo. E sai, il bello e il brutto non sono sempre così netti. Alcune cose che ci sembrano brutte lì per lì, a volte hanno delle conseguenze positive in una prospettiva più ampia. Adesso non sappiamo quale sarà, ma un giorno, davanti al Creatore, lo scopriremo. Vedremo tutto e sapremo perché sono successe determinate cose, qual è il significato fondamentale, perché il dolore è stato necessario e importante. So che la perdita della vostra bambina è servita a qualcosa. Ho fede in questo. Ora puoi anche non credermi, e va bene, ma quello che so per certo è che poteva allontanarvi solo una cosa orribile come la perdita di un figlio perché il vostro amore era forte. Credo che abbiate entrambi preso delle decisioni delle quali forse vi siete pentiti.»

«Sì» annuisco.

Me la sono presa con Cole per non avermi detto la verità e per non avermi contattata, ma il fatto è che nemmeno io l'ho mai cercato. Ci ho pensato, molte volte, ma non l'ho fatto. Ho lasciato che il mio stupido orgoglio mi impedisse di fare il primo passo, per cui sono colpevole quanto lui.

«Be', tutti commettiamo errori, l'importante è imparare da essi. Non sempre riusciamo a capire che abbiamo sbagliato, sai? Non essere così dura con te stessa, perché la cosa bella è che tutti e due imparerete da questa esperienza. Il vostro amore sopravvivrà.»

«Davvero, Darla?» le chiedo a bassa voce «perché qualche volta l'amore non è abbastanza.»

«No, l'amore è sempre abbastanza, se viene "costruito".»

«Non so cosa vuoi dire.»

«Vedila così: quando costruisci una casa, non ti limiti a gettare le fondamenta e pensi che sia terminata, giusto? Costruisci i muri e il tetto, usi l'isolante, il cemento, le tegole, il legno e i chiodi. Rendi la casa il più solida possibile, così che possa resistere a qualsiasi cosa. L'amore funziona allo stesso modo. L'amore basta sempre, se lo rendi abbastanza forte. Lo avvolgi con la fiducia, lo consolidi con la comprensione, lo isoli con la lealtà, lo rendi saldo con il divertimento, i ricordi, l'onore e i compromessi. Prima che te ne renda conto, diventa forte e indistruttibile, completo. Questo, mia cara, è il motivo per cui l'amore è abbastanza ed è anche il motivo per cui tu e Cole ve la caverete.»

E, non so perché, ma le credo. Perché, se da un lato i suoi abbracci mi hanno sempre fatta sentire a casa, dall'altro le sue parole mi hanno sempre dato l'impressione di essere delle promesse.

Per cui, sì, le credo.

Capitolo 15

Cole

Quando mi sveglio, gemo rumorosamente, con la testa dolorante a causa degli stravizi di ieri notte. Dopo aver raccontato tutto a Ryder e Jax, sia di Jerry che di Tatum, Ryder ha avuto la brillante idea di bere qualcosa. Ha detto che mi avrebbe aiutato ad attenuare il mio dolore o una cosa del genere. Onestamente, non mi importava molto del motivo. Ero fin troppo desideroso di accettare la sua offerta, soprattutto quando Jax ha tirato fuori una bottiglia di whiskey dalla scrivania. Aveva dei bicchieri di plastica e li abbiamo riempiti a turno, mandando a fanculo Jerry a ogni brindisi fino alle prime ore del mattino.

Io e Ryder siamo in qualche modo riusciti ad arrivare a casa e per l'ennesima volta sono stato felice di vivere vicino alla palestra. Sono collassato a letto non appena arrivato, spegnendomi pochi secondi dopo essermi steso. La cosa positiva è che ho dormito come un sasso e non mi sorprende. Ero esausto, vista la giornata che ho avuto ieri, e per fortuna è stato un sonno senza incubi. Una tregua, qualcosa di cui avevo davvero bisogno.

Mi alzo, accendo la caffettiera e, mentre aspetto che sia pronto il caffè, cerco un antidolorifico. Temo ciò che mi aspetta oggi, ma non è una cosa che posso rimandare. Accarezzo l'idea di rimandare, ma so che prima la affronto e meglio è. Rinviare mi farebbe soffrire ancora di più e penso di averne avuto abbastanza di dolore, in tutti i sensi.

Dopo il caffè, mi infilo sotto la doccia. La combinazione di caffeina e acqua calda mi fa sentire subito meglio e mi trattengo a lungo sotto il getto, consapevole che sto solo ritardando l'inevitabile. Con un sospiro, chiudo l'acqua e mi vesto velocemente.

Mezz'ora dopo esco di casa e, non appena chiudo a chiave, la testa di Ryder fa capolino dalla porta del suo appartamento. Se non lo conoscessi bene, penserei che era in ascolto per tendermi una specie di agguato. Il suo post sbornia è evidente quanto il mio. Mi scappa un sorriso.

«Dì la verità, avresti voluto fermati prima di ridurti così?»

«No, che divertimento c'è altrimenti? Dove vai? Ti serve compagnia?» domanda.

Sì, mi stava decisamente facendo la posta.

«No, sto bene. Ho una cosa da fare. Da solo» ribatto.

«Sicuro? Ci metto un attimo a infilarmi qualcosa.»

«Sei nudo?» chiedo divertito.

Lui si limita a sorridere e io alzo gli occhi al cielo. «Sto bene. Davvero. Grazie però di avermelo chiesto.»

«Non ha niente a che fare con Jerry, vero? Non devi vederlo?» chiede preoccupato.

«No» rispondo con voce ferma. «Non ho alcuna voglia di vedere Jerry, né adesso né mai più.»

«Okay. Bene. Però chiamami se hai bisogno di me, okay?»

«Certamente, ma posso andare prima che ci inizino a spuntare le tette?» lo prendo in giro.

«Vaffanculo» risponde ridacchiando. Quando si volta per rientrare, il suo culo nudo spunta in tutta la sua gloria e io scuoto la testa. Proprio prima di scomparire dietro la porta, si gira di nuovo e mi fa l'occhiolino sopra la spalla. Non riesco a non ridere, poi gemo per il dolore perché la testa mi scoppia.

Salgo in macchina e mi preparo mentalmente alla conversazione che mi aspetta, tentando di capire quale approccio utilizzare. La verità è che sto ancora cercando di dare un senso alle emozioni contrastanti che provo. In primo piano c'è il dolore per la partenza di Tatum. Avrei voluto che mi avesse dato l'opportunità di spiegarmi, ma devo essere più paziente. Sono fiducioso che in qualche modo mi contatterà. Conosce il nome della palestra di Jax, sarebbe facile per lei trovarmi. E se non lo dovesse fare, la troverò io, fosse l'ultima cosa che faccio. Per quanto mi riguarda le cose tra noi non sono finite.

Per ora metto da parte Tatum e mi concentro sul consiglio che mi ha dato Jax ieri sera. Pensa che dovrei chiedere a Jerry di restituirmi il denaro che mi ha sottratto con l'inganno, che non dovrei fargliela passare liscia per quello che ha fatto. Se si rifiuterà, io dovrei minacciare di denunciarlo. Non vuole portarlo davvero in tribunale, vuole solo farlo cagare sotto grazie a un avvocato che conosce.

Onestamente io non sono sicuro di quello che voglio fare. Mi piacerebbe spaventarlo e fargliela pagare per quello che mi ha fatto, però sarei felice di non doverci avere più niente a che fare. La sola idea di dover spartire ancora qualcosa con lui mi fa venire la nausea. So che qualunque cosa io decida, Jax mi sosterrà al cento per cento.

Mi sembra ancora così pazzesco avere scoperto di essere fratelli, ma lui è la cosa migliore di tutta questa situazione, ma quello che mi ha detto ieri sera è vero: era già mio fratello. Nella mia mente, tutti i ragazzi lo sono. Affronterò le cose giorno per giorno, non penso che esista modo migliore. Jax mi ha promesso che farà tutto quello che potrà per tenere Jerry lontano da me. Si sentiva così in colpa e si è scusato mille volte, ma è ridicolo, lui non c'entra nulla. Sono io quello che è sceso a patti con Jerry, quello che non ha mai detto nulla a nessuno. La scelta è stata interamente mia. Gli ho detto fino alla nausea che non è responsabile delle azioni di suo padre, di nostro padre, ma non penso lui sia d'accordo.

Con un respiro profondo, cerco di indirizzare i miei pensieri alla missione che mi aspetta. Tento di immaginare nella mia testa i diversi modi in cui potrebbe andare, ma non so davvero cosa aspettarmi. Quando imbocco il vialetto di casa di mia madre, cammino lentamente fino alla porta d'ingresso con il terrore che mi riempie le viscere passo dopo passo. Prendo in considerazione l'idea fuggire all'incirca un milione di volte, invece ingoio la sensazione di nausea che mi sale in gola e vado avanti. Busso e aspetto qualche minuto, ma quando lei non viene ad aprire entro, sapendo che tiene la televisione o la radio ad alto volume e spesso non sente. Sento subito l'odore del bacon e del caffè e il mio stomaco gorgoglia. Nel momento in cui arrivo in cucina, la trovo davanti ai fornelli e mi appoggio allo stipite della porta, osservandola muoversi nella stanza. Voglio bene a mia madre, ma come posso perdonarla per essere stata disonesta con me per così tanti anni?

Non è mai venuta a un mio combattimento. Nemmeno una volta. Anche se non mi ha mai fatto mancare il suo supporto, odia il fatto che io combatta, mi ha chiesto di smettere un sacco di volte. Non ci siamo mai trovati d'accordo sull'argomento, ne abbiamo discusso un'infinità di volte in passato, finché alla fine ho smesso di parlargliene. Mi chiede come vanno le cose, per pura cortesia, e io le dico quello che vuole sentirsi dire, è più facile così. Per quanto mi abbia sempre sostenuto, dice che non riesce a guardare qualcuno mentre "picchia il suo ragazzo" per sport. Lo posso capire, perciò ho accettato la situazione. È possibile che io non le abbia mai detto che Jerry era il mio allenatore? Che non avesse idea che per tutto questo tempo fosse lui ad allenarmi?

Finalmente si volta e si accorge della mia presenza. Sobbalza leggermente come se l'avessi colta a fare qualcosa di strano. Non sembra troppo felice di vedermi.

«Mamma?»

«Ciao» dice avvicinandosi e dandomi un rapido bacio sulla guancia. Poi si acciglia alla vista dei lividi sul mio viso. «Ti sei di nuovo rotto il naso?» chiede con una smorfia.

Io scrollo le spalle e lei scuote la testa.

«Avevo il presentimento che oggi saresti passato» dice a un tratto.

Quell'affermazione mi rende sospettoso. Forse le è arrivata qualche voce?

«Ah, sì? Perché?» chiedo fingendo indifferenza.

«Solo un presentimento» ribatte senza aggiungere altro.

«Hai un po' di tempo da dedicarmi? C'è qualcosa di cui vorrei discutere con te» le domando nervoso.

«Certo tesoro che possiamo parlare, anche se forse non è il momento migliore.»

«Perché no?»

«Be'...» inizia lei con fare evasivo.

Io perdo la pazienza, incapace di frenarmi ancora.

«Mamma, so che Jerry Stone è mio padre.»

La spatola che tiene in mano cade sul pavimento e spalanca gli occhi. Non mi ricordo quando sia stata l'ultima volta che l'ho vista emozionarsi in questo modo.

«Come? Quando? Sei… oh, Dio» balbetta.
Si lascia andare su una delle sedie e fissa il vuoto. Mi siedo anche io e aspetto che si riprenda.
Quando posa di nuovo lo sguardo su di me, dice: «Posso spiegarti.»
«Credo di conoscere già parte della storia. Ti ha ricattata, ti ha detto che non ti avrebbe aiutata economicamente se avessi detto a me o qualcun altro della nostra parentela. E tu hai accettato.»
«Esatto. E non mi scuserò per questo» afferma severamente.
«Non ti ho chiesto di farlo.»
«Mi sentivo come una troia a prendere i suoi soldi» mormora e io sussulto. «Mi sentivo come se mi stesse pagando, ma ero pronta a ingoiare l'orgoglio perché tutto quello che importava era che fossi in grado di prendermi cura di te. Così ho preso i suoi soldi, per poter passare più tempo con te e meno tempo al lavoro, per crescerti come altrimenti non avrei potuto fare. Era chiaro che non fosse l'uomo che pensavo e non mi sono mai pentita di averlo lasciato fuori dalla tua vita. Non mi scuserò neanche per questo, Cole.»
«Sono contento per te, mamma» dico sarcastico. «Io, invece, sto scoprendo solo adesso che quel fannullone di mio padre è l'uomo con il quale ho stipulato un accordo per poter mandare Tatum a scuola e che per questo mi ha ricattato negli ultimi cinque anni!» affermo a denti stretti.
«Di cosa stai parlando?» domanda sorpresa.
Così le racconto tutto, e non escludo nemmeno il più piccolo sporco dettaglio. Quanto siano state difficili le cose dopo la morte di Hope, di come io abbia mentito alla ragazza che amavo per farla partire e salvarla, le racconto dei cinque lunghi anni di lavoro per ripagare Jerry e di come mi trattava. Le confesso che ho perso una parte di me stesso quando Tatum se n'è andata e che Jerry mi ha distrutto, pezzo per pezzo, nel corso degli anni, finché io stesso non riesco più a riconoscermi. Le racconto dell'incontro con Tatum, di come mi sono sentito di nuovo felice per poi riprecipitare nel baratro quando mi ha lasciato, della mia discussione con Jerry. Non le risparmio niente e lei mi ascolta.
Mi interrompe l'odore di bacon bruciato. Lei scatta in piedi e mette la padella nel lavandino. Poi mi guarda con intensità e una

lacrima le scende lungo la guancia. Sul suo viso leggo tutto il dispiacere che prova.

«Oh, Cole. Non lo sapevo, davvero. Ricordo che mi hai parlato del tuo allenatore, ma non ho mai pensato che fosse lui. E dopo un po', quando i soldi hanno smesso di arrivare e tu eri perfettamente in grado di badare a te stesso, ho lasciato perdere. Oltre alle domande che mi facevi quando eri piccolo, non mi sembravi interessato a saperne di più.»

«Credo che le tue parole esatte siano state: "è uno stronzo che non vuole avere niente a che fare con quella che, probabilmente, è la cosa migliore che abbia fatto nella sua vita. Non abbiamo bisogno di lui". Non mi serviva fare altre domande, dopo quella affermazione.»

«No, immagino che tu abbia ragione» dice poi ridacchia e io la imito.

«Non penso che sia molto sensato arrabbiarmi con te visto che io per primo ho mentito a tutti negli ultimi anni. Sarebbe un comportamento ipocrita da parte mia» affermo.

«Hai tutto il diritto di avercela con me e ti prometto che mi farò perdonare. Se hai delle domande, io sono qui. Scusami, Cole, mi sono comportata da egoista perché ero felice che tu non mi chiedessi niente perché così non avrei dovuto confessarti di essere stata con un uomo del genere.»

«Non devi scusarti» rispondo.

«Sì, invece» dice decisa.

«Okay» dico cercando di sorridere, ma non ci riesco, mi sento come svuotato.

«Che c'è?» domanda.

«Niente» le dico, ma poi ci ripenso. Sono stanco di non riuscire mai a dire quello che penso. Sono stanco dell'uomo che sono diventato. «A dir la verità, c'è qualcosa. Ho perso di nuovo Tatum e fa male, cazzo.»

«Non dire le parolacce nella mia cucina» mi rimprovera.

«Scusa.»

«Ho la sensazione che tu e Tatum ce la farete, tesoro.»

«Come puoi dirlo?» le chiedo.

«Tua madre ha la tendenza a essere abbastanza intelligente per queste cose» dice una voce alle mie spalle. Mi alzo e mi giro così velocemente che la sedia cade sul pavimento.

«Tatum...»

È qui. In piedi nella cucina di mia madre. L'unica spiegazione è che sia una allucinazione. «Ciao, Cole» sorride con timidezza. Mia madre le si avvicina per accarezzarle un braccio. La familiarità e lo sguardo che si scambiano è un colpo al cuore.

«Buongiorno, cara. Hai dormito bene?» le chiede.

Tatum annuisce. «Sì, grazie.»

«Dormito bene?» chiedo sorpreso. «Hai dormito qui?»

Domanda idiota...

«Sì. Tua madre mi ha fatto stare nella tua vecchia stanza.»

«Non capisco… non dovevi partire ieri?»

Lei scuote la testa. «Non potevo.»

Io non so se prenderla tra le braccia per non lasciarla mai più o pretendere che mi spieghi che cavolo succede.

«Possiamo parlare?» mi chiede.

Io annuisco e mia madre dice sorridendo: «Fate come se foste a casa vostra. Io devo andare al supermercato a prendere delle cose.»

Mi bacia sulla guancia e fa lo stesso con Tatum. Le sussurra qualcosa all'orecchio e Tatum annuisce. Poi ci lascia e un secondo dopo sentiamo la porta di ingresso chiudersi.

Quando restiamo soli, mi rendo conto di non sapere cosa dire. Apro la bocca, ma lei solleva una mano.

«Ci sono alcune cose che vorrei dire.»

«Okay» rispondo.

«E voglio che tu rimanga in silenzio finché non ho finito. Puoi farlo?»

«Okay» le dico di nuovo.

«Cole, quando mi hai raccontato dell'accordo che hai fatto con Jerry e della decisione che hai preso per entrambi a mia insaputa, sono andata fuori di testa. So che sei convinto di averlo fatto per me, ma credo che in realtà fosse il tuo modo di uscire dal caos che erano diventate le nostre vite.»

Stringo i denti perché vorrei dire qualcosa, ma so che le ho promesso di non interromperla.

«Mi sono sentita arrabbiata, ferita e ingannata. Pensavo di essere entrata in quella scuola per i miei meriti, per il mio talento, perciò mi ha fatto male scoprire che in realtà è successo perché un uomo come Jerry ha usato le sue amicizie influenti per farmi ammettere.

Quando mi hai detto che non te la sentivi di continuare la nostra relazione, non avevo nessun posto dove andare. I miei genitori avevano già preparato tutto per trasferirsi non appena mia sorella avesse finito il liceo, perciò tornare da loro non era un'opzione. Visto che non mi volevi più, accettare quella borsa di studio era l'unica scelta rimasta, ma non era una mia decisione, volevo che la mia vita fosse insieme a te. Così l'ho fatto, sono andata avanti o almeno ci ho provato.»

Inizia a tormentarsi le unghie, mordendosi il labbro inferiore e tutto quello a cui riesco a pensare è quanto sia adorabile. A un certo punto si ferma e mi guarda dritto negli occhi.

«Mi sono immersa nello studio, ho cercato un terapista, come sai, che mi ha aiutata ad affrontare la perdita di Hope e anche la *tua* perdita.» La sua voce si incrina e il mio stomaco si stringe. «Ogni giorno diventava sempre più facile. Sembrava fossi riuscita a seppellire i miei sentimenti e il mio passato, ma anche quando pensavo di avere fatto progressi, la mia arte mi diceva che non era affatto così. Li hai visti i quadri. Non me ne rendevo conto, tuttavia tu eri sempre con me, sempre. Eri nella mia testa e nel mio cuore.»

Una lacrima le scivola lungo la guancia e io vorrei avvicinarmi a lei e asciugarla, ma attendo, come promesso.

«Cole, tu ti sei scusato con me. Hai messo a nudo il tuo cuore, la tua anima, mi ha raccontato la verità su tutto e io invece...»

Si ferma e altre lacrime scivolano sul suo viso. Faccio un passo verso di lei, ma scuote la testa.

«No, ti prego, non ho finito. Sono io quella che deve implorare il tuo perdono Cole.»

«Cosa? Perché dici una cosa del genere?»

«Quando abbiamo perso Hope, non riuscivo a sopportarlo. Era difficile anche fare le cose più banali, ero smarrita in un oscuro abisso di disperazione. Mi sentivo così in colpa che in certi momenti mi sembrava di soffocare. Il punto è che dovevo capire che tu c'eri, che potevo condividere quel peso con te, che anche tu soffrivi quanto me. Ero talmente presa dal mio dolore che non mi sono mai fermata a riflettere sul tuo. E me ne scuso. Dio, Cole, me ne scuso davvero tanto, cazzo!»

«Tatum» dico facendo un passo avanti. Lei però si allontana, così mi fermo di nuovo. Vorrei solo toccarla, stringerla, asciugare le lacrime sul suo volto.

«Quando ho accettato di venire qui per la mostra, all'inizio ero riluttante. Sapevo che avrebbe coinciso con l'anniversario della nascita di Hope e non ero sicura se sarei stata in grado di affrontare il fatto di essere qui. Poi ho deciso che, in realtà, fosse il luogo perfetto per ricordarla. Non mi sarei mai aspettata di vederti mentre ero qui. Non avevo nessuna intenzione di contattarti, perché mentre la mia rabbia si era placata da tempo, il mio orgoglio era ancora intatto» sorride appena e io scoppio a ridere, ben sapendo quanto testarda possa essere questa donna.

«Sono felice di essermi imbattuta in te questa settimana. Se non altro ti sarò sempre grata per i momenti passati insieme. Hanno guarito qualcosa dentro di me che ingenuamente pensavo si fosse risanato da tempo. All'inizio è stato difficile, ma ho capito che più passavo del tempo con te, più ritrovavo me stessa. Ma quello di cui mi sono anche resa conto è che sono, ancora oggi, irrevocabilmente e innegabilmente innamorata di te» conclude.

Non credo che adesso riuscirei a muovermi, anche se volessi sono come paralizzato. I suoi occhi scrutano il mio volto, cercando una risposta, ma non sono in grado di dargliene una. Non mi aspettavo una cosa del genere e non riesco a crederci.

Finché si inginocchia.

«Ti prego Cole, perdonami. Ti pregherò tutti i giorni per il resto della mia vita se necessario. Perdonami per essere stata così egoista e testarda. Ti ho accusato di non avermi mai contattata, ma non l'ho fatto neanche io. Sono stanca di vivere a metà, sono stanca di vivere senza te. So che anche tu provi ancora qualcosa per me e ti sto chiedendo di dare una possibilità a noi due. Questa settimana mi sono resa conto che quello che mi mancava disperatamente eri tu, che hai tu i pezzi che mancano per riparare la mia anima.»

Cado anche io in ginocchio di fronte a lei. Le prendo il viso tra le mani e la bacio con passione. Cerco di comunicarle tutto quello che provo, ma so che ha bisogno di sentirmelo dire.

Prima, però, grazie a lei anche io ritrovo una parte di me che sembrava perduta: il mio senso dell'umorismo. «Posso parlare adesso?» le chiedo con un sorriso e lei annuisce.

«Tatum, non mi devi nessuna scusa.» Lei fa per protestare, ma io la zittisco con un bacio e lei sorride. «Penso che nessuno di noi due abbia gestito bene quello che ci è successo. Abbiamo sofferto una perdita terribile e non sapevamo come affrontarla, poche persone ci sarebbero riuscite nella stessa situazione. Diamoci una possibilità, Tatum. Non ho mai smesso di amarti, sei sempre stata nei miei pensieri e nel mio cuore. Ti voglio, per sempre.»

«Mi voglio trasferire di nuovo qui, Cole. Voglio stare con te» mormora.

«Avevo pensato di darti un paio di giorni e, se non ti fossi fatta sentire, ti avrei trovata e ti avrei detto che ti amo e che voglio stare con te. Sono disposto a trasferirmi a Chicago, se è quello che vuoi» ribatto.

«No, voglio restare qui con te. Questa è casa mia, tu sei casa mia.»

La bacio di nuovo e l'aiuto ad alzarsi. «Usciamo da qui, devo *stare* con te o muoio, e non vorrei mettere in imbarazzo mia madre se dovesse tornare all'improvviso.»

Lei scoppia a ridere e dopo aver lasciato un messaggio a mia mamma, prendo il bagaglio di Tatum dalla mia stanza. Delle altre cose che ha lasciato nella macchina a noleggio ce ne occuperemo più tardi.

Guido veloce verso casa e ci ritroviamo a ridacchiare come adolescenti idioti sulle scale che portano al mio appartamento. Prendo le chiavi dalla tasca e apro la porta. All'improvviso sento le sue mani che scorrono lungo la mia schiena, mi accarezzano il sedere per poi avvolgersi intorno alla mia vita. È troppo. Mi giro e cerco la sua bocca come se potesse letteralmente salvarmi la vita. Lei geme e io continuo a baciarla fottendomene del fatto che chiunque ci possa vedere. Lei mi slaccia il bottone dei jeans, poi mi sorprende infilando una mano nella parte posteriore dei miei pantaloni. Ridacchio e sto per chiudere la porta allo scopo di ottenere un po' di privacy, quando una porta dall'altra parte del corridoio si apre e, senza guardare, so già che si tratta di Ryder.

«Bene, bene, bene, guarda un po' chi abbiamo qui» dice con una nota di divertimento nella voce.

«Sei di nuovo nudo? Non so se Tatum gradirebbe» gli chiedo e sorrido quando gli occhi di Tatum si spalancano. Le sussurro: «Stamattina è uscito a parlarmi mentre andavo via e il suo culo nudo non lo scorderò facilmente» le dico alzando gli occhi al cielo.

«Non si tengono i segreti con gli amici» commenta Ryder.

Alzo gli occhi al cielo. «Quanti anni hai? Dodici?»
Tatum ridacchia e quel suono è musica per me.
«Devo andare, Ryder. A dopo, okay?» dico sbrigativo.
«Immagino» ridacchia.
«Ah, Ryder?» dice Tatum.
«Sì, Tatum, *tesoro*?» risponde lui.
Socchiudo gli occhi in modo minaccioso e lui sorride con aria innocente.
Prima che possa dire qualcosa, Tatum mi abbassa i pantaloni mostrando il mio culo a Ryder. Poi scoppia in una sonora risata, divertita. Anche io mi metto a ridere di cuore, con una leggerezza che mi mancava da tempo.
Mentre Ryder borbotta schifato a quella vista, giro la chiave nella toppa ed entriamo incespicando nel mio appartamento.
Trascino Tatum verso la mia camera.
«Stavo pensando che avremmo potuto farlo sul letto invece che sul pavimento» affermo.
«Be', se insisti» risponde lei con un sorriso.
Quando siamo di fronte al letto, comincia a spogliarsi guardandomi con intensità. Io resto incantato a quella vista e, quando inarca un sopracciglio, mi ci vuole qualche secondo per rendermi conto che vuole che io faccia la stessa cosa.
«Sì, signora» le dico.
Quando siamo entrambi nudi, le sfioro una guancia con le dita, poi scendo verso il collo fino alla clavicola. Il tragitto prosegue sul petto, intorno al suo seno, fino al ventre e oltre. Quando arrivo alla meta finale, inizio ad accarezzarla mentre lei appoggia la testa sulle mie spalle e geme. Scendo a baciarle il collo, per poi risalire fino a mordicchiarle l'orecchio. Mi ricordo quanto le piacesse in passato e vengo premiato da un altro gemito.
La prendo in braccio e la porto sul letto. Bacio ogni centimetro del suo corpo, poi le apro le gambe e mi tuffo nella sua dolcezza. Le sue mani mi afferrano la testa e i suoi sussurri di incoraggiamento mi eccitano da morire. Quando viene, la guardo e sorrido come un idiota.
«Stenditi sulla schiena» mi ordina e io obbedisco velocemente.
Capisco che ha intensione di ricambiare il favore, ma io la fermo. «No, voglio stare dentro di te, ne ho bisogno.»

Lei annuisce e si posiziona sopra di me. Con gli occhi nei miei, appoggia le mani sul mio petto e mi accoglie. Mentre si muove sento come se il cuore potesse esplodermi nel petto.

«Ti amo» le dico.

«Ti amo anche io, Cole. Sempre e per sempre.»

«Per sempre» ripeto.

Capitolo 16

Tatum

Non so cosa mi abbia svegliata, ma quando guardo la sveglia sul comodino vedo che è ancora presto, sono solo le sette di mattina. Abbiamo dormito a malapena la notte scorsa, troppo presi l'uno dall'altra, e intenzionati a recuperare il tempo perduto.

Scivolo fuori dal letto e mi guardo intorno. I miei quadri coprono ogni singola parete; ora guardarli mi fa sorridere di felicità. Mi conforta sapere che sono sempre stata qui con lui.

Ieri sera ho detto a Cole che oggi volevo andare al negozio per acquistare delle tele, dei cavalletti e dei colori. Mi sento ispirata e il desiderio di creare mi rende irrequieta. Voglio dipingere il suo volto e le sue mani, l'espressione nei suoi occhi quando mi guarda e il sorriso sul suo volto quando risponde al mio.

Dopo aver rubato una maglietta da un cassetto, vado in cucina e apro il frigo per vedere se c'è qualcosa per preparare la colazione. Voglio sorprenderlo portandogliela a letto. Trovo delle uova, del bacon e del succo d'arancia che accompagnati al pane possono diventare una colazione dignitosa. Prima però decido di andare in bagno a rinfrescarmi.

Mi spoglio e quando l'acqua raggiunge la temperatura mi rilasso sotto il getto. Mi prendo tutto il tempo, godendomi il profumo dello shampoo e del bagnoschiuma di Cole. Mentre faccio scorrere il sapone sul mio corpo, sorrido alla vista dei segni che mi ha lasciato, chiudo gli occhi e la mia mente vola alla notte precedente rievocando la sensazione del suo corpo sul mio.

Chiudo l'acqua, impaziente di ritornare da Cole e mi tampono velocemente con un asciugamano, poi afferro il mio beauty-case. In un momento di pausa della nostra maratona, Cole ha preso dalla sua macchina tutte le mie cose e sono felice che lo abbia fatto, soprattutto per lo spazzolino. Una volta finito, sto per aprire la porta e spegnere la luce, quando colgo il mio riflesso nello specchio.

Mi avvicino. I miei occhi scrutano come sempre i tratti del mio viso, i capelli scuri, il naso dritto, leggermente sollevato sulla punta e coperto da lentiggini, e la fossetta sul mento. Chiudo gli occhi e mi abbandono, immaginando come sempre dell'acqua che scorre sul mio corpo, proprio come nella doccia la vedo cancellare la maschera che tutti portiamo, esponendo la verità che giace al di sotto. Quando li riapro, incontro il riflesso del mio sguardo e lo cerco, come faccio sempre. Di solito è sempre lì, non in superficie, ma appena al di sotto di essa: il dolore. Ma adesso è difficile da vedere, al suo posto vi sono piccole cicatrici, ferite di guerra che mostrano quanti passi avanti io abbia fatto. Sorrido e le sfoggio con orgoglio, perché sono la prova che io possa superare qualsiasi cosa.

Non sono più distrutta.

Dopo aver ritrovato Cole sento che i pezzi del puzzle si stanno ricomponendo. Insieme affronteremo tutto, ricostruiremo il nostro futuro, manterremo le nostre promesse e consolideremo le nostre speranze. Le fratture verranno risanate e ritroveremo l'equilibrio. So che sarà così.

«Tatum?» mi chiama Cole dalla camera da letto.

Apro la porta. «Sono qui» rispondo.

«Stai bene?» domanda.

Mi guardo di nuovo allo specchio e sorrido. «Sto benissimo» gli dico.

«Allora porta il tuo culo a letto, donna!»

Con una risata, corro da lui.

Epilogo

Cole

Due mesi dopo

«Altre dieci ripetizioni e poi puoi andare.»

«L'hai detto tre serie fa» mi lamento con Jax, ma lui si limita a sorridere mentre il resto dei ragazzi si radunano attorno a noi per guardarmi come se fossi un'attrazione, ridacchiando. Con un sospiro, obbedisco come un cucciolo ben addestrato. Mi stendo di schiena sulla panca e conto ad alta voce fino a dieci sollevamenti del bilanciere. Quando termino, riprendo fiato, aspettando che pronunci le istruzioni successive.

Jax sta prendendo il suo nuovo ruolo di allenatore molto seriamente. Mi ha fatto lavorare duro negli ultimi due mesi e, anche se non glielo confesserei mai, ho amato ogni minuto. È del tutto diverso allenarsi con qualcuno che ci tiene, che sottolinea le cose che ci sono da migliorare, ma che ti loda per i progressi che stai facendo. Qualcuno che non ti urla insulti mentre ti alleni. Ho ritrovato l'amore per lo sport ed è bellissimo. Sono un uomo nuovo, sotto diversi punti di vista.

«Bene, per oggi hai finito, puoi andare ora, ma torna qui domattina» ordina.

«Sì, signore» gli dico, poi lo saluto con un gran sorriso.

Lui scuote la testa e io schizzo nello spogliatoio per farmi una doccia veloce prima di tornare a casa dalla mia ragazza. Quando riemergo, i ragazzi sono tutti lì in piedi in attesa, cercando di non dare nell'occhio, ma fallendo miseramente.

Ci sono tutti. E a quel pensiero, sorrido. Qualche settimana fa, Jax, Ryder e io ci siamo visti con Zane, Levi, Tyson e Dylan e abbiamo raccontato loro la verità su Jerry e su cosa è successo. Non abbiamo omesso niente: ho detto loro tutto in modo che potessero comprendere ed eventualmente deridermi a loro discrezione. Hanno atteso pazientemente una spiegazione, finché non fossi pronto a condividere la verità con loro. Erano consapevoli che ci fosse qualcosa sotto visto che sono tornato ad allenarmi in palestra a tempo pieno. Invece di farmi una lavata di capo, si sono dimostrati tutti molto comprensivi. Sul momento mi hanno fatto la morale, certo, ma poi ognuno mi ha parlato in privato per incoraggiarmi, facendomi capire che desideravano solo vedermi di nuovo felice. E come se non bastasse, Jax ha messo ben in chiaro a tutti quanti che a Jerry non è permesso muovere un singolo passo in palestra e che se ci prova dovranno avvertirlo immediatamente. Se lui non fosse presente, allora il compito di buttarlo fuori spetterà a uno degli altri ragazzi. Ho la sensazione che faranno a gara per averne l'onore.

A dire la verità, mi aspettavo ben altro. Pensavo che mi avrebbero dato dello stupido o che, per lo meno, si sarebbero arrabbiati con me per non essermi fidato abbastanza da chiedere il loro aiuto. Non hanno fatto nulla di tutto ciò, al contrario non ho avuto nient'altro che solidarietà da tutti e mi sento in colpa per essermi aspettato qualcosa di diverso. Si sono dimostrati dei veri amici e mi sono stati accanto, passando più tempo in palestra solo per stare con me. Ovviamente se tentassi di ringraziarli negherebbero, perciò evito di farlo. Tatum dice che sono strani, ma non so cosa intenda. A me sembrano perfettamente normali.

«Che succede?» chiedo a tutti.

Loro si girano a guardare Jax, così lo faccio anche io e vedo che regge in mano dei fogli. Le vecchie abitudini sono dure a morire e il mio stomaco si contrae. L'ansia mi si deve leggere in faccia, perché Jax si affretta a rassicurarmi: «Non è una cosa negativa.»

«Okay» annuisco deglutendo a fatica e facendo un respiro profondo. Immagino che una parte di me stia ancora aspettando che accada qualcosa di brutto visto che le cose vanno fin troppo bene.

«Allora che succede?» domando.

«Ho delle carte che vorrei tu firmassi» afferma mio fratello.

«Per cosa?» mi do uno schiaffo mentalmente, consapevole di avere un atteggiamento di fastidio. I cambiamenti non avvengono dal giorno alla notte, ma Jax prosegue per nulla turbato dalla mia risposta.

«Be', ho pensato che non hai mai avuto l'opportunità di conoscere mio… nostro… nonno. Insomma, il padre di Jerry. So che mi hai sentito dire spesso che era un brav'uomo. Niente a che vedere con Jerry.»

Jax l'ha sempre chiamato per nome. Non l'ha mai chiamato "papà" o "padre", né ha mai fatto riferimento a lui in quel modo.

«Conoscendolo, se fosse ancora vivo, sarebbe stato entusiasta di avere un altro nipote. Sarebbe venuto qui tutti i giorni e mi avrebbe aiutato ad allenarti, facendo il tifo per te. Non avrebbe perso neanche una delle tue gare e sarebbe stato quel padre che Jerry non sarà mai. Se avesse saputo di te, ti avrebbe lasciato questa palestra, avrebbe voluto che fossimo co-proprietari, ne sono certo.»

Comincio a scuotere la testa, perché ho capito dove vuole arrivare, ma lui mi ignora e continua a parlare. «Perciò ho fatto redigere questi documenti, la cosa giusta da fare è renderti co-proprietario.»

«Jax, no, non è affatto necessario. Quello che è successo non è colpa tua e non è una tua responsabilità prenderti cura di me solo perché Jerry mi ha generato. Non è qualcosa che devi fare» replico.

Si sentono dei mormorii che provengono dai ragazzi, ma io non ci faccio caso, perché la mia concentrazione è fissa su Jax.

«Ma è così e basta, Cole. Tu non sei qualcosa, una "colpa" o un fardello. Non sei un errore. So che non devo prendermi cura di te.»

«Ma Jax…» inizio.

Lui solleva le mani. «No, non capisci? Porca miseria, Cole! Tu sei una delle poche cose buone che quel figlio di puttana abbia mai fatto nella sua vita. Lo siamo entrambi, se proprio devo dirlo. Sei mio fratello e per questo motivo voglio condividere la proprietà di questa palestra con te. E, sul serio, ne hai diritto come me e soprattutto te la meriti.»

«Ascolta, tu sei l'uomo d'affari, l'allenatore, il capo del nostro branco. Sei sicuro di non voler fare un test del DNA o una cosa del genere solo per essere sicuri che siamo davvero fratelli? Voglio dire, non devi farlo. Mi sento davvero colto alla sprovvista in questo momento» mormoro incerto su cosa dire, poi abbasso lo sguardo e sposto degli oggetti invisibili con i piedi.

«Prima di tutto, non c'è bisogno di nessun test. Tua madre ha confermato la sua relazione con Jerry, e poi ci assomigliamo così tanto che è quasi imbarazzante non averlo notato prima. So che non devo farlo: voglio farlo. Anche i ragazzi sono d'accordo con me. Guardati intorno» dice con un gesto rivolto agli altri.

Li osservo e i loro visi sorridenti confermano le parole di Jax.

«Siamo tutti felici e vogliamo festeggiare. E, ultima cosa, so di averti colto alla sprovvista e se hai bisogno di tempo per pensarci, va bene. Prendi questi documenti, leggili, parlane con Tatum, mostrali a un avvocato. Fa' come ti pare e poi firmali, così possiamo tutti andare fuori a bere per festeggiare. Capito?»

«Va bene, va bene. Lo farò» borbotto.

Afferro le carte dalle sue mani e le stringo al petto come se fossero fragili. Forse è una delle cose più belle che mi sia mai successa.

«Okay, adesso, non hai una bella ragazza dalla quale tornare?» chiede Jax.

«Sai una cosa? È proprio così» gli dico sorridendo.

«Vuoi dire che ancora Tatum non è rinsavita?» domanda Levi.

«Ti piacerebbe, bello» rispondo.

«Be', a dire il vero, piacerebbe a entrambi» aggiunge Zane sorridendo e parte di me vorrebbe dargli un pugno sul naso.

«Tieni le mani e gli occhi lontani dalla mia donna o li perdi entrambi» lo minaccio.

Ryder si mette a ridere. «Mi piace questa versione di Cole» dice. «È di nuovo uno tosto.»

«È vero» interviene Dylan. «Le sue minacce me l'hanno fatto venire duro.»

Scoppiano tutti a ridere e io gli mostro il dito medio mentre esco. Mi affretto alla macchina e mi ritrovo a essere un po' ansioso all'idea di tornare a casa da Tatum. È rimasta chiusa nel suo piccolo studio giorno e notte, per tutta la settimana.

Non abbiamo perso altro tempo e siamo andati a Chicago a prendere le sue cose, così che potesse trasferirsi qui. Nei giorni prima della partenza abbiamo trovato un nuovo appartamento, firmato il contratto e iniziato a trasferire le mie cose. Ryder non ha preso bene la notizia del mio trasferimento, ma ha capito il nostro desiderio di ricominciare da capo: una nuova casa, un nuovo inizio. Abbiamo trovato il posto perfetto, con abbastanza stanze da poter avere uno studio per la pittura per lei e una stanza con dei pesi per me. Abbiamo denaro a sufficienza per poter vivere tra il suo lavoro di artista e i soldi che ho risparmiato nel corso degli anni. Ho messo da parte ogni centesimo che non era destinato a Jerry e ho accumulato un bel gruzzoletto. Ora, con la prospettiva di possedere una parte della palestra, io e Tatum staremo più che bene e ho l'impressione che le cose andranno sempre meglio.

Nonostante la fatica dei traslochi, siamo andati alla sua mostra in California ed è andata molto bene. È stato bello rivedere la sua famiglia e l'espressione sorpresa sui loro volti quando mi hanno visto è stata piuttosto esilarante. Tatum ha inoltre deciso di cancellare il resto del tour. Non si sentiva più a suo agio per il fatto che l'avesse ottenuto grazie a un amico di Blaine. Le ho detto che a me non infastidiva minimamente, ma lei ha insistito, dicendo che era lei che non voleva, soprattutto quando abbiamo dato un'occhiata al calendario e abbiamo notato un paio di tappe alle quali non sarei riuscito a presenziare per via di alcuni combattimenti che ha organizzato Jax. Lei ha detto che non aveva nessuna voglia di andarci senza di me. Ho lasciato a lei la decisione.

Gli ultimi due mesi mi sono sembrati quasi un miracolo e ci sono delle volte in cui temo di svegliarmi e scoprire che è stato solo un sogno. Brutti pensieri che si attenuano con il passare dei giorni e stare insieme è diventato lentamente... normalità. Ed è tutto quello che ho sempre sperato.

I rapporti con mia madre sono tornati quelli di prima. Lei si vergogna ancora per non avermi raccontato tutta la storia, ma adesso sembra stare meglio, anzi non l'ho mai vista così serena. Io e Tatum l'abbiamo invitata a cena diverse volte e io adoro vederle insieme, mentre parlano e ridono. Stiamo tutti guarendo, ogni giorno sempre di più.

Quando apro la porta di casa, sorrido mentre grido: «Van Gogh, sono a casa.»

Tatum schizza fuori dalla stanza sul retro con un sorriso sulla faccia e mi salta tra le braccia. La stringo a me, poi la poso a terra, scrutandola con desiderio. Indossa una delle mie magliette bianche a maniche corte e poco altro. Le usa per dipingere e a me piace parecchio. I suoi capelli neri sono raccolti in cima alla testa, delle ciocche le cadono sul viso sporco di colore.

«Dio, sei bellissima» le dico.

Lei sorride e mi bacia sulle labbra.

«Be', ciao anche a te» risponde.

Quando tenta di allontanarsi mi scappa un gemito di protesta.

«Resta qui» le ordino.

«Arrivo, ma prima ho una sorpresa per te.»

«Be', cavolo, sembra essere il giorno delle sorprese» ridacchio.

«Che vuoi dire?»

«Te lo dico dopo» rispondo e poso i documenti di Jax sul tavolo. «Quale sorpresa?»

«Seguimi» ordina.

Mi conduce nel suo studio e mentre camminiamo le mie mani cercano il suo sedere, stuzzicandola e strappandole una risata.

Amo il suono della sua risata. Vorrei poterla infilare in una bottiglia, per poterla riascoltare quando voglio come se fosse il mio carillon personale.

Nel suo studio c'è un panno sopra un quadro posto sul cavalletto. Lei si volta a guardarmi e si mordicchia il labbro inferiore, segno che è nervosa. Quel gesto mi fa aggrottare le sopracciglia e mi domando cosa stia succedendo. Non è mai nervosa quando mi mostra i suoi lavori.

«Che succede?» chiedo.

«Niente, ho una cosa per te.»

«Un quadro? Una sorta di regalo?» domando già sorridendo. Amo quando dipinge per me.

«Chiudi gli occhi» mi ordina di nuovo e io obbedisco.

Sento il rumore del panno che scivola sulla tela mentre lo rimuove. La sento fare un respiro profondo e poi sussurra: «Aprili.»

Quando lo faccio, il mio sguardo si posa prima su di lei e mi acciglio un po' per via dell'espressione preoccupata sul suo viso, poi si sposta sul quadro. Davanti a me c'è l'immagine di una donna seduta di profilo, con le mani appoggiate sul ventre prominente. Dietro di lei c'è un uomo a petto nudo con il viso sepolto nel collo della donna. Ha un braccio avvolto intorno a lei, con fare protettivo. Capisco immediatamente che le persone nel quadro rappresentano me e Tatum. Sorrido per quella raffigurazione di un momento felice nella nostra vita e mi avvicino di un passo, assimilando ogni dettaglio. Ricordo l'attesa della nascita di Hope e quanto fossimo eccitati e amo che abbia ridato vita a quel ricordo. Nonostante l'esito, è stato comunque un momento meraviglioso che custodirò per sempre. Faccio per girarmi verso di lei e dirglielo, quando qualcosa attira la mia attenzione.

Ha dipinto i miei tatuaggi meticolosamente. L'attenzione ai dettagli è impressionante, ma la cosa che mi fa inspirare profondamente è il fatto che abbia rappresentato tutti i tatuaggi che ho attualmente sul corpo. Ci sono anche i tatuaggi che mi sono fatto durante gli anni in cui eravamo separati e quello che risalta di più è il nome di Hope sul mio fianco.

Giro di scatto la testa verso di lei, inciampo sulle mie stesse parole e alla fine riesco solo a dire: «Tatum?»

«Cole?» mi fa il verso.

«Ma… cioè… sei? Sei…?» balbetto.

«Sì, sono incinta.»

«Sei…come…»

L'euforia mi fa immediatamente sorridere.

«Non siamo stati proprio attenti.»

Afferro delicatamente il suo viso tra le mani. «Avremo un bambino?»

L'eccitazione mi pervade, splendente e radiosa, ma il mio sorriso si incupisce un po' quando la solita paura torna a galla. Mi vergogno a provarla, ma non posso evitarlo. All'inizio cerco di non farla trasparire, ma poi considerando quanti passi avanti abbiamo fatto, abbandono la corazza e lascio che si veda. Lei sorride in modo dolce e mi accarezza il viso con il pollice.

Anche lei appoggia le mani sul mio volto. «Lo so, anche io. Ho fatto almeno otto test di gravidanza a casa e poi sono andata dal medico, provando un misto di euforia e paura.»

«Perché non me lo hai detto? Sarei venuto con te.»

«Volevo prima esserne sicura e volevo farti una sorpresa. Ci tenevo tanto. Mi è venuto subito in mente come fartela e volevo averne l'occasione.»

«Capisco e adoro questo quadro. Dimmi quello che ti ha detto il medico.»

«Ha detto che va tutto bene. È forte e in salute. Ha detto che mi monitoreranno attentamente, dato quello che è successo con Hope, ma che non c'è ragione di allarmarsi. Non abbiamo motivo di avere paura, anche se immagino sia normale, ma la affronteremo giorno per giorno. Ci sosteniamo a vicenda e, mio Dio Cole, abbiamo di nuovo creato la vita insieme.»

Annuisco, con gli occhi che mi bruciano. «Giorno per giorno» ripeto.

«Sì.»

Faccio scorrere le mani lungo le sue braccia e intreccio le mie dita con le sue. «Ti avverto, sarò fastidiosamente protettivo» ammetto.

«Quindi sarà sempre tutto uguale» ridacchia.

«È vero, ma sai cosa voglio dire.»

«Sì e non mi aspetterei niente di meno.»

«Tatum» sussurro. «Sono emozionato, ma devo confessartelo, ho anche un po' paura.»

«Lo so, anche io. Ma la vita va avanti e tutto succede per una ragione. Era destino che io e te mettessimo su un nido d'amore e insieme siamo in grado di superare qualsiasi cosa, okay?»

Sorrido per il riferimento al "nido d'amore" ricordandomi il consiglio che mia madre le ha dato quando si è presentata a casa sua. È diventato una specie di motto, direi. Ha persino dipinto un quadro appeso all'entrata con quelle parole.

«Promettimelo» le chiedo.

«Te lo prometto» sussurra.

Mi rilasso perché io e lei siamo esattamente dove dobbiamo essere. Non importa cosa accadrà, andrà bene. Siamo più forti adesso, sappiamo cosa significa perdersi.

«Ti amo» le dico. «Ti amo tanto.»

«Ti amo anche io» sospira e mi bacia.

La prendo in braccio e lei allaccia le gambe attorno alla mia vita, poi mi sposto fino a posarla sul tavolo della stanza. Le alzo la maglietta e ringhio quando trovo due sottili lembi di pizzo sotto di essa. «Sei bellissima» le dico.

Lei mi solleva la maglietta sulla testa e mi aiuta a svestirmi.

«Adesso» ordina e in un secondo sono dentro di lei e mi muovo con la sensazione che tutto sia così giusto. I miei occhi si spostano sulla sua pancia. Adocchio una tavolozza di colori sulla scrivania accanto a noi, allungo la mano e immergo le dita nel colore rosso, poi traccio un cuore sul suo grembo.

Quando la mano di Tatum si posa sulla mia e la sua voce sussurra “ti amo”, ho la certezza che le cose che perdiamo trovano il modo di tornare da noi, alla fine.

Siamo a un nuovo inizio e non vedo l’ora di scoprire quello che la vita ha in serbo per noi e per la nostra nuova famiglia.

Ringraziamenti

Questo libro è stato un atto d'amore per me e spero che vi sia piaciuto, inoltre vi ringrazio per averlo scelto e avergli dato una possibilità. Vi prego di lasciare una recensione, se volete, perché per me è di grande aiuto. Grazie.

Ci sono molte persone che devo ringraziare per avermi aiutata lungo questo viaggio. Georgia Cranston, come sempre: amo avere un rapporto di co-dipendenza con te. I nostri caffè insieme significano tanto. Lauren Miller, Angela Corbett, Stephanie Brown, Jennifer Domenico, Mayra Statham e Glorya Hidalgo: mi avete sempre offerto incoraggiamenti, ricordandomi, ogni volta che dubitavo di me stessa, che potevo farcela. Mentre scrivevo questo libro, quando mi trovavo in pieno blocco e stavo per mollare, ognuna di voi, a modo suo, c'è stata e non so esprimere quanto questo abbia significato per me e quanto mi senta fortunata a potervi chiamare amiche. A mia madre: mi ricordi sempre che quello che faccio conta, che è speciale e mi dici sempre che sei fiera di me. La tua opinione e quelle parole per me significano molto di più di quello che tu possa immaginare. Grazie per esserti presa del tempo per editare le mie parole.

Grazie, Robin Harper: le tue copertine sono sempre un successone e questa, finora, è la mia preferita. Ma lo dico ogni volta che ne finisci una. Elaine York: trovi sempre tempo per me, non importa quello che hai da fare. Grazie per farmi sentire speciale e rendere i miei libri meravigliosi.

A mio marito e le mie ragazze: grazie per la vostra pazienza mentre io faticavo per finire questa storia. So che ci sono state tante sere in cui vi ho ignorati, avete mangiato cereali per cena, avete visto la casa sporcarsi e i vostri vestiti non venire lavati per più tempo del normale, ah ah! Vi voglio bene e sono fortunata ad avervi.

A mio padre e Tami: grazie per avermi fatto vedere che bello che può essere l'amore anche nei momenti di dolore. Anche se le circostanze sono diverse, ho pensato soprattutto a voi durante il viaggio di questo romanzo. Voglio molto bene a entrambi.

A tutti i miei lettori, i blogger e il mio gruppo di lettura: non avrei potuto farcela senza di voi. Grazie a ognuno di voi.

Hope Edizioni

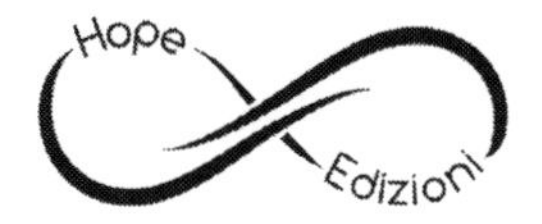

Grazie di aver acquistato e letto il nostro libro!
Speriamo ti sia piaciuto. Sarebbe per noi un onore conoscere la tua opinione.
Ci farebbe piacere se postassi un tuo pensiero, qualsiasi esso sia, sullo store che preferisci e magari anche sui social.
Il passaparola è importantissimo per ampliare la diffusione dei libri e ci dà l'opportunità di crescere.

Ti invitiamo a seguirci anche sulla nostra pagina Facebook, su Instagram e sul nostro sito www.hopeedizioni.it

Indice

Prologo	9
Capitolo 1	14
Capitolo 2	21
Capitolo 3	32
Capitolo 4	39
Capitolo 5	49
Capitolo 6	56
Capitolo 7	64
Capitolo 8	71
Capitolo 9	85
Capitolo 10	101
Capitolo 11	116
Capitolo 12	130
Capitolo 13	143
Capitolo 14	157
Capitolo 15	164
Capitolo 16	176
Epilogo	178
Ringraziamenti	189
Hope Edizioni	193